杜嵩茂 著

山西出版传媒集团　山西人民出版社

图书在版编目（CIP）数据

女子与人性 / 杜嵩茂著 . —太原：山西人民出版社，2019.10
ISBN 978-7-203-10716-3

Ⅰ．①女… Ⅱ．①杜… Ⅲ．①随笔—作品集—中国—当代　Ⅳ．① I267.1

中国版本图书馆 CIP 数据核字（2019）第 014206 号

女子与人性

编　　著：	杜嵩茂
责任编辑：	何赵云
复　　审：	吕绘元
终　　审：	阎卫斌
装帧设计：	张镤尹
出 版 者：	山西出版传媒集团・山西人民出版社
地　　址：	太原市建设南路21号
邮　　编：	030012
发行营销：	0351-4922220　4955996　4956039　4922127（传真）
天猫官网：	https://sxrmcbs.tmall.com　电话：0351-4922159
E-mail：	sxskcb@163.com　　发行部
	sxskcb@126.com　　总编室
网　　址：	www.sxskcb.com
经 销 者：	山西出版传媒集团・山西人民出版社
承 印 厂：	山西出版传媒集团・山西省美术印务有限责任公司
开　　本：	787mm×1092mm　1/16
印　　张：	16
字　　数：	200千字
印　　数：	1-2000册
版　　次：	2019年10月　第1版
印　　次：	2019年10月　第1次印刷
书　　号：	ISBN 978-7-203-10716-3
定　　价：	38.00元

如有印装质量问题请与本社联系调换

自序

姥姥说"女"字

  我从小在姥姥家长大。1964年秋,我入小学一年级读书。一天放学回家后,跟往常一样,姥姥又问我学什么了。我告诉姥姥,今天都学了什么知识。无意中我说学了"女"字时,姥姥很感兴趣地问道:"知道'女'字的样子像什么吗?"我不知道,只好摇摇头。姥姥说:"那'女'字,就像女人抄手屈膝跪在那里,像伺候人的样子。"我马上追问道:"你怎么知道的?"姥姥答道:"听你姥爷说的。"

  我知道姥姥没有上过学,不过,姥姥家有好多古书,因为太姥爷是晚清时的秀才。但是,这样解读文字我却是第一次听说,感到十分有意思。我觉得她对"女"字这样的解读是深信不疑。否则,她也不会对我这么说。

  姥爷回来后,我向他证实姥姥说的话。姥爷说:"古书上就是这么讲的。"我感觉姥爷肯定了姥姥的解读。我似信非信地看着姥爷。姥爷说:"好好读书吧,你长大后就知道了。"

  我对姥姥和姥爷的说法是将信将疑。说相信,我认为他们不会骗我。说不信是有原因的:姥姥是旧社会过来的小脚女人,普普通通的一个农村家庭妇女,整天围着锅台转,她们常常抱怨伺候人。但是,我母亲参加工作后,做了会计;我大姨师范毕业后,当了老师。而且,平时,姥爷也会给我做炸酱面。

  男人可以做家务,女人也可以参加工作。女人不见得就是必须伺候人的人，而且还是跪在那里。因此，我琢磨姥爷和姥姥对于"女"字的解读有问题，然而问题出在哪里，我也说不上来。我没有能力说服他们，或者否定他们的解读，只能把这个问题埋藏在心底。

小学一年级时，语文课的第一篇课文是：日月水火。只有这四个字，每个字上面配着一幅简图，黑白的，图和字的形状很接近，一眼看去就知道是什么意思。直到现在，这四个字和四幅图常常在我眼前出现。

慢慢地，在成长过程中我也读了很多书；而姥姥的话却像一个待解的谜，一直缠绕在我心头。后来，当我见到甲骨文的"女"字时，这个谜才解开一半。甲骨文的"女"字就像一个跪着的女人，汉字就是由甲骨文演变而来的。但是为什么"女"字中的女人是跪着的呢？后来读到《说文解字》时，才明白姥姥告诉我的解释就是这本书里的，姥爷所说的古书也就是《说文解字》。但是，另一半还是让我解不开，我常常问自己："女"字中的女人为什么要跪着呢？姥姥难道对"女人抄手屈膝跪在那里，准备伺候人"的解释就没有怀疑过？

随着读书量的增加，慢慢地，我对文字的认识水平也逐渐上升了，仿佛看到了人类初创文字时，那最初的文明曙光，听到了历史上没有留下姓名的，当年曾经始创文字的人，为我讲解文字创制的根据和经过，悟出了"女"字中女人跪着的原因，找到了解读"女"字的根据。道理真的很浅显，我长长地出了一口气，与伺候或服侍人没有任何关系。为了这个浅显却又无比深奥的原因，我用了将近五十年的时间。

目　录

一、莫负天下女人　　　　　　　　　　1

二、在水一方的窈窕淑女　　　　　　　5

三、《论语》中的女性　　　　　　　　11

四、静心思理　　　　　　　　　　　　17

五、被逼而出的文字　　　　　　　　　20

六、始制文字的根据　　　　　　　　　29

七、汉字的启发　　　　　　　　　　　46

八、母系之光到男权社会　　　　　　　57

九、标点断句　　　　　　　　　　　　65

十、青梅竹马和酒肉臭　　　　　　　　68

十一、古今一理　　　　　　　　　　　73

十二、辨析女子与小人　　　　　　　　81

十三、女童抗争　　89

十四、幼女心中的妇女节　　96

十五、少女被铡三段　　101

十六、地球之巅是女神峰　　105

十七、妇人成就的霸主　　108

十八、孔子说人性　　114

十九、不是三纲是两纲　　122

二十、与生俱来的人性　　126

二十一、习惯成自然　　133

二十二、曹操与人性　　142

二十三、小儿身上最显天性　　149

二十四、难寻根源　　156

二十五、感受热血　　163

二十六、不远不近　　168

二十七、慢慢看细细想　　175

二十八、礼的影响　　178

二十九、伟大的孔子　　183

三十、难养的"女子"指谁　　195

三十一、学而优则仕吗	205
三十二、士与仕	213
三十三、圣贤慎言	221
三十四、更上一层楼	230
三十五、"中文"漫笔	234
后记：告慰先人	243

一、莫负天下女人

现在许多新出版的《论语》，为了便于读者理解，很多都在原文后面附上今译或译文。例如《论语·阳货》："唯女子与小人为难养也，近之则不逊，远之则怨。"我手上这本《论语》的今译是这样的："只有女人和小人是最难相处的，亲近他们则无礼，远离他们则有怨气。"

看了这样的今译，我们不禁会问："女子为什么和小人一样难养？"因为这样解释和《论语》的整体风格显得很不协调，和孔子"诲人不倦"的精神也是不相符的。每个看到这种解释的女性，可能都不会认同，感到一种不平。

试问，一个人和谁的感情最深？答案肯定是"母亲"。这是天经地义的，不打任何折扣的，这是最简单、最朴素的道理。"唯女子与小人为难养也"那样解释，那么，哪个男人会承认自己的母亲、姐妹和妻女是与小人一样难养？又有哪个女人愿意承认自己与小人一样难养？

女子，尤其是妙龄美貌的女子，可谓是人见人爱、"为伊消得人憔悴"的一族。我们见到漂亮女子的第一感觉必然是赏心悦目，喜欢之情油然而生。难道第一感觉是想到了小人？这显然有悖常理。

所以，这句话里的"女子"到底如何解释，还有待商榷。

圣人可不是一般人。中国有史以来得到公众认同，受到公众尊重，而且时间如此长、范围如此广的人，非孔夫子莫属。那么，圣人因何要"明目张胆"地污蔑女性，说这么不着调的话？多年来，我一遍又一遍地读《论语》，看相关文章，各种版本的《论语》没少翻阅，慢慢地，我品出了些许滋味。

我有两个侄女和一个外甥女，我特别喜欢她们，尤其是和我儿子同岁的大侄女。看着她们一天天长大，一个个出落得亭亭玉立，又先后考上大学，我打内心是特别的高兴。每每读《论语》，读到"唯女子与小人为难养也"这句话的今译，再想想身边自家的女子（别人家的也一样），总让我觉得什么地方出了问题。好多年来一直让我琢磨不通：女子和小人之间，究竟有什么共同点而难养？

大街上遇见一位美丽的女子，许多人都按捺不住本性的驱使，不由自主地多看几眼。已经走过去了，再回头看一看背影，也算是对眼球和心灵的安慰，所以产生了"回头率"一词。不但男人回头，女人照样回头。为了赢得回头率，许多女人（尤其是年轻女子）出门前，都要精心地把自己打扮得漂漂亮亮。赢得回头率越高，越得意，越满足。假如女子和小人一样难养，她会赢得世人如此高的关注和爱慕吗？

与事实不符的解释，肯定不能让人心服口服。我觉得，孔子话里的意思，不能那样解读。有人会问：不那样解读，又该如何解读呢？究竟怎样今译，才能既合情合理，又让人信服呢？

从古到今的男人没有不喜欢美女的。古往今来的中老年妇人和女童，没有不羡慕青春美女的。所以，有些美女爱挑剔、脾气大、派头足、样数多，在所难免。所以才有了戒荤食素的个别歪嘴和尚，才有了爱操美女之心的口是心非的真小人。

任何一位男同志都可以做一次尝试，假如你对任何一位女同志说一声："只有女人和小人最难相处"，你看会是什么结果。她肯定不会给你好脸看，起码给你回敬一句："你才是小人呢！"

1988年1月，全世界诺贝尔奖获得者发表的宣言指出："如果人类要在21世纪生存下去，必须回到2500年前，去吸取孔子的智慧。"当读了这篇报道后，我的心灵产生了震撼。这是世界当代"大儒"的声音呀！外国人都如此尊重孔子，如此重视《论语》，这是人类对孔子的思想和精神的最高认同，是对中华民族古代智慧最大的肯定和折服，也是我们认真学习《论语》的巨大精神动力。作为一个孔子故乡的中国人，我们在自豪的同时，有什么理由不好好地研读《论语》呢？

从这则宣言中能读出这样的信息，也能看到这样的事实：人类社会已经发展到一个物质文明从来没有过的高度，如今的社会需要一个公认的、有相当高水平的理论，来指导我们的社会运作和日常生活。普通的中国人没有那样的机会，站到那样的高度，站在中国外面的世界看中国；而这些诺贝尔奖的获得者，有那样的能力和高度。

今天的人类，已经成了地球上真正的统治者。为了达到和谐社会的目的，就需要一种相应的理论。毫无疑问，《论语》就是达到这个目的的首选教材。

《史记·孔子世家》有这样的文字：余读孔氏书，想见其为人。那么孔子究竟是一个什么样的人呢？孔子生活在公元前551年—前479年。

西周初年，周武王与八百诸侯在孟津会盟。有的文献上说，这个时期中原一带有两千多个诸侯国。那时的中国是一个这样的局面：小国林立，兼并战争不断。这个时期各个诸侯国的具体情况怎样呢？大多数无法考证了。今天我们可以知道的事实是：相邻的两个县城或者是个别相邻的两个村庄，其口音习俗不一样。那么，各个县的名称是怎么来的呢？习惯上我们为什么叫县城呢？从中我们依稀感觉到，当年诸侯国之间的界线。这个县城可能就是当年某个诸侯国，曾经存在的大致范围。《论语·先进》，孔夫子与学生的对话："千乘之国"，"方六七十，如五六十，求也为之，比及三年，可使民足"。从此可知：当时拥有千辆兵车，方圆六七十里的范围，大致就是一个诸侯国。如同我们今天的国家一样，一个诸侯国有自成一体的军队警察，单独的司法机构，有自己的文字衡器等等。那个年代的一里与今天的一里差多少，可以换算，据此可以清楚地知道：好多诸侯国的地盘，和今天一个县的地盘差不多。

我们回顾一下可知的历史：从传说中的黄帝炎帝到大禹治水；第一个奴隶制国家夏朝到现在可以见到的、最早的甲骨文记载事物的殷商；再发展到封国土建诸侯的西周，中国大地上文明进程的脉络，已经很清晰了。到公元前841年，中国有确切记录历史的纪年开端——西周共和元年开始了。也就是说，孔子出生的时候，中国有文字记录的历史已经有290年了。国家机器的运作，基本上是有序的。

秦始皇于公元前221年基本完成了统一中国的大业。之前各国的文字形体差异很大，同一个字有几种不同的写法和用法；各国的度量衡器也不同；这给推行政令和文化交流带来了好多不便。所以秦始皇才下令统一文字和衡器。

孔子去世258年后，秦始皇才统一中国。可以肯定一点：《论语》成书在前，全国统一文字在后。

秦始皇统一后，在全国颁行的文字，是在秦国篆文的基础上经过整理简化，后来被称为小篆的文字。孔夫子生活的时候鲁国的文字，以及当时各个诸侯国使用的文字，与秦始皇统一全国后颁行的文字大有区别。今天文字的含义和用法，与当年有什么区别？恐怕无人说得清。但是，古今一理，说出来的话符合逻辑才能成立，符合基本的道理才能站得住脚。

因为文字的标准不一样，在交流沟通上会造成误会，所以才去统一。我们不能把秦始皇统一前鲁国的文字，同统一后的文字及用法画等号。更不能把2500年前的古代鲁国书面用语和今天的现代汉语画等号。解释《论语》中字词语句的含义，只能用同时代的文章做参照，用其他本子不合适。因为当年鲁国和秦国的文字不完全一样。任何一种方言都有不可替代的特色。

现在我们能见到的，在孔子之前的传世作品之一有《诗经》。那我们就从《诗经》中寻找相关信息。

二、在水一方的窈窕淑女

《论语·为政》:"子曰:《诗》三百,一言以蔽之,曰:'思无邪'。"这是孔子读了《诗经》以后的感言,也是孔子读过《诗经》的证据。那我们就从这"思无邪"的作品里找一下证据,看一看《诗经》是如何说的。

从相关资料中知道,当年的《诗》有《鲁诗》《韩诗》《毛诗》和《齐诗》。今天见到的《诗经》,是由鲁国的《毛诗》传下来的,其他三家的《诗》已经亡佚。所以我们只能从现存的《诗经》中寻找参照,因为《诗经》中曾经多次出现过"女子"一词。

《诗经》第一篇是《关雎》:"关关雎鸠,在河之洲。窈窕淑女,君子好逑。求之不得,辗转反侧。"这些耳熟能详、脍炙人口的句子,是多少青年男子的心声,曾经打动了无数过去的人和现在的人。正因为如此,才传诵了两千多年,才放在篇首。这里让君子辗转反侧的窈窕淑女,不会是已婚女人,更不可能是脸有皱纹、头有白发的女人。按今天的话说,应该是发育成熟的未婚青春女性吧?!

"窈窕淑女,君子好逑",今天,不知道这两句诗歌的中国人,可以说是一个文化不高的人。这是一首描写爱情非常生动的佳作。天底下哪一个正常的男人不喜欢淑女。天底下哪一个淑女不是妙龄的女子。淑女的一颦一笑不但让男人动心，而且也是其他女子模仿的对象。

《诗经》是我国第一部诗歌总集，据传，这些诗歌流传到孔子的时代，孔子对其进行了删减整理，这就是今天流传的《诗经》。也可以这样说：是孔子作为一个"编辑"，把这篇佳作放在三百篇之首的，想来孔子也特别喜欢这一篇。这是一首既符合他的道德观，艺术性和文学价值又非常高的作品，不难看出窈窕淑女是人见人爱的。

《诗经》是古代文学的典范。读到这般优美的句子，谁会把淑女和小人往一块儿想？但凡读过《诗经》的人，有几人没有记住窈窕淑女？这是众人心里有笔下无的句子，是说到大家心坎里的句子，百读不厌，回味无穷。

因为男人爱淑女，所以女人争当淑女。那么，把女人说成像小人一样难养的人，不但女人反对，男人也不会同意，而且也不符合事实。我们就会这样想了：这里的"女"字已经十分清楚地指女性，而且是指青春妙龄女性，为什么孔子去世后成书的论语，其中许多地方还要把"女"字当"你"字用呢？

孔子整理《诗经》时，用的是鲁国的文字还是保留了原来的文字风貌，我们已不得而知。

《诗经·国风·鄘风》中有这样的句子："女子有行，远父母兄弟。"这个句子在《诗经》中出现了数次，这里的女子是指即将出嫁、远离父母的女性。

应该强调一点：这是鄘风，不是鲁风。

把这里所指的女子，即青春女性，与开头那个句子联系起来，试一试，看结果如何？只有即将出嫁的女性与小人难相处。这样解释不通！把即将出嫁的青春女性和小人拉扯在一块儿，不能成立！

《诗经·小雅·斯干》中有这样的句子："大人占之，维熊维罴，男子之祥；维虺维蛇，女子之祥。……乃生女子，载寝之地。"这里的意思是：占卜梦境，推断吉祥，如果梦见熊和罴，预兆怀着的胎儿是男孩儿，梦境是长蛇蜥蜴之类，预兆怀着的胎儿是女孩儿。……如果生下的是个女婴，就把她放在地上安睡。这里的女子指的是女胎或刚出生的女婴。我们把这里的女子与那句话联系起来：只有腹中的女胎（或新生的女婴）与小人难相处。这样解释这句话不通吧？女胎或女婴与小人之间不沾边。这篇是《小雅》，是西周王畿的正声雅乐，是当年正统的宫廷乐歌。演奏"斯干"的地方是西安附近的"镐京"。镐京至曲阜几百里的路，这些地方都是后来秦国的地盘，虽然不知道当年秦国与鲁国在使用文字上有什么区别，但是，语句中的"道理"应该相通。

再看《诗经·载驰》中的句子："女子善怀，亦各有行"。其意思是：身为女子多愁善感，各行其道各有主张。这是诗经里极少数可以考证作者的篇章之一，《左传》鲁闵公二年明确记载：许穆夫人赋《载驰》。许穆夫人是卫惠公的女儿，她有两个哥哥，一个是喜欢饲养仙鹤的卫懿公，另一个是受命危难，但皇位还没有坐热就呜呼哀哉的卫戴公。卫国被狄人攻破，此诗写的是卫戴公死后，许穆夫人轻车快马赶回卫国，吊唁慰问的故事。这里的女子是作者自称。

国难当头总要有人挺身而出，拯救国家。这里描写了一个柔弱女子力图拯救国家的行动，一片心系国家的归乡情怀。这里的这位女子是一位令人敬佩的女性，和那句话联系一下，这样的女子与小人有什么瓜葛，怎么也不能等同看待吧？

同一个时代的"女子"一词，其所指的人物应该是一致的。《诗经》里女子一词所指的人，大家都能理解接受；而《论语》这句话里的女子一词，搁在这里怎么让人如此不快？假如强行地继续往下走，显然有悖常理。

《论语·阳货》："子谓伯鱼曰：'女为《周南》《召南》矣乎？人而不为《周南》《召南》，其犹正墙面而立也与'。"这里的意思是：孔子对伯鱼说："你研究过《周南》《召南》吗？做人假如没有研究过《周南》《召南》，就像脸对着墙壁站立。"从这句话可以看出，孔子是特别推崇《周南》《召南》的。这句话说得相当含蓄，从中读出孔子的喜好。周南约在汉水流域的东部，今天洛阳以南至长江一带。召南大约在西安南部汉水上游地区。这两个地域的民歌收集在《诗经》中,就叫《周南》《召南》。其中不但有许多修身齐家的道理,而且还有许多优美的情歌。我们看《国风·邶风·击鼓》中的句子:"执子之手,与子偕老。"这是大家耳熟能详的句子。有人说过,一辈子没有经历过爱情的人,你的人生不算完美。孔夫子贵为圣人,他要食人间烟火。每当谈到女性时,都特别小心委婉。这句话是孔夫子对儿子说的,他是在教育后人,做一个文明人应该有的情操。

《周南》《召南》是我们现在能够读到的年代最久远的情歌,好多写得热情奔放,梦萦魂牵。你看其中那青春的潇洒,远古的浪漫,相爱的幸福,恋人的缠绵。好男儿遇到俏女子,自然激情澎湃,美姑娘遇上心上人,难免心花怒放。不谈名,不言利,大江滔滔,青山绿水,平淡淳朴,心旷神怡。那森林中的眷恋,汉水边的渴望,南山下那份执着,涧溪旁那份辛酸。真让你荡气回肠、扼腕长叹。孔夫子的时代照样有爱情,难道老夫子会来一曲吃不到葡萄说其酸,把让人爱恋的美女同令人厌恶的小人划为一类?今人虽然读不到孔夫子写下的诗歌,但是完全能够从《论语》中感受到老夫子那份格调。

非圣手不言诗书乐,是洒家追求真善美。

《论语》中《周南》这一段,用词相当含蓄,孔夫子为什么如此呢?孔夫子也是人,也有爱美之心,他是不便公开讲述自己也曾辗转反侧。这其中的隐衷,只要把《周南》《召南》那几段多读几遍,自然就会明白个中滋味。

男人喜欢美女,女人喜欢被人称为美女。

凡是读过《诗经》的人,都知道《诗经》中的诗分为风、雅、颂三部分内容。"风"的意思就是土风、风谣,也就是各地方的民歌民谣。《诗经》中的"风"包括了十五个地方的民歌,"十五国风"就是十五个诸侯国的民歌民谣。"雅"是正声雅乐。是正统的宫廷雅乐,"颂"是祭祀乐歌,再加上"鲁颂"和"周颂",这些都是当时中国具有各地特色,或者说具有各诸侯国特色的作品。

《诗经》《论语》这些都是秦始皇统一文字之前的作品,这些作品在使用文字上是有一定的差异的,孔子怎么整理《诗经》的?《诗经》是不是完全使用了鲁国的文字？字不同文，不同在什么地方？怎么比对？这样解释，能不能说得过去？

《诗经》汇集了西周初年至春秋时期500多年的诗歌。其中好多句子让人感觉到原始和自然淳朴，如同看到上古先民那种原汁原味的劳作场面和生活场景。诗歌中的字词语句能让你感觉到那份遥远。今天的人是写不出那样特色的句子，那个时候词语的使用方法，不会流传到今天。

《诗经》中有相当篇幅是描写青春男女相爱的情歌，还有一部分是描写小夫妻恩爱相思的作品。其主角"女子"一词并未在十五国的作品中全部见到，出现的频率是较低的；而用"女"，代表青春未婚女子，也就是今天的"姑娘"的时候很多。姑娘好像花儿一样，这是今天的写法。那时候可能写作"女如花般"，写成"女子如花般"的时候不多，但绝对没有人写作"女子如小人般"。

通读一遍《诗经》，没有发现一句歧视女性、约束女人的话。

再看一看《诗经·大雅·瞻卬》那一段："妇有长舌，维厉之阶；乱匪降自天，生自妇人。……妇无公事，休其织蚕。"其意是：（某些个）妇人长着个长舌头，那是祸害的根源；祸乱不是从天而降，而是产生于（某些个）女人。……身为女人不做自己分内的事，织布养蚕都不干了。这里的妇和妇人应该指的是女人吧？

我这里毫无断章取义的意思，原作在那里放着，大家都可以读。我是找出相关的词，说明问题。

人人都有冷静下来，回想人生，回忆历史的时候。中国历史上包括世界历史，影响范围之广，时间之长，知名度之高能有几个人超过孔夫子？外国人写的《人类百位名人排座次》，上面有孔子，而且是名列前茅，他绝不是浪得虚名！

截止2018年2月，全世界共有154个国家（地区）建立了548所孔子学院和1193个中小学孔子课堂。凭这个数字就会让每个中国人受到鼓舞，就会对孔子产生由衷的敬佩。按前面那句话的那种解释，假如外国某所孔子学院的学生问我们的老师：你们中国的圣人怎么这样歧视女性，这样的人算什么圣人？面对这样的问题该如何回答？

我虽然不是老师，但是，我会这样回答：这句话里的女子不是指女性，与性别无关。

我这样说肯定会有人驳斥，论语这句话中明明写着"女子"，你怎么说女子不是女人？是不是头脑有问题？女子不是指女性又是指什么人呢？根据在哪里？

肯定会有人说：女子一词在孔夫子生活的年代之前已经有了，就是指女性，这种说法不无道理；但是，当时女子一词是指女人群体还是女人中的某些人？还是什么别的？

解铃还须系铃人，要回答这个问题，解答这个疑团，最好的参照就是《论语》及同时代作品。

三、《论语》中的女性

《论语·泰伯》:"唐、虞之际,于斯为盛。有妇人焉,九人而已"。这句话的意思是:唐尧和虞舜时期,比武王时人才兴盛,武王说的十个人中有一个是女性,实际上是九个人罢了。从这句话中我们能了解,那个年代女性已经参政了,而且地位相当高。对这样有身份的女性的称呼,应该是尊敬而且文明的吧?这里也确实是指女性的吧?妇人,这里就是这样称呼的!

果真那句话指女性,应该写作这样:"唯妇人与小人为难养也。"

今天能够读到的明清及以前的作品,提到女性时,好多地方用"妇人"。

《论语·庸也》:"子见南子,子路不悦;夫子矢之曰:'予所否者,天厌之!天厌之'!"南子是卫灵公的夫人,她干预朝政,名声不好,时人多有议论。从这里可以知道,孔夫子见过南子,看到子路给他那不好看的眉眼后,他说的话是十分认真的,他的心情是十分着急的。因为这是一个十分敏感的话题,稍有闪失,便会招来非议,影响名誉,这里孔夫子那着急的心情和神态跃然纸上。由此可知孔夫子在接触女性时是十分谨慎的,那么,他提到女性时的用词,也应该是小心谨慎的吧?!

《论语·宪问》:"岂若匹夫匹妇之为谅也。"这是孔夫子和他的学生子贡评论齐桓公和管仲时说的话。单说这句话的意思是：怎么能够像普通的男人和普通女人那样自以为是。这里的匹夫应是指普通的男人，匹妇应该是指普通的女人。

在介绍中国上古史的书籍中，常常见到这个故事：不成体统的晋灵公。晋文公的孙子晋灵公在很小的时候就继位国君，长大执政后，正事不做，却花天酒地；这位花花公子为了取乐，甚至站在宫殿高台上，手执弹弓，弹射行人，看着他们躲避来取乐；厨师烹制的熊掌未达到烂熟的程度，不对他的心思，他便下令把厨师给杀了，还让人把厨师尸体肢解，放在簸箕里，让宫女弄出朝堂。这个不得人心、昏庸无能、残暴的国君，最终被手下的大臣杀掉。

年轻时看史书，记住了这个故事。年龄稍大后才看《春秋左传》，这件事在上面记载得清清楚楚：晋灵公不君。厚敛以雕墙，从台上弹人而观其避丸也。宰夫胹熊蹯不熟，杀之，置诸畚，使妇人载以过朝。

晋灵公，名夷皋，公元前620—前607年在位。这是孔子之前的人和事，有的资料上说孔子著《春秋》，果真的话，上面这个故事孔子应该知道，这里的用词是妇人。

孔子之前和他同时代的书，流传到今天的只有有限的几本，只有这类书，才能反映那个时代的用字特色。

再看《左传·秦晋淆之战》中的句子："武夫力而拘诸原，妇人暂而免诸国，堕军实而长寇雠，亡无日矣。"这是晋国的大臣先轸发怒时对晋襄公说的话，意思是：将士们冒着生命危险，才从战场上抓获了这些敌人，女人说几句话就把他们放回国，这是毁伤自己的士气，长了敌人的威风，晋国灭亡的日子不长了。很明显，这里的妇人指的是女人。

以上面所列的句子为根据，我们或许可以得出这样的结论：当年的"妇人"就是今天的成年女性。那个年代的书面用语，就看不到"女人"和"女性"这类词。

看一看《论语》中孔夫子的学生是如何评价孔子的："子贡曰：'夫子温良恭俭让，以得之'。""子温而厉，威而不猛，恭而安。""颜渊喟然叹曰：'仰之弥高，钻之弥坚，瞻之在前，忽焉在后。夫子循循然善诱人，博我以文，约我以礼，欲罢不能'。"以及"敏于事而慎于言"，"学而不厌，诲人不倦"等等。

不用今译和译文，大家都很清楚这些话。这样一列，孔夫子的形象就明显了。这是别人的记录和评价，不是自己的吹嘘！人格的力量在人心，不在乎挥臂叫嚣。孔夫子这般水平的人，应该不会说那么不着调的话。

改革开放之初听过这样的段子：在外事活动中，中国某位官员把自己的夫人介绍给老外，脱口就来："这是我爱人。"乍一听这不是很正常嘛。老外的翻译没有经验，跟着就译，把爱人译作情人。老外一听就火了，这样正规的场合你带着情人来，明显地对我不尊重，随后的事情好不别扭。

谁都知道，中外虽然语言不通，但人的面部表情和眼睛中的未语之语是相通的。外国人称妻子就是妻子，不像中国人称呼得那么多，老婆、内人、当家的、婆姨、我们家那口子，等等。

西方的基督教徒要过"圣瓦伦节"，中国人把这个节日译成"情人节"。未婚相恋的人是情人，恋爱中的女人在这一天收到男朋友送的鲜花，那是很幸福的事。只有那些不讲伦理道德已婚之人，才明火执仗地与婚外的人过情人节。所以说：此情人非彼情人。

《论语·季氏》："邦君之妻，君称之曰夫人。"这里写得清清楚楚，国君的老婆，国君称她为"夫人"，这是国君的"专利"，也是国君老婆的专利。在那个年代，普通老百姓假如这样称呼自己的夫人，那就是犯上作乱，可能要倒霉的。

美的、好的、文雅的，全人类都喜欢，今天，普通老百姓都把自己的老婆称作夫人，再把"夫人"一词作为一个国君老婆的专利对待，那就见笑了。由此可知：此夫人非彼夫人。

那句话那样的解读，肯定让孔夫子背黑锅。天下的女人听了那样的解读，肯定不同意！之所以如此，就是要明确一点：对经典不准确的解读，必然误导人，就会对人造成不必要的伤害。和谐社会不应该有不和谐的语言继续泛滥；文明社会不能允许把"女人和小人一样难养"这样不对头的解读，继续进行下去。

《论语·季氏》："乐道人之善。"孔夫子在这里讲得很清楚："人生的乐事就是宣扬他人的优点。"同理，那样评价女性，连起码的公平都没有，如同咒骂，也是人生的悲哀。孔夫子这样教化人，自己焉能背道而驰？

《论语·卫灵公》："子曰：'已矣乎，吾未见好德如好色者也'。"其意是，孔子说：算了吧，我没有见过喜好道德像喜欢美色一样的人。孔子这里说得够通透直白的，这里的好色应该是喜欢美女吧，美女有几个不是青春女性？人同此心，心同此理。

《论语·卫灵公》："子曰：'吾之于人也，谁誉谁毁？如有所誉者，其有所试矣。'"这里的意思是，孔子说："我对于别人，诋毁过谁？赞誉过谁？如果赞誉了谁，那一定是经过考验了。那句话把女人和小人相提并论，谁都知道那是对女人的诋毁，而且一毁就是人类总数的一半，孔夫子这样教育人，自己哪能干那样的蠢事。"

这句话里的女子，究竟是指女性，还是另有所指，我们慢慢品评。

《论语》的最主要思想是"仁""爱"，这种理论是对社会有益的。孔子为了把他的主张推广，在鲁国得不到应有的尊重后，才去周游列国。在不被理解接收的情况下，他没有怨天尤人，而是执着地用行动诠释着理想；直到晚年回国后依然办学育人，教诲子弟。这种坚韧不拔的意志的确让人敬佩！他在那样艰难困苦的环境中指责过谁？抨击过谁？我们在《论语》里面看不到孔夫子在困境中消沉、失态的语言；相反，看到的是坚韧执着。他为什么要那样诋毁女性？那种解释和《论语》的整体精神风貌是格格不入的。

孔夫子去世至汉武帝时代，时间过去三百多年。战国时期七国争雄，战火连绵。秦始皇统一中国后又实行了焚书坑儒。这三百多年中世事发生了多少变故，这期间儒家学说和其他百家一样，无所谓谁主谁从，谁高谁低，也没有哪位皇帝国君加封孔子为圣人。《论语》在这三百多年的流传中，经历了许多苦难。

《论语》尊为经典，孔子尊为圣人，那是有原因的。读过《论语》的人都知道，直到今天，我们仍然在继承延续着孔子的光辉思想和文明行为。

史书上明确记载：汉武帝在公元前130年前后接受了董仲舒"罢黜百家，独尊儒术"的建议。这是孔子去世349年后，他的学说作为一个"术"被尊奉。从此确立了儒学成为国家正统学说的地位。我们应该记住在此之前，那位第一个提出尊孔的人。

公元前202年刘邦称帝，他称帝之前鄙视儒生，当了皇帝也没改。一次，大臣陆贾在他面前又称道《诗》《书》，刘邦不耐烦了，骂道："我是马上得到的天下，为什么要研究《诗经》《尚书》呢？"陆贾跟着说："马上得之，宁可以马上治乎？向使秦已并天下，行仁义，法先圣，陛下安得而有之？"

行仁义，法先圣，这是安定天下的最好手段。安定天下是历朝历代的皇帝最关心的事，短暂的秦朝，就是被刘邦领导的起义军和其他起义军联合推翻的。一句话说到痛处，"高祖不悦而面带惭愧"。于是他对陆贾说："你为我写一写秦失天下，我得天下的原因，和自古以来的成败亡国的情况。"陆贾共写了十二篇，每上奏一篇，皇帝都认为写得好；左右官员欢呼万岁，称陆贾的文章为《新语》。这一段在《汉书·陆贾传》里写得清清楚楚，这就是孔子被承认的开始。

史书里还有这样的记载："（汉高祖十二年）十一月，行自淮南还，过鲁，以大牢祠孔子。"大牢就是太牢，是古时候牛猪羊三牲齐备的最隆重的祭礼。

汉高祖刘邦祭孔，是我国古代天子皇帝有史以来的第一次，彰显出儒家的思想将要或已经登上国家的舞台，标志着儒学成为国学的主流，这件事的影响深远巨大。

孔子的学说就是这样被国家承认的，其开始成了安定天下的好教材。

汉朝刘邦之后的皇帝，完全可以不用再尊孔，完全可以另起炉灶，建立新的国学体系。然而，比较来比较去，没有另外一个人的学说，能更好地教化民众安定天下，更有利于统治阶级的需要。

改朝换代像走马灯似的换了一茬又一茬，唯独孔夫子一直被尊奉，这就是最能说明问题的事实，可见儒学和孔夫子的宝贵。

《论语》是孔夫子的弟子记录孔子言行和活动的书，弟子们在记录中加入了多少个人的喜好，融进去多少个人的文字特色？

孔夫子在这句话里提到的小人究竟是指什么人？贪利忘义，心胸狭窄，目光短浅等等，这是德行上的"小人"；社会地位低，这是出身原因的"小人"；小孩子，是年龄意义上的"小人"。

孔夫子弟子三千，七十二贤，他当年讲课和今天老师的讲课情景有很大的差别，无黑板，无电脑，无投影。但是，一人讲，多人听这一点恐怕是相同的。试想一下，假如前面那句话是对学生讲的，那么，这么多学生的母亲和姐妹都被孔子攻击了，谁还愿意跟着他学习，孔夫子能傻到那种程度吗？任何正常的人都不会接受。

木头可以燃烧，煤炭也可以燃烧，虽然材质和形状不同，材料产生的方法也不同，但是，这些不同的材料燃烧时，都可以发光发热，在发光发热这一点上是相同的。

蚕丝可以织成绸缎，棉花可以纺线织布，绸缎和布都可以做衣服。虽然一种是动物吐的丝，一种是植物开的花，生成的方法不一样，但是，不同的材料做成的衣服都可以保暖御寒。这一点是一样的。

性别和德行之间有某种内在的关系吗？性别和高矮胖瘦之间有什么联系？性别和性格气质有什么因果关系？在这些方面，男人有的女人也有！这些与性别毫无瓜葛！搭不上边，这是普通人都知道的常识。既然这样，那句话那样说或解释就不能成立。这些简单的道理，孔夫子应该知道。

一个人的思想观点能够流传两千多年，并且受到尊敬，这个人的智商即使不高也不会弱智，他应该不会当众说这么一句站不住脚的话。就如同我们今天某位有影响的人物或者某位老师，你若说一句类似的话，女人当中谁还会给你投赞成票？学生们一定会炸了锅，会把你骂烂，打翻，再踏上千万只脚！那我们就应该静下心来，认真地想一想那句话。

四、静心思理

　　十多年前亲身经历的一件事，常常浮现在我的眼前：那一次我去了岳母家，内弟一家也在。为了喝饮料还是喝白水，七八岁的妻侄女同她奶奶争执起来了。老的要让小的喝白水，小的坚持要喝饮料，老太太教训孙女："不听老人言，吃亏在眼前。"孙女不干了，立刻回敬道："不听小人言，吃亏在眼前！"在场的五个大人面面相觑，一时不知说什么好。结果呢，老人家没脾气，只好给"小人"家喝饮料。

　　这就是小女孩对"小人"的理解，直观，真实。这是老小之间真实的一幕，不添加任何个人恩怨，每每想起让你玩味不已。

　　童言无忌，童言就是对经典最好的诠释。顺着这条线索我们不妨往下走一走，想一想，权当孔夫子就是这么说的，他的门徒也没有记错。

　　不是孔子说的有问题，也不是流传过程中出差错，当年的文字就是这般使用方法，是不是某些人曲解了先哲的本意？

　　现在的人类或者文明人谁还茹毛饮血？当今的老百姓没有人再穿秦汉时代的服装。天下事经常发生变化，人类的文明程度是由低级向未来更高级的方向发展，这是不以人的意志为转移的，是谁都阻挡不住的趋势。对人类而言，再变，大自然的规律未变，衣服的功能未变，汉字的作用未变，句子中的"文理"不会变化。

任何一个女人都不会接受的语言和不通逻辑的解释，男人也不可能接受。那句话那样的解释难道能说得通？孔夫子是一个泰斗级的文化人，千秋万代还在传诵他的英名，他不应该说出这般没有水平的话。

自然界的雌雄动物有着自然分工，尤其是群居动物，险、累、苦的差事自然由雄性动物担当，而且由雄性动物中的健壮者领头。人类也是如此，探路、狩猎、打仗都是男人分内的事，久而久之形成了勇挑重担、粗犷豪放的本色。采桑、纺织、缝补、浆洗这些同样需要人手的活儿，相对较轻的事情，自然而然地落在女人肩上。所以，慢慢地形成了她们观察入微、细心温柔、婉转细腻的特色。这是在千百万年漫长的进化过程中，因自然分工不同，因性别差异而形成的特色。

这是自然使命的缘故，如同吃饭喝水一般，无所谓谁高谁低，谁尊谁卑。哪个男人没有母亲妻女姐妹？这些人你不保护谁保护？你不辛劳谁辛劳？敌人打进来了，你不扛枪冲锋陷阵让谁去？被人尊为圣人的孔夫子难道连这点粗浅的道理也不知道？非来一句女人和小人难养？男人怎么好养？如果好养，天下只有男人了。不都是一样的吃喝拉撒，那种解释于情于理都不通。某些人在今译的时候，非要展现一下拳脚，把女子译成女人，着实哀叹。还有人把女子一词照直搬过来，须知：这句话里的"女子"和现代汉语的女子含义是不一样的，也就是此女子非彼女子。

孔子生活的时代，照样有高贵善良美丽的女性。《论语》中记载的子见南子，而某些影视剧过分地渲染这件事，那是为了吸引观众的眼球，是为了上座率。类似南子那样高贵身份的女性，孔子不可能不知道，她们也像小人一样难养？这样说不过去。某个女人像小人一样难养，那不足为奇。若凡是女人就像小人一样难养，那这个世界不就成了小人的世界了，世界上的人大部分都难养了，也就无所谓什么难养、好养了。

君子是人世间真善美的代名词，而小人则是假恶丑的化身。只要是女人就与假恶丑有关，就难养，这是什么逻辑？

人类歌颂最多的是祖国和母亲，赞美最多的是青春女子，这些人都是女性，不应该说女人像小人一样难养，这是基本知识。

看一看今天各类杂志的封面，有几本不是青春女性，她们是天使的化身，通晓六艺的孔子难道如此没有情趣，不具备这样的常识？还是不食人间烟火的神仙？我们不能以常人之心度君子之腹。

无美不成为艺术。不是美的好的人们不会喜欢。青春前卫亮丽的美女，自古以来令多少人倾倒，留下多少美好的传说和佳话：奔向月宫的嫦娥，浣纱沉鱼的西施，思乡落雁话昭君，倩丽闭月美貂蝉，亚当夏娃吃禁果，牛郎织女会鹊桥，视死如归刘胡兰，坚贞不屈江竹筠。

无女子点缀江山不算图画，有义士叱咤风云成就春秋。

一个成功的男人背后，肯定有一个默默付出的女人。这句话流传了多少年，这就是红花和绿叶的关系。谁会怀疑这句话？这是无数人用无数事实证明的铁律。这是至理名言。

五、被逼而出的文字

没有文字做记录作证据的官司，是糊涂官司。"唯女子与小人为难养也"这句话，是有文字的，应该是清楚的。但是，古人的文章没有标点符号，这又该怎么办呢？就是说这句话是文字官司，应该从文字说起。我们讨论一下，文字大约始创在什么时间。

从直立行走的猿人开始算起，人类已经有了上百万年或者更长的历史。出现人类之前，自然界就已经有了风雨雷电，风雨雷电常常给人带来灾难。产生这些的原因，与"天"有着极大的关系。人类不敢迁怒于天，因为说天的坏话，会得到加倍的惩罚和报复，所以只好求老天爷。这就是巫师和巫文化产生的根源。

想想当年：人类是狩猎者，同时也是猎物。瘟疫洪水，疾病死亡，面对这些随时夺取人类生命的灾难，先民们是多么无助。呼号奔走，浑身发抖，每到夜里抱成一团，但是，无济于事。怎么办？古人只有求天求神——今天仍然有很多人这么做——来帮助人类消灾免难，这就有了祈祷、祭祀、祭坛，求天也能给人心里安慰。祭祀究竟从何时开始，恐怕没有人能说清楚。农业是靠天吃饭，华夏族开始农耕文明以后，更是把祭天的规模和规格，抬高到前所未有的程度。

巫师文化延续的年代极长,至今依然。一个人向老天爷求助的时候太多了。慢慢地,一群人在头领的带领下,向老天爷求助,变成了集体的仪式。再后来成了定数,每年冬至——北半球日影最长的日子——由皇帝带领大臣祭天。

看看今天,社会进步了,绝大部分人不再狩猎了,也不必担心成为猎物。但是,瘟疫、洪水、疾病死亡还是与人类相伴,今天的人类面对这些"无常"仍然没有办法。求谁能帮助我们消灾免难,健康好运?好多人还是求天求神。现代人虽然不设祭坛了,然而,天和神一直装在很多人的心中。

人类认识自然的过程是十分漫长的,至今我们仍然在继续认识自然和依靠自然。

人类社会发展到每一个阶段,都会出现相应的问题,需要人类用相应的办法去解决。今天人人都能见到的火车、汽车、飞机、电脑等等,这些都是人类在不同的时期,一件件创造出来的。新鲜的是,火车站依然叫火车站,好多火车上,却看不见火了,奇怪!这是因为社会进步了,用燃油的内燃机车、用电做动力的电力机车,代替了以燃煤为原动力的火车。这些都是今天的人能看得见,说得清的事情。那么,当年那些我们看不见,靠"传说"知道的事情,真实面貌又是什么样呢?

远古的时候,人类居住在自然形成的山洞里,后来人类学会了盖房子,便迁移到适宜人类生活的地方,居住繁衍。我们看一处考古发现的中国北方遗址:这里是华北平原和太行山的接壤处,用考古实物为依据,用科学方法断定,得到学术界公认的8000年前的磁山文化。当年这个遗址中的人,已经会修建半地下式的房屋,掌握了开荒、播种、收割到加工、储蓄等一整套完整的农业生产的方法。从生产工具到窨窖,早已脱离了农业种植的初创阶段。这个遗址中发掘出不少贮存粮食的窖穴,有的深至5米。腐烂的粮食堆积的厚度不等,有一处厚达2米,测算储存的粮食总量超过十万斤。

十万斤粮食是一个什么概念?平均每人一天一斤,可以够将近300人吃一年。8000年前的人类就达到这样的水平了,当时还是新石器时期。这么多的粮食，不是十个八个人的劳作可以得到的，又是如何收获、晾晒、储存到这里的？未来怎么分配？最起码要有进出的两本账。这是今天的常识，当年也不会例外。可见这个聚居地的规模已经相当大了，居住的人口相当多了。这个时期的人类，已经迫切需要符号之类的东西，来解决生产生活中的问题。当然，当时的人类自然有当时的办法，只是今天的人不知道罢了，这也是没有文字留下记录的缘故。

因为需要，所以会有人创造，古今一理。文字就是把语言固定下来，无法更改又一目了然的信物和凭证，所以慢慢地出现了。

20世纪初，河南安阳小屯村的农民在翻整田地时，发现了许多带有文字图形的兽骨。他们好奇地收集起来后，卖给中药店。而中药店的工作人员不懂古文字，就按"龙骨"收购。时间一长，引起古董商的注意，他们猜测，这些骨头上的文字，很可能是古代镌刻的简册之类的东西。古董商买了部分带字的"龙骨"，请当时著名的金石学家王懿荣鉴定，王懿荣经过认真研究和考证，断定这是我国商朝先民占卜时，刻在兽骨上的文字，属于我国早期的文字。王懿荣的发现震惊了学术界，因为这些文字刻在龟甲兽骨上，所以命名为甲骨文，以至于形成甲骨学。

甲骨文字累计发现了5000多个，现在释读清楚的有2000多个。5000字这个数量，已经能够清楚完整地记录人类的行为，5000多字已经满足人类日常生活的基本需要。今天，小学教育阶段要求的识字数量是3500个左右。依此可以断定：殷商时期中国的文字已成体系，并且逐渐走向成熟。可以看出，那个时代的文化已经相当发达。

甲骨文已经得到公认，是殷商时期的文字，距今三千多年，这在史学界和考古界毫无争议。由于甲骨文的发现，殷商朝代由传说成为信史。

甲骨文不会凭空产生。和任何事物一样，文字也要经历由简到繁，由少到多这个必然的过程。文字都是一个个创造、比较、积累，再创造、再比较、再积累，这样慢慢地人为地聚集而成，不会有谁一晚上不睡觉，创制出上千个，第二天大家使用。如同母亲刚生下的孩子就会跑，没有那样的道理。

甲骨文是不是最早的文字？不是！文字由产生，再发展到定型，是需要一个相当漫长的过程；殷商时期的甲骨文，已经度过这段漫长的成长岁月。那么，甲骨文是以什么为基础，演变发展而来的呢？最早的文字究竟起源于什么年代呢？

我们看一下再往前那一段已经公认的、考古发掘出来的、有据可查的历史。

1953年春，西安灞桥火力发电厂施工时，在浐河东岸的半坡村，发现了人类活动的遗址。相关部门发掘后认定：半坡遗址是黄河流域一处典型的母系氏族村落遗址。这里一条深宽各有五六米的大壕沟，围绕着半坡人的居住区，里面分布着四十多间中小型房子，中间有一座大房子是公共活动场所，房屋周围有许多储物的地窖。这里出土了许多石质的陶质的和骨质的工具，分别为农具、猎具、渔具和炊具纺织具等，说明了这个时期的人类已经开始了种田纺织熟食，依旧狩猎打鱼。半坡人已经开始使用弓箭、鱼叉，他们学会了把猪狗羊等野生动物驯养成家畜。这里生活的人，有了相对可靠的食物来源，可以无忧无虑地生活了。这里还发现了菜籽和粟的遗迹，还有动物的骨骼和果实等。说明半坡人开始了农业生产，狩猎也有一定的地位。半坡人的制陶技术相对出色，他们制作的陶器上刻画着人面、鱼、鹿、植物的枝叶及几何花纹，在陶器上发现了二十多个固定的刻画符号。有人认为：这些刻画符号，可能是一种原始文字或者是文字的雏形。

一个固定的符号多次在大小不等的陶片上出现，这就非常耐人寻味了，这些相同的符号暗示着什么？肯定有某种意义在其中，如同今天陶瓷上的标记。表明是某个人制作的，这个符号无法更改了。

相关资料显示，当初半坡遗址上生活的人类距离今天大约6000年左右。这是母系社会人类生活的遗址。

半坡发现的相对固定的刻画符号，与甲骨文是不是有关联？或者说甲骨文是不是从半坡发现的刻画符号为基础，发展而来的？现在没有任何证据能证明。学术界没有公认这些符号，与甲骨文是传承关系，但是，做法有相同之处。刻画在龟甲兽骨上的甲骨文和刻画在陶器上的符号，个头的大小差不多，深浅差不多，目的也一样，都是做标志记录，任何人一看，都知道它的作用。

半坡的成年男人晚上要到其他村落过夜，那里有他的"爱人"和孩子。虽然那个年代不讲婚姻，但是，你在这里过夜，一旦遇到突发事件，你不可能袖手旁观。再说，那个年代已经开始烧制陶器，马家庄的人到牛家庄过夜，你看到人家陶器上的刻画符号，你不可能无动于衷；假如你也是制陶工匠，回到自己的作坊，你也会在自己制作的陶器上，刻画上自己独特的符号。时间一长，这种方法众人纷纷效仿，各种独特的"专用符号"便会不断出现，并且逐渐在附近的村落传开。慢慢地，这些符号会向四周扩散，影响到越来越多的人，由此带动了刻画符号的发展。

小岗殷商出土的甲骨文，已经是成熟的文字。现在我们使用的文字，就是由甲骨文发展演变而来的，这个事实已经得到公认。从"半坡母系社会"到殷商朝代中间这段时间，就是文字从产生、发展，到基本成熟的阶段。这段时间大约距今3700到6000年，也就是说，中间这2300年左右的时间，就是汉字从初创到基本成熟走过的"初级阶段"。同时，这个阶段也是我们中国人的祖先——也是人类社会——由母系社会走向父系社会的阶段。这段时间的历史，至今没有确定，还有一部分是"传说"和"据传"的历史。之所以如此，原因是没有文字记载。好多出土的文物，鉴定后虽然属于这段时间，但是，数量不够多，影响不够大，出土的文物上没有足以说明问题的文字。极少数带有刻画符号的文物，提不出有力的证据，所以没有得到社会的广泛认同。还是因为没有文字说明不了问题。

但是，殷商朝代已经使用甲骨文。我们的思想应该回到殷商之前，那个创制文字的时代，设身处地地思考这个问题。汉字——这个象形文字本身，给我们提供了证据，给我们记录了这段时间发生的事，给我们画出了这段时间的图画，把人类的历史呈现在世人面前。我们只要认真地梳理一下，文字始创年代的年代轮廓非常明显。

说这个问题，首先要说清楚文字初创的年代，人类的生活情况。《礼记·

表记》载:"殷人尊神,率民以事神,先鬼而后礼。"

现在已经知道,殷商时期,商王在处理较大的国事之前,都要进行占卜,祈问鬼神。甲骨文不但已经开始正式使用,而且相当一部分,大体上有了统一的书写方法。占卜大致是这样进行的:占卜前,占卜者或巫师把自己的名字、占卜的时间、要问的事情都镌刻在甲骨上,然后用火灼烤甲骨;其受热后会出现裂纹,占卜者根据甲骨上裂纹的长短、粗细及形状,进行分析;得出结果后,再刻在甲骨上存放起来。这个结果,就是"神的旨意",人要按这个"旨意"办事。这里看出来了,甲骨灼烤之后的裂纹,是神给人的指示,甲骨上记录的是人与神的对话,在当时,这是最先进的"科学"手段,也是某件事情因果关系的证据和记录。

选录某块甲骨上的卜辞:癸巳卜,争,贞侑白甗于妣癸,不(左)。王占(占字加大方框)曰:吉。勿左。

卜辞的大意是:癸巳日占卜,贞人争问卦,贞问行侑求之祭于先妣妣癸用白色的小猪,吉利吧?(左即不吉利,不左即不"不吉利",即吉利。)商王看了卜兆判断说:吉利。不必担心有不利之事发生。

卜辞上的标点符号是后人加的,释义也是有关人员做的。

殷商年代的做法,应该是从他们祖先那里留传下来的。究竟从什么年代开始呢?不知道!传承了多少年了?不知道!

这里看出了文字的作用——交流、记录、传递。语言是初级阶段的、不留痕迹的交流;文字是高级阶段的交流,而且是传递年代久远的交流,是留下痕迹,还不会走样的交流和记录。文字就是代价最小、最方便、能长久地保存的信物。

在河南安阳小屯村考古时,发掘出不止一座甲骨窖窨。一座窖窨的长、宽、高有2.5米左右,每座里面存放着成千上万片甲骨,每片上面都刻记着当年国家大事占卜的情况,犹如"国家档案馆"里保存着的原始档案。这些实物证实了《礼记》中的"率民事神",让今天的人,知道了殷商时期国家大事的运作过程。这些都是文字的功劳。

人类在远古年代，认识自然的能力十分有限，他们简单地认为：世间万物都是天造的，风雨雷电都是老天爷安排的，所以诸事求天。

半坡遗址上有一处祭台，这是目前为止发现的、中华先民最早的、为数不多的祭台之一。（极有可能去掉之一）这个祭台的形状，今天的人是想象不到的：这是一个高低错落的平台，长1.5米左右，宽0.6米的样子，高不过0.5米的土台子。整个台子南北顺长且一头高一头低，高出来的是一块直径不过0.6米，高出下面小长台不过0.2米的小圆台。整个台子的设计目的非常明显，略高一点的小圆台上放祭品，略低一点的小长台上跪人，这个小长台上只够一个人跪。

在北京天坛，今天的人，仍然可以看到明清时皇帝祭天的祭坛和祭文。祭文是读给谁听的？皇天上帝！这是人天对话的证据。仪式结束后，祭文和祭品都要送到专门的炉内焚烧，意味着这些东西敬奉天神了。

今天，民间的祭祀中也要把祭品焚烧。

由此可见殷商时期文字是天人对话的媒介和见证，可知文字的神圣作用，可以想象产生的原因。想象当年不是普通人想学就能学到的。

半坡遗址是母系社会时代的一个村落，这是公认的。那么，母系社会带领大家举行祭祀仪式的是什么人？有资格登上祭台的是什么人？结论大家都清楚：应该是女首领。

究竟经历了多么长时间的母系社会，没有人能说清楚。但是，经历了多么长时间的母系社会，就会有多么长时间的女巫文化。在这种社会里，男人没有资格作为一个主祭向天祈祷。

我们再探讨一下半坡遗址到殷商王朝这段时间的相关情况。

《史记·殷本纪》上面是这样记录的：商朝的远祖叫"契"，契的母亲叫简狄，是"帝喾次妃"。有一次简狄看见玄鸟堕蛋，便取而食之，因此怀孕生下"契"，"契"长大后"佐禹治水"，有功而封于商。

照这样说，"契"的母亲是帝喾次妃，帝喾就理所当然的是"契"之父亲，可惜不是。帝喾次妃是吞了玄鸟蛋后怀孕生"契"。可能吗？女人吞了鸟蛋就会怀孕生子？不会的！这里告诉世人一个非常清楚简单的事实：殷商的始祖"契"，"只知其母，不知其父"，这是非常典型的母系社会的印记。"契"传了十四世到"汤"，这十四世是按父系血缘排序的。"汤"是商朝的始祖，其生活的年代大约是公元前1700年左右，一世按30年左右计算，十四世就是500年左右，这样的话，今天往前大约4200年，人类还是母系社会。

细看"帝喾次妃""佐禹治水"，这里透露出明显的信息：帝喾是五帝时代的第三位帝，五帝时代是公元前约26世纪到公元前22世纪。夏朝之初，大禹治水。

以此为据，有了结论：今天往前大约4200年左右，大体上就是母系社会结束，父系社会开始的时间。

中国考古学之父李济先生认为：殷商的甲骨文非常成熟，而文字从初创到成熟至少需要千年的历史。李济先生当年主持了震惊世界的河南安阳殷墟的发掘，是他带领的团队考证后，使殷商文化由传说变为信史，在学说史上他的影响是巨大的。

公元前17世纪前后，殷商王朝就开始使用已经成熟的甲骨文。根据李济先生的学说，那么，甲骨文初创的年代，应该在距今4700年之前。而4700年前是母系社会。

《尚书·多士》中有这样的文字："惟殷先人有册有典，殷革夏命。""册"和"典"都是记录时事或历史的资料文献，"册"和"典"上是有文字的。殷的先人应该是"夏人"，夏人已经开始使用文字了，而且还能用文字记录成册。说明"夏人"已经开始使用成熟的文字记录历史了，而且夏人的文字已经形成体系。那么，"殷人"使用的文字应该是从"夏人"那里传下来的。"夏人"生活的年代大约在公元前21世纪到公元前17世纪。"夏人"使用的能够记录成"册""典"的文字，应该是相对成熟的，这些文字必须有一个出现成熟的过程，这个过程是需要时间的。也就是说，夏人使用的文字，是从更远的年代流传下来的。

今人已经无法看到"殷先人"的册典原貌了。但是，这段文字给我们透露出的信息是非常清楚的。依此为据得出结论：夏人已经开始用文字记录历史了。

看一下这些证据：1.半坡遗址陶罐上的刻画符号。2.河南安阳小屯村出土的甲骨文。3.《史记》《礼记》中的记载。4.李济先生现场考证得出的结论。5.《尚书》中的记载。

把往前的时间点尽量掐住，五者作为一个证据链上的五个证据，这些证据之间又有相互的关联，我们就可以得出这样的结论：文字初创的时间大约是距今约6000—4700年之间的母系社会。

这些都是有据可查的史料，我也是在这些"事实"的基础上做一些分析，提出自己的看法。

今天见到的甲骨文，好像很原始，然而文字已经基本定型了。从结绳记事，到出现简单的文字符号，到有了五千多个相对固定的甲骨文字，期间经历了漫长的岁月，究竟是经历了一千年还是两千年，很难说清楚。但是，这是必需的。

以年为单位记录历史的方法太久了，但是，准确的有据可查的历史也就是四千年左右，再往前的那些历史只是"传说"和"据传"的历史，我们只能望史兴叹，无可奈何。因为那个年代的文明程度只有那样的高度。人类从殷商时候开始，知道用镌刻文字的方法，记录身边的事，并且保留给后人。因此说，殷墟上的甲骨文，是中国古人开始书写自己的历史，并且传达给后人的证据，这是五千年文明史的一个亮点。

人类的历史长河流向何处？不知道！知道的是人类的历史还要继续书写，再过千年，人类用什么工具书写记录历史呢？应该说还是离不开文字。

六、始制文字的根据

研习过书画的人大都听说过这句话：书画同源。这个源究竟在何处？

看一下现在仍然能见到的古代最早的字典之一《说文解字》，再看一下当今出版的《细说汉字》，里面对"女"字和"妇"字的解释，及与女字有关的字。

女：妇人也，象形。女字是个象形字，从甲骨文的形体来看，像一个妇人跪坐在席子上，双手交叉或许是在跟人行礼打招呼。（见图1）

妇，服也；从女，持帚洒扫也。妇人，服侍（家事）的人，由"女"持握着"扫帚"，表示着洒扫庭除的意思。

"女"的本意就是女孩子，一般都指未出嫁而言。古人说：未出嫁的女子，叫作"女"；已出嫁的女子叫作"妇"。

"妇"是个会意字；从它的甲骨文形体来看，像一个女子，手中拿着一把笤帚，会意表示女子持帚洒扫。（见图2）

还有人这样解释：妇人活动多在室内，屈膝交手为其于室内居处之常见姿态，等等。

这是"女"和"妇"字的本义吗？今天的女性和当年的女人能同意这样

的解释吗？这种解释带有明显的歧视，所有的女人理所当然地不会同意，也不能同意！但是，很多女同志恐怕只能从感情上不同意，她们不见得讲出其中的道理。

我说：这种解释不对！很快有人会问：根据呢？答：你听我慢慢说。

我们看一个人世间的基本事实：女人跪在地上能干什么？好多好多事情不能干！跪在地上是不是女人最具特色的形象？女人成了妇人，是不是成天就是拿着个笤帚，打扫房屋？服侍家事或者服侍人，站着行不行？

这样解释女字和妇字，很明显也不符合"象形""会意"的基本要义。有牵强的痕迹，明显的不合理。

再说了，文字产生的最初时刻，人类首先要给日常生活中接触最多的那些东西安排一个字。那些与人类生活息息相关的简单的独体字，有理由相信是最早创制出来的。紧接着应该给自己安排一个字，这是优先的最基本原因和最起码的道理，如：日、月、人、男、女等等。

请看这些日常接触最多的文字：日月水火，羊鱼牛马，这几个字都是独体字，每个字如同一幅简笔画。这几个字，不但把文字初创时候的"根据""影像"记录下来，而且把这些证据"完好无损"地保留到今天。

把这些文字还原成图画依然生动，想当年——不但是当年，今天也是——跑在地上的羊和水里游动的鱼，这两样东西是人类赖以生存，又相对容易捕获到手的最好的食物，与人类的关系最为密切。这是这俩字享受独体的绝对理由。

那些已经释读清楚的甲骨文字，尤其是其中那些最初的"元字"，给我们记录着信息。

在鱼羊独体字的基础上，再把"鱼"和"羊"结合到一块儿，从而产生了"鲜"；这鲜字不但是"新鲜"的意思，而且还有"美味"的意思；再进一步品味，始创者高兴的情景、喜悦的心情也显现出来。

那么"女"字呢？把"女"字造成这样是有原因和根据的，不会凭空产生。寻找到这个根源，不但对我们正确解读这个字有帮助，同时对了解当时的社会状态拿出了证据。对"唯女子与小人为难养也"的正确解读，也有帮助。

为什么这个字必须要女人跪在那里呢？换成其他姿势行不行？换成其他姿势为什么不行？换成男人为什么不行？这就是这个字或这个人当时"出彩"的地方。

"二足无毛"这种动物，跪在那里的这个符号，当初为什么给了女人，没有给男人呢？找准原因，结果自然就明白了，明白了就好接受了。

人不论男女，跪在那里能干什么？当然了，也有可能在干活。然而，她必须跪着才能完成的工作是什么呢？有些个"活儿"，躺着做效果好，并非非躺不行，站着做也可以。双手交叉在胸前，手心朝下能干什么？手心朝上又能干什么？这是一个非常恭敬的姿势，应该有原因的：她正在向谁请求、汇报、诉说什么。回答清这些问题，结论就有了。

女字和妇字，产生的时间顺序很明显。究竟过了多少时间，才开始用已有的文字做偏旁，再造字？不知道！产生女字后又过了多少年才产生妇字？不知道！

母系社会中女人是领导。母系社会的妇女处于尊贵和主导地位，她们不会把"妇"字定格在拿着笤帚，打扫房屋，服侍男人的档次上，再说，"持帚洒扫"也不是妇女最有特色、最主要的营生。

不论什么时代，谁都知道自己是母亲生的，造字者也不例外。造字者不会把自己的母亲——令自己最尊敬的人——定格在"持帚洒扫"庭屋的档次上。那是对妇人——包括自己的母亲——最大的亵渎，于情于理都说不过去。造字者造这个字的时候，不会也不应该忘记自己的母亲，应该把妇女和母亲最神圣最有特色的亮点，展现在这个符号上，那才是对母亲和妇人最大的尊敬和安慰，也只有那样大家才会买账。

看看今天，想一想当年，搞卫生每天扫地，不会举着扫帚经常扫那些高过脑袋的地方吧？过年才扫家，哪个女人举着笤帚经常扫家？我们现在还能看到，凡是重大活动，才高举红旗高举标牌，这种做法应该是从古代传下来的，至于传了多少年？有待进一步考证了。

字是文化的具体表示，有文化的人不会做出那没文化不讲道理的事。

半坡遗址是母系社会，母系社会带领大家祭祀的应该是女首领，祭祀的时候都要跪在那里。现在的文字是从甲骨文演变而来的，甲骨文的"女"字像一个跪着的女人。汉字是象形文字，这个象形不是凭空产生的。把这些都串在一起，始制文字的时间和根据，会慢慢地清晰起来。

从古至今，自己主动跪在地上表示虔诚、敬畏、尊敬。为什么必须是女人呢？想一想今天的人跪在地上在干什么，能干什么，不难知道当年的人在干什么。

所有这一切说明一个问题：这个女人正在祭天地，或者祭神仙祖宗。祭祀，只有祭祀。

再看一看"母"字，甲骨文的形状像一个裸露双乳跪在那里的妇女。女人有了奶水，是做了母亲准备哺乳的重要特征；甲骨文和金文的形状，即使任何一个不识字的人，也能看懂。所以，后来的"母"字，把小篆来了个九十度的转弯，略加修改，沿用至今。

再来看一看"男"字。"男"是田力，这个字给我们透出了这样的信息：创制这个字的时候，人类获取食物的主要途径已经不是狩猎了。这大体上是什么年代呢？(见图6)

男人不但是田里干活的主力，当年也是狩猎的主力。说明创制这个字的时候，男人在社会事务活动中的主要营生是种地，这是你最有特色，最风光的一面。说明这块土地上的先民，已经掌握了春种秋收的规律。

这个时候农耕文明，也就是四季轮回的文化已经形成。可能当时的人只注重播种和收获的季节——春种秋收也是一个轮回——才有"春秋"这一说。

农耕文化一旦出现，人类的吃饭问题就有了基本保证，生存的基本条件也有了基本保证。这个字还透露出，产生这个字的时候，人类已经结束了茹毛饮血的渔猎生活，开始了农耕生产。

半坡社会时期，虽然开始了农业生产，但是，男人的主要任务还是狩猎，男人"田力"的优势还没有显现出来。"男"字应该产生于"半坡时期"

之后，时间不会很长。因为已经开始的农业生产，不久将会显示出有利于人类生存的巨大优势。

　　种田收获的粮食，使人类的生存必需品相对有了保障。人类不用在冰天雪地里寻食了，这个好处一经显现，男人们便远离了危险的狩猎，逐渐加入种田的行列，并成了主要劳力，也很快显示出优势。"男"字很可能就是在这个时候产生的。

　　从这个字还可以看出，这个时期男人的社会地位虽然低，但是作用和能力已经显现出来，田里干活的格局形成。"男"字，田里干活的主力：既肯定，又有点瞧不起，还有点无奈和离不开。

　　从男女二字上面透露出文字始创于母系社会的痕迹："女"字是独体字，而"男"字则是个合成的字。甲骨文的"男"字下面不是"力"，而是一张类似于犁地的"犁"。说明始创这个字的时候，"刀耕火种"的"刀耕"已经停止了，开始用"犁"犁地了。这个时候牛还没有被驯养。后来，人类发现了牛比人的劲儿大，才抓来，经过驯养后，替人拉犁受苦。至今"犁"字还离不开牛，还有牛在犁地，再后来又抓来马和驴替人拉车拉磨。

　　你若是拉过车，犁过地，推过磨，锄过田，你就知道这是怎么回事了。

　　这几个字同时透露出：羊鱼都能享受到的独体字，男人却享受不到，可见羊鱼的重要性，可见男人的从属地位。

　　"男"字还透出这样的信息：这个字创制在"田"字之后，这个字本身就是一个不争的事实。"田力"或者"田犁"之前应该有一个独体"男"字，与女字相对应。男女二字应该是差不多同时创制出来的，这才符合常情；因为落下谁，都没法给另一半和老天爷交代。

　　事实上，现在见到的男女二字，不是同时创制出来的。那么最初的这个独体的男字究竟是什么样呢？我们猜测一下：男人最有特色的地方是什么呢？世界上不止一个民族曾经有生殖崇拜的历史。我国西南地区某个少数民族，至今依然有男性生殖崇拜的舞蹈和女性生殖崇拜的"树鼓舞"，华夏民族也不可能例外。这个独体的男字，也应该在汉字这个"图画文字"和"象形文字"中显现出来。有这个字吗？如果有的话，这个字是什么字呢？

甲骨文的"祖"字去掉了左边，只有"且"，且字的上面略呈尖状，其形状很像男性的生殖器。许慎的《说文解字》解释"祖"字为："始庙也。"意思很清楚，祭祀祖宗的地方。这个字命名为"祖"字，为什么没有命名为"男"字呢？只能说明产生这个字的时候，父系社会来到了，母系社会的始庙里不应该是这个字，应该有比这个字更早的那个字。

再看甲骨文的"士"字，其去掉了士字上面的一横。有人解释其的意思是禾苗立于地上，这种解释不无道理。但是细想一下，禾苗不是单叶独立，也不是单枝独立。还有人解释这个去掉上面一横的士字表示雄性。王祥之先生说："所有汉字都源于物形。"那么，这个独体的去掉上面一横之甲骨文"士"字的"物形"基于什么呢？

请看《诗经·郑风·溱洧》：溱与洧，方涣涣兮。士与女，方秉蕳兮。女曰："观乎？"士曰："既且。"再看：女曰："鸡鸣。"士曰："昧旦。""子兴视夜，明显有烂。""将翱将翔，弋凫与雁。"这里写得清清楚楚，士就是男人。所以说，最初的"男"字就是"士"字。

"士"的本意就是男人，当初叫士，后来更文明的"田力"也加入了。加入的原因可能是区分打仗的男人和种田的男人。甲骨文的"士"字，东西在那里放着，与男性生殖器有没有瓜葛，与生殖崇拜有没有关系，大家都可以分析。甲骨文字出土命名到今天没有一百年，一百年前你敢想，但是没有证据。

当然了，今天的"祖"字和"士"字，已经是"进化"后的模样，看不到当年图画和象形的风采。

我今天解读这个字有点躲躲闪闪，因为我从小到大，许多人谈性色变，所以这个阴影一直挥之不去。五六千年前的先民，即使穿上衣服，时间可能不会太长，对生殖器表白描述没有必要忌讳。

独体字是象形，这是人类最早创制的字。合体字是会意，这是人类后来合成的。这个合成的脚步至今没有停止。

穿衣熟食，这是我们今天文明人的行为，始创文字的时候，人类这样做的时间不长。

一柱擎天的"士"，你终于有了代表自己的专用符号！着实让士人兴奋了一阵。高兴过后，总有细心人琢磨，这个符号不像"女"字那样讲究，太露骨，不高雅。

和母字一样，经常摆弄这个倒过来的不提钩的丁字，也让人觉得无聊。文字是人类向文明方向发展的标志。所以，大概是殷商以后的人，给当年的"士"字上面加上一横，也就达到这个目的了。虽然笔画增加了，但是不至于繁体。

最初"士"的本义就是指男人。慢慢地慢慢地，士的含义发生了变化，引申为武士、战士，又引申为士大夫，后来又指知识分子。由于士的意思逐渐向深处发展，今天的社交场合，头面人物一开口就是女士们，这里"士"的意思大家都知道。

汉字是象形文字，象形就是字的形状像实物。这是最初创制汉字的首要的根据、手段和特点。

再看一下"夫"字，很明显，这个字是合成改造来的。一人为大，天在人头上，且比人大，大字上面再加上一横就是天，天最大。然而，天上捅一个窟窿，还要出去一个头，是"夫"，匹夫就是男人，而夫人就是某个成年男人的私有女人。始创"夫"字的时候，可能父系社会来到了，掌了权的男人不甘心合成的"男"字，"夫"的"头"在天上，当年的男人总算出了一口被"合成"的怨气，但是，你是后来者，比天大的不见得是夫，夫人比夫还大。

前人敬天，后人往天上捅一个窟窿，这是明显的对天的亵渎，对天不恭是要遭报应的。再说回来，什么东西能到了天上面？然而，就是有这样狂妄之人，要凌驾于青天之上。好在老天爷不管你那些闲事，有本事你再捅一个窟窿。从这个字上面也可以看出人性：好大喜功。

看一下甲骨文的"中"字，它的形体就像一面直立飘扬的旗帜，上有旌旗，下有飘带（参阅图4）。再看"妇"字，女人手中拿着的东西，是不是和旗帜相似，这两个字比较一下，就是我解释"妇"字的根据。拿笤帚的女人，谁有功夫给她画那么多像。

仔细看甲骨文的几个"妇"字，似乎是女人手里拿着什么东西，这个东西的下面有的着地，有的不着地，上面高过头。窃以为"帚"是母系社会时期举行祭祀时，或者是某些个场合，部落首领手持的特定的，类似于后来见到的权杖之类的法器。

这样的解释即显出对女性母亲的尊敬，又能显现母系社会的特点，也能吻合在甲骨文之前的事实，其解释是合情合理的，可信程度是较高的。这就是说"妇"是手执权杖的人，令人尊敬而有威望的人。

女子是未来的妇人，也是未来的母亲。我来个依样画葫芦，写上几个字：妇，尊也，从女持物，祭祀之主角也。

"妇"字出现的时候，社会又前进了若干年。不是先前的不分贫富贵贱，而是要表现出我手里拿上东西了，这东西一般人拿不上，我可是高人一等的人。这就是最古老的对权杖的记录和图画，这就是"书画同源"的"源"的痕迹。再往后，手拿权杖都嫌麻烦，有了专门司职"旗锣伞盖"的人。

我们看一下女人手里究竟拿着什么：母系社会的村落部落时代，过渡到男权社会的部落联盟时代，是要经过一段相当长的时间，准确的时间现在尚不清楚，大致发生在今天往前5000年前后这段时间。这段时间的祭祀活动依然要进行。由于聚居地扩大了，所以，祭祀规模越来越大，规格越来越高，礼乐越来越盛。西安半坡村落的房子只有三四十间，普通的房子也就是八到九平方米，房子之间的距离也就是五六米。房子的地上中间有一个烧火取暖的火塘，一间房子就是一对情人过夜的地方。测算一下，半坡村落的全部人口也就是一百二十人左右。半坡发现的祭台在居住区中心，祭台周围的空地十分有限。假如祭祀在晚上进行，一定要点燃篝火，有了篝火，容易把周围用茅草做顶的房子点燃。再者，点火需要木材，白白浪费了生产力，所以，半坡时代的祭祀不可能在晚上进行。

社会向前发展，生活方式也要向前发展，祭祀的方法也要向前发展，由半坡的小陶罐，发展到了整牛整羊，主持祭祀的人由空手发展到了手持法器的舞乐。

到了部落联盟的时代，部落所在地的人口多了。乐器出现了，祭天的规模扩大了，可能祭台变成了祭坛；祭天时要献上规格最高的礼物，可能出现牺牲，还有音乐歌舞等等。

《论语·八佾》：孔子谓季氏："八佾舞于庭，是可忍也，孰不可忍也。"周礼规定，只有周天子才能使用八佾舞乐。孔子对季氏的僭越行为，表示出极大的不满。

我们今天能见到的八佾舞乐：六十四名舞者，右手秉翟，左手执龠。"翟"是舞者手持的道具，翟的柄粗3厘米左右，柄长80厘米左右，上端固定着三根或长或短的雉鸡翎。三根尖尖的弯弯雉鸡翎，随着舞者的动作而摆动摇曳，时而直，时而弯。这六十四名舞者之外还有：两名，手持"旌"。"旌"的柄长2.5米~3米，柄的上端有制作精美的龙钩，钩上挂着绳索，索上拴着好多个红缨状的物件。一般情况下，人握着旌的柄，没有钩的另一端着地。

周礼是西周初年的规定，祭天的风俗是从半坡时代已经开始的事物，红山文化时代依然，殷商时候盛行，可以说是一脉相承。

我们可以看出，甲骨文这十几个不完全相同的"妇"字，（见图10）女人手里握着的这个器物，向斜上方支出三根飘摇不定的东西，这一点是相同的。

以这些可以见到的器物和八佾舞为根据，"妇"人手中所持的不是笤帚，是"翟""旌"或"节"之类的器物。这些"事"和"物"与这个字绝不是巧合。

"翟""旌""旄"之类的东西，不应该是西周或殷商发明的，应该从更远的年代流传下来的。

从半坡的祭台到红山的祭坛，再到天坛。社会发展了，生产力提高了，建筑的规模和等级跟着提高。

祭台上的"女"，逐渐演变成了"妇"。"妇"字也是一幅画，手握权杖之类器物的女首领，她在向大众昭示着权力和地位神圣不可侵犯。当然了，

"妇"字是有了女字若干年以后才出现的字。

再看一下"好"字，甲骨文形体的左边像一个半跪着的女人，抱着一个婴儿。金文的形体是左上部有一个婴儿，右半边是半跪着的女人，最上部的一小横，像妇女头上戴的簪饰。（见图8）

女字、子字合起来是好字，远古时代的人老早就认识到这一点。女与子和合，共享世间欢娱，成就天下的好事，这是对好字的一种解释。也可能女子就是好，漂亮的女子人见人爱，她们是美丽的代词，这是好字的另一种解释。也可能孩子在母亲的怀抱就是好，安全、踏实、放心了就是好事，这是对好字的又一种解释。不管那种解释，好事离不开女性，或者说离开女性与好事无缘，怎么就把女人和小人相提并论？不是那么回事！

看一下那些古老的姓：妫、姒、姜、姬、嬴、妘、姞、姚等等，这些姓里都含有"女"字，就连"姓"字也含"女"，为什么不用"士"，不用"男"，而偏偏要用"女"呢？这些诸多的含有女字旁的姓如铁一般的事实说明一个问题：姓氏的出现与女人分不开，最初的姓应该随母，极有可能起源于母系社会。甲骨文里的"姓"字不只一个，都含有"女"。"姓"字本身也是一个证据，女生，会意字，会什么意呢？说得再通透不过了。

我们现在都是随父姓，为什么不随母姓呢？男权社会的规矩形成了；而"姓"字有女字旁，把"姓"字的女字旁改为"男"字行不行？不行！没法改了，让更早的规矩束缚死了。

周之初分封天下，很多人以国为姓，到今天，母系社会转变成父系社会后，某些姓也见不到了，诸侯国也不存在了。但是，字和姓，约定俗成，相对固定，没法改变，一直代代相传。那些曾经的番邦和国名作为一个地名沿袭下来。这期间的经过和变化，因为受到某种限制，没有人用文字准确记录下来，所以，发生了诸多的不应该和不知道。随着地下文物的不断出土，应该相信，很多模糊的传说可能会一个个澄清。

汉朝的张骞和苏武曾经出使西域，这个时候皇帝派出去的使节，不但怀揣国书，而且手持汉节。汉节的柄长过人，持节的人是身份、地位和权力的象征，代表的是国家和朝廷。苏武在西域受到迫害，流放到北海边牧羊，十年的时间都手持汉节，表明我是执行使命的人，与普通人不同，这个故事留传至今。汉朝人的很多仪仗也是从以前传下来的，有很多我们今天看不到了。但是清朝人使用的仪仗我们能看到，这些仪仗也是前朝传下来的。这类权杖之类的东西，究竟留传了多长时间，源头在何处？专家们可以考证。

画一幅女人手持权杖的简图，和繁体的"妇"字比较一下，大家看一看有什么相似的地方。权杖的原始意义，就是突出其的代表地位。那么，"妇"字这个符号里，女人拿着的东西是什么呢？果真是打扫房屋的笤帚吗？错！大错特错！太没有情趣了，拿着笤帚的女人有什么意思，有什么地位和尊严？用这样的符号代表成年女性只能是歧视，母系社会会出现这样的怪事？不会！

《说文解字》解释"女"字是："妇人也。"

解释"妇"字是："妇，服也，从女，持帚洒扫也。"

放在一块，再做一次比较，你就看出端倪。列位看客淑女，我说得不对，你可以批判。

妇人是女人没有问题，女人不见得是妇人。妇人不见得整天就是："服也，持帚洒扫。"

"妇"和"女"应该有区别：结婚和未结婚，生育过和未生育过，头领和非头领（当年），成年和非成年。

"女"应该包括全部女性。"妇"就不是了。这是今天的常识。

"持帚洒扫"解释"妇"字，太损！太臭！太毁人！这种解释是把西太后的衣服穿到武则天的身上了。

女人就是跪在那里，好像服侍人。妇人就是"持帚洒扫"。这样解释"女"和"妇"字，果真符合产生这个字的时候的事实吗？男人犁地，女人服侍男人，好像是这样。但是，事实往往说不。为什么这样说？你听我慢慢道来。

我们想一下：妇女手持笤帚，这不是展现妇女最亮丽的风采！用这样一个符号，不足以表示其最动人之处！洒扫庭屋是什么年代才有的事情，举笤帚，扫庭屋，是有人供应你和孩子吃饱穿暖以后才有的事。你说当年那以泥土

女子与人性

图1	甲骨文	金文	小篆	楷书	
图2	甲骨文	金文	小篆	楷书繁体 婦	楷书 妇
图3	甲骨文	金文	小篆	楷书繁体 魚	楷书 鱼
图4	甲骨文	金文	小篆	楷书 中	
图5	甲骨文	金文	小篆	楷书 母	
图6	甲骨文	金文	小篆	楷书 男	
图7	甲骨文	金文	小篆	楷书 羊	
图8	甲骨文	金文	小篆	楷书 好	
图9	甲骨文	小篆	楷书 臭		

六 始制文字的根据

妇好鉞　　婦闌卣　　守婦簋

子卣　　　令簋　　　縣妃簋

義伯簋　　邛君壺　　虢叔多父盤

图10

做墙壁,以树枝茅草为屋顶的,举起手就能摸到顶的,母系社会那极其简陋的房屋,有什么可打扫的?

考古的实物证实,五六千年前,人类好多人已经离开岩洞进入人造的房子居住。有多少妇人整天举着笤帚打扫房子?那是不可能的!这个时候还是一个个部落的年代。此时头等重要的任务是生存,生存的首要问题是吃,先吃后穿;够吃够穿以后,才能考虑别的。这是个从"男狩猎女采摘"过渡到"男耕女织"的年代。因为部落间打仗,为了壮大势力,所以发展到部落联盟。从部落发展到部落联盟,就是母系社会逐渐发展到男权社会的阶段。时间距今4000年到6000年间,这也是汉字从无到有、由少到多的时间段。男权社会的出现,才伴随大批的奴隶出现。部落联盟再往前发展,才出现了国家。有了国家,才出现了享受特权的人,才有可能出现"持帚洒扫"服侍男人的妇人。所以说那种解读不是实事求是的解读!

大家看看那些铁证,这种解释显然是受到有了婚姻生活以后的影响!母系社会有婚姻吗?没有!根据呢?古书上说:"男女杂游,不媒不聘。""但知其母,不知其父。"

母系社会的某个女人,可能有资格参加祭祀仪式,但是,她不见得是主祭司。主祭司跪在只能容纳一个人的祭台上向天祈祷,这就是最有代表性、最原始、最形象的母系社会的图画,这就是产生"女"字的时候最基本的事实。这个时候主祭司向天祈祷时,可能不需要焚香,但是,必须献礼,根据呢?半坡遗址的祭台前,排放着大约二十个人造的小陶罐。每个罐里究竟盛放着什么,今天的人不好说了,小陶罐里一定不会空着。求老天爷办事,不能空着手,只有这样才能显示出对老天爷的尊敬。让老天爷保佑什么?不要洪水泛滥、要风调雨顺等等,具体什么只有她知道。那时候没有祭文,全凭女主祭的一张嘴。

"妇"呢?那就是再往后的事了,她手里拿上了权杖之类的器物,在向大众显示身份。从赤手空拳,跪在那里带领大家祭天的女人,到拿上权杖的妇人,母系社会又往前推进了不知多少年。为什么呢?很明显,等级产生了,权力产生了,威仪姿态产生了。你可能是生过三个五个女儿的妇人,但是,你不见得是手持权杖、高高在上、威风十足的妇人。

最初的"妇"字可能是女首领的专用字,由于女首领是做了母亲的人才有资格担任，慢慢地，所有做了母亲的人，都可以使用这个字了。再后来，所有结了婚的女人，都使用这个字。

所以说，"妇"是指母系社会后期某个"有身份"的人。没有婚姻的社会，"妇人"也就无须完成特定的"服也，持帚洒扫"的任务。

母系社会最高头领不是女人还能是什么人？不可能弄上一个大老爷们当母系社会的头领吧？！母系社会是没有阶级没有剥削的社会，所以，也就不会出现跪在那里服侍人的事情。若是有的话，也可能是个男人。

甲骨文的"妇"字发现了好多个（参阅图10），每个字各有特色。因为"她"是大家瞩目的女首领，当年谁都希望把代表"她"的这幅"图像"画好。就像今天我们的杂志封面和广告画面一样，美女——尤其是女首领——最吸引人的眼球。由于当时肯定没有纸张，也可能没有那么多颜色的彩笔，更没有照相机。所以，人们只能把爱美之心寄托在这个字上，尽情挥洒，努力把"她"的风采表现出来。随着使用频率的增加，也为了书写方便，"女"字越来越"简化"。

"女""妇""男"这三个字本身就是最有力的证据，证明当时是"女尊男卑"的母系社会。"妇"和"男"是合成的字，创制于"女"和"士"之后。

日月水火鱼羊等等，这些个典型的"元字"，是中国先民当年把简笔画固定下来后，形成了"字"。让不懂汉语的老外看一看这些元字，他们也能看懂这些字的意思。画，简化后成了字；字，如同一幅画。这就是中国书画同源的"源"。"女""妇"二字亦然。

甲骨文"安"字的含意是家里有个女人。这个女人是母亲，还是妻子，或许是女首领。不论是谁，是一位值得敬重的人才能享受这样的待遇。

再看下面的"乳"字，这是经过整理的拓片，不用我说，谁也明白，我第一次见到时，让我震撼和感叹，这是对"形象"的最好诠释。让"老外"明白明白汉字是怎么回事，明白一下中文的魅力。

让我们来说说"女"字的真实含义吧。"女"字是一幅简图：史前华夏族母系社会某个部落的女首领，跪在祭台上，双手相叠，端于胸前，带领大家，正在向天祈祷。这个字就是对她当时情景的勾画。

"女"字从产生的那一刻起，就是极其高贵的，非常规矩的，受人尊敬的，让人仰慕的，没有人敢亵渎的，也是理所应该的。

这就是"女"字做这种解释的唯一性和独特性。"女"字只有这样解释，才能和当时"女"字那幅简图合上拍。

可能会有人说，祈祷应该是双手合十。那是佛家的动作，释迦牟尼生活的年代是公元前643—前563年。

这就是创制这个字的时间段：母系社会，"巫"风正劲。

想一想，把这个字确定下来，要经过当时的最高行政长官的批准。这位长官就是把皇天上帝的意旨，传达给百姓大众，并且掌握着部落人员生死大权的最高女祭司。老天爷批准没有，只有她知道，她肯定不会把自己定位在"跪在地上抄着手服侍他人"的档次上。

当年确定或使用这个字，可能要经过一个特定的仪式。不难想象，既简便神圣又为大众接受的仪式就是祭祀，这是个"天人合一"的仪式。部落里所有的人，不经过选举都可以参加，可以想象这是个公开公平公正的仪式。女祭司有着与天对话的权力，老天爷批准使用这个字，恐怕不困难。

结论：汉字始创于母系社会晚期。所以，任何首创文字的人，不会，也不可能，更不敢把"女"和"妇"定格在服侍他人"持笤帚打扫房屋"的档次上。

　　以这些图画形成的文字为依据，中华民族自古就有呵护、关心、照顾女性的优良传统，女性一直处于受尊敬的地位。今天社交的国际惯例是女士优先，我们完全有理由相信，这可能就是中华文明发展、传播的结果。是呀，家是什么？家里的女人是谁？不是母亲就是你的妻子或者是姐妹女儿，家里有了女人，男人在外面才能安心地做工，是谁安了你的心，女人！哪一个妇人在家里不是操持等待，她在等待丈夫和儿女的归来。她就是这个家庭的守护神！

　　今天的人，仍然从这些文字当中，读出这样的信息。使用"金文"尊为圣人的孔夫子，应该读出这样的信息。

七、汉字的启发

用什么样的方法把文字长久地保存下来，让后人知道，远古的先民已经有许多实践。把文字刻在陶器上，刻在石头上，刻在兽骨上，殷商时期的人掌握了青铜的冶炼技术后，他们把文字浇铸在青铜器皿上，造价昂贵。先民们就是用这些方法记录当时的历史，传给后人。

孔子生活的年代使用的是金文，把金文和甲骨文做比较，金文和甲骨文的形状更为接近，图画感一样强。我们有根据也有理由相信：从殷商到孔子生活的时代，社会又经历了几百年的发展。这个时间对文字来说，也是一个继续发展的阶段，文字的发展会极大地影响文化的发展。孔子生活的年代，文明程度已经相当高。那个年代的文化人，比今天的人，对象形文字的含义认识更深，对女性的敬畏和尊崇的程度应该更高。

现在不难见到清朝年间流传下来的《论语》印刷本，里面只有大小不一的句号。那时候还没有其他标点符号，读之太艰难了。今天的《论语》印刷本，标点符号一应俱全。这是文字这种载体，发展到这种水平的必然产物；这是各个民族各个国家的文化互通有无，共同为全人类服务的必然结果。

今天讲科学，自然规律，任何事物发展变化的必然规律就是科学。《论语》中虽然见不到科学一词，但是，好多句子中透出的因果关系是显而易见的。因果关系是世界上万千事物中最简单、最基本的道理，文章中的句子若不符合这一简单基本的道理，这个句子就是病句。

现代汉语是从古汉语发展演变而来的，古汉语中许多字词语的用法，和现代汉语虽然完全不同，但是，不论古汉语还是现代汉语，语句中的逻辑层次、文理关系是十分明朗清楚的。

给木头一个合适的温度，其都能燃烧发光发热，世界各地的木头都一样，花岗岩却不行！句子产生的基础是事和物，没有根据是造不出来句子的。女人为什么像小人一样难养？根据是什么？女人的指向是性别，小人的指向是德行，德行与性别不是相提并论的话题。所以，那种解释说不通。

现在能够见到考古发现的汉朝耕牛画像砖，这也是证据，直到今天，好多地方的农业生产还在用牛犁地。两千多年了，没有什么变化，可见人类文明进程之缓慢。

甲骨文之前的文字，我们暂且称之为陶（罐）岩（画）古文吧。文字的路线是这样走过来的：陶岩古文——甲骨文——金文——籀文——小篆——隶书——楷书——简楷。六千年一路沧桑，一路完善。陶岩古文和甲骨文之间间隔着很长时间，很可能还有其他未发现的文字，我们期待着未来的考古发现，来填补这个明显的空缺。

只是可惜那个年代的教科书没有流传下来，我们期待着未来的新发现。

这是已经发现的，还有多少没有发现呢？！最早的文字符号究竟是从什么时候开始的？有没有比半坡时期更早的汉字符号呢？

我们现在知道的是，田野考古不止一处发现了，类似半坡那样的陶器上的刻画符号，时间距今六千年左右。这些符号之间是否有关联，目前尚无证据。但是，通过这些实物证实，六千年多年前的人类，开始了早期的文字创制。

殷商时代的人之所以把文字刻在兽骨上，是他们已经认识到，这样的方法可以把文字和内容长久地保留下来，既是传递又是凭据。他们把当时人类活动最有意义的事情记录下来,传给后人。那个年代,这种原始的方法是相当费力的,实践证明是行之有效的。可以这样说:这些带文字的龟甲兽骨,不仅仅是中国较早的文字,而且是最早的史书,是先民们留给我们的精神财富。

殷商时候是怎样识字教学呢?有没有教科书?假如没有,怎么代代相传呢?即使没有教科书,也要有教人识字的方法。中华文化文明的脉络是一代又一代传下来的,口传身授是人类初级阶段的传授方法,范围有限,影响时间短。殷商之前的华夏人,已经有了文字。但是,可能他们不知道用文字书写历史,再让后人知道,只是口口相传,如此相传的历史,在流传过程中就走样了。我们今天的人依然听到这样的说法:据传就可以作为一个依据。然而"据传"的准确性又有多少呢?只有天知道。

甲骨文是今天能够读到的最早且相对完整的文字,但是,内容大多简略,记录的也是王室活动。殷商时代普通老百姓是怎样生活的,很多细节不知道,我们只能想象,没有根据。

文字是人类文明的标志,文化的传承离不开文字,准确地传递历史信息,也离不开文字。也可以这样说:自打有了相对成熟的文字,人类的文明已经进入相当高的阶段。须知甲骨文是一百多年前才发现的。

春秋战国时代由于言语异意,汉字异形,同一个字,势必会出现异形异议的局面,所有这些异点,今天的人怎么去考证?

中国现在有多少种方言?每种方言是如何形成的,每种方言都有其无法取代的独特的魅力,是不是与当年林立的诸侯国有关?

天下事没有一成不变的,天下字的用法也是如此。现在见到的古代留下来的文字,就能说明汉字的形状和使用方法在不断变化,汉字还会继续发展。

古人用字同今人相比,其差别不是一二。把今天的字词完全同古人画等号,只能是言不及义。字的差异没办法考证了,但是,句子中的"句理"不难理解。

呈现雏形文字符号的半坡陶罐文,可能就是汉字的始祖。发展到殷商时代的甲骨文,已经能相对准确地记录历史事件。金文经历了西周和春秋战国的锤炼，得到进一步修正。随后经秦朝的洗礼，统一成了小篆，再经历唐宋元明清的淬火，一路高歌一路完善。

从现在存世的文字中我们可以看出：甲骨文记录的占卜活动，原始、苍老、古朴。金文书写的《易经》，简洁深奥不免晦涩。《论语》妙语连珠，却显得用字杂乱。到了荀子的文章，已经流畅明快。这些传世的文章，都是当时的高手写就。再经历秦汉唐宋那些巨匠的雕琢，直至发展到今天浅显易懂的白话文。

汉字的文明长河就是这样流淌而来的，文脉清清楚楚，文理明明白白。

甲骨竹简一路沧桑，金篆隶楷见证岁月。

汉字是由一笔一画搭建而成的，早期的汉字都如一幅幅优美的图画，一件件杰出的艺术品。它们将自然、艺术、文化巧妙地融为一体，表达意思的同时又能给你一种美的享受。世界上任何优美的艺术品，都是在表现、歌颂、赞美人类美和自然之美，汉字也不例外。

文字是载体和证据。任何一件出土的有文字的器物中，都可以准确地透出那个年代的信息。半坡遗址发掘出的那些彩陶和简单的刻画符号，即便任何一个不识字的人，也能说出其含义，领会其精神。汉字就是中华民族的艺术瑰宝，见证、承载、传达了五千多年的中华文明史。

半坡遗址上出土的刻画符号，让现代人有幸看到文字初创时的面貌，做一个不恰当的比喻：如果把今天的文字比作一个三十岁左右的成年人，那么，半坡陶器上的刻画符号如同母亲怀中的婴儿，甲骨文就像青春期前后的小后生。

半坡遗址陶器上的刻画符号至殷商时期的甲骨文，两者之间是不是传承延续的关系，我们期待着物证。然而这期间经历的两千多年不是人为的安排，也不是巧合。只是今天的人不知道这段时间文字的发展情况罢了。这两千多年，可能就是甲骨文产生、成长过程中应该需要的时间。

当时有多少个类似于半坡遗址这样的聚居地？半坡遗址类似于今天村镇的生活状态，当时人类文化领域的最前沿在何处？我们还都不可知。

从半坡的刻画符号到甲骨文，从新石器到金属产生，从母系社会到男权社会，年代到实物，简单到成型，之间是互相印证的。

古代汉字的组成，各部分位置往往不固定。

最初汉字的图像、形状对人的提示是很强烈的，尤其是某些名词，使用某个字，直观地马上让你想到这个东西。汉字发展到今天，文字与实物之间在模样上的距离，要比使用"金文"时代的距离要远。就是说：孔夫子生活的年代，"字"与"物"的形状距离比今天近。使用某个字的时候，让你马上想到对应的物。金文和甲骨文的"女"字形状相近，更能提醒你这是应当尊敬保护的一族。"男"字对你的提醒是，你是田里干活的主要力量，你要知道你的责任和担子，你并没有什么了不起。

汉武帝在位的时间是公元前140至公元前88年，汉字和汉民族的称呼，中国版图的基本主体，三纲五常的伦理规范，儒学推到经典的国学地位，都是在汉朝或汉武帝时期确立的，在2000年后的今天，这个影响依然能感觉到。

许慎的《说文解字》创作于东汉和帝永元十二年（100年）至安帝建光元年（公元121年），是确立了"三纲五常"为纲领二百多年后的作品。把"妇"字解释为"持帚洒扫"，是迎合了"男尊女卑"的需要，也只有在那样的政治气候下，才会出现那样的解读。这是歧视女性的记录！明火执仗地欺负女性！汉字是象形文字，这是许慎总结的，这是他的功劳。

《说文解字》这本书能流传两千年，自有其道理，也算得上是经典著作。汉朝许慎对文字的解读，今天已不能更改了。但是我们能不能这样的问一句：汉朝宫廷里面那些王后、贵妃、公主等女人们，会不会手持笤帚打扫房屋呢？应该不会。但是，女人只要是结婚，就可能生孩子，不管你宫廷内外，生孩子才是妇人最大的特色。解读这个字，必须符合始创这个字那个唯一性才行，否则，不能成立。

汉朝距"半坡时代"四千年左右，汉朝人不可能知道四千多年前的人究竟是怎样生活的。许慎如果知道文字始创于母系社会，他就不会那样解释"女""妇"。

甲骨文选录

1、马（馬）
2、牛
3、羊
4、鸟（鳥）
5、犬
6、豕
7、鱼（魚）
8、车（車）
9、士
10、女
11、乳
12、鸡（雞）
13、姓

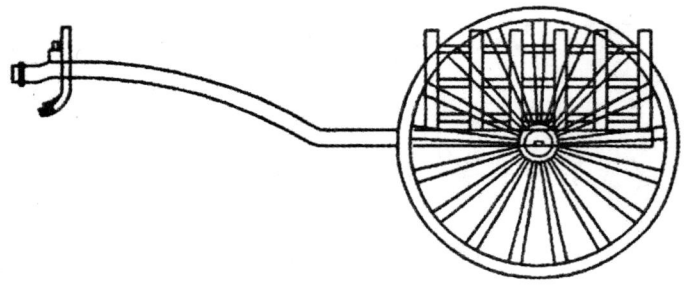

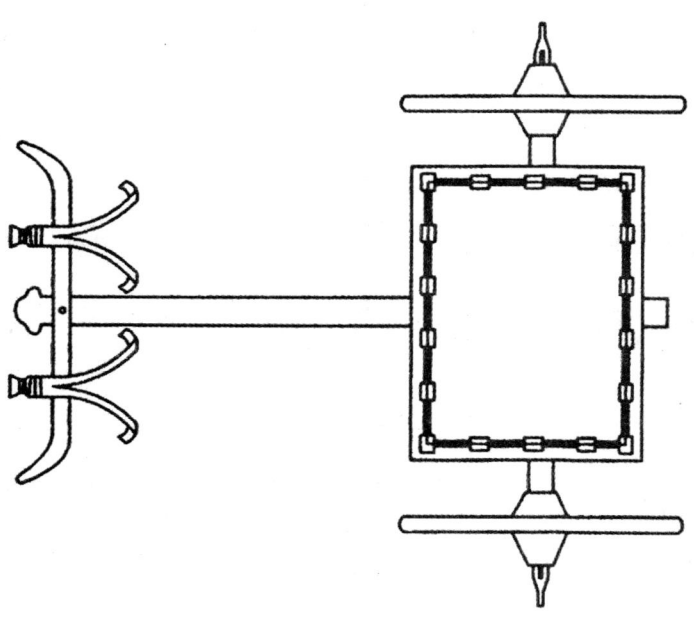

出土的商代马车图

制图：师亚平师徒

改朝换代是权力和领导的更换，吃饭穿衣，使用的文字和工具等，不会因为朝代和掌权人的更换而更换，这个变化是缓慢的。

把这些时间节点列出来，是想说明：许慎不是创制汉字的当事人，他不会知道始创汉字时的实际情况，他是汉朝研究文字的工作者，他是把已经使用了1800年以上的汉字编撰成字典，他的解读难免走样。

天底下任何事物，总有一个出现——发展——完善——成熟的过程。汉朝人怎么能解释清在其之前殷商年代使用的甲骨文？更不会解释清创制于母系氏族社会、距离汉朝两千年以上的古文字。

每个汉字的创制——尤其是那些首创的"元字"——都有事实依据，每个字都浓缩了当时的社会现实。文字从产生到今天，一直是不断发展完善的过程，各个阶段都有其特点。我们今天见到的那些已经固定的汉字，已经由图画文字转化成点划线条文字。自然界动物的形状基本上都是对称的，而汉字呢，对称的比例看似不算高，实际上每个字在设计上，都让你感觉到平衡之美，没有头重脚轻、东倒西歪的感觉。

西周初期，周王室分封诸侯。自从周平王东迁洛邑后，周王室的势力逐渐衰落，许多诸侯国之间进行了连年的兼并战争，出现了诸侯争霸的局面，战争打破了西周初期小国林立的格局，先后出现了齐桓公、晋文公、秦穆公、楚庄王和宋襄公五个霸主，这就是历史上的五霸闹春秋。

战国时期，由于铁制农具的推广应用，生产力得到进一步发展，从而带动了经济的发展，经济发展一定会影响社会的政治结构，最终形成齐、楚、燕、韩、赵、魏、秦七个国家并列对峙的战国局面。

中国历史上春秋后期到战国阶段，文化空前繁荣，出现了百家争鸣的局面。老子、孔子、庄子、荀子、韩非子等都是各个学派的代表人物，今天仍然看到这些代表人物的传世著作。这些人的学说，至今影响我们的生活，这些学说占据了中华先秦古文化相当可观的部分。

春秋战国时期，许多诸侯国实际上已经摆脱了周王室的控制而自成体系，周王室也成了名存实亡的空架子，所以才出现了车辙异轨，律令异法，言语异声，汉字也随着大气候而进入了相当混乱的时期。

　　从出土的实物——越王勾践铭文剑，能给我们好多启发。埋在地下两千多年的青铜剑，出土后依然锋利，可以清楚地看清剑身上的铭文。如此精美的剑，说明那个年代的人已经高度地掌握了青铜剑的制造方法，而且制造工艺十分精美。公元前466年吴王夫差战败自杀，吴国灭亡。孔子是公元前479年去世，他们是同时代的人。这就告诉我们：孔子生活的年代，青铜冶炼技术相当高，审美情趣相当高，文明程度相当高。"闹"而"乱"的程度也相当高。

　　今天普通人能见到的西周初年到孔子时期的"著作"极少，因为那是用文字记录历史的初级阶段，所以我们不知道那个年代老百姓的具体生活情况。

　　秦始皇不但结束了诸侯纷争的局面，也结束了汉字混乱的局面。秦始皇接受了李斯的建议，"罢其不与秦文合者"而创立了小篆，规定了书必同文，由于书写方便的缘故，小篆渐渐变为隶体，从那以后，汉字的形态至今再没有发生大的变化。

　　秦代是古今汉字的分水岭。秦朝统一后，不但统一了文字，还统一了法律和度量衡，单说这统一文字的手段是相当残酷的，无数远古、上古时代的文化典籍，诸子百家的书被汇到咸阳，付诸一炬，大火烧了好多天。

　　今天使用的文字，是秦始皇统一后的文字，今天看到的先秦时期的百家书籍，有好多是焚书坑儒以后侥幸留存下来的。那么，单说这齐、楚、燕、韩、赵、魏、秦七国文字的不同点在什么地方呢？只有把这七国的文字都列出来，比对后才能发现，可惜的是今天我们已经看不到了。

　　汉字产生的确切年代，至今没有定论。汉字作为一个全世界的"高寿"文字，一脉单传，沿袭至今。

　　把文字的脉络梳理清晰，能够说明中华文化是一脉相传。这些都是文字告诉我们的。

　　女子：女性的人。《现代汉语词典》就是这样解释的，这种解释准确吗？九十岁的女人再用女子去称呼是不是恰当？女人：女性的成年人。未成年的女孩子就不算女人了？

汉语就这么丰富！字典就这么解释！

中国有句老话："以小人之见度君子之腹。"度君子之腹都不行，度圣人之腹就更不行了吧？

谁如果同意"女子与小人难养"这句话的那种解释，你不妨到中学或大学的校园看一看，这里是"女子"聚集的地方，哪一位不是风华正茂、亭亭玉立。不论谁都会为之赞叹。当你在校园漫步时，看着那一个个如花似玉的女子从身边经过时，想一想那句话的那种解释，是不是太荒唐可笑！没有女人，哪里来的你？没有比这再简单的道理了吧，孔子不会不懂。

《论语·微子》："齐人归女乐，季桓子受之，三日不朝，孔子行。"《论语》中的"女"字出现了多少次，除了开头那句话，明显地指女性的时候只有这一次，这个字的这种用法，非常耐人寻味。

由于某种原因，某个人开口攻击某个女人不稀罕，如果你开口攻击全部女人，这样的话在你欲出未出口之际，谁都知道女人中包括自己的母亲，攻击指责人，你得顾及自己的母亲呀，一张口把自己的母亲也捎带进去了，谁也不会说那样不够数的话，干那样的蠢事！

从《论语》中也能看出，当时的汉字没有统一的规范，随意性随处可见。我们今天的普通话也能看出那种症结。普通话的定义：现代汉语的标准语，以北京语音为标准音，以北方话为基础方言，以典范的现代白话文著作为一个语法规范。那么大家想一想：北方话有多少种方言？以哪一种为主？哪几本著作是典范的现代白话文？如果有，这些著作的句型，是不是包含了白话文所需要的全部句型？虽然普通话规定几十年了，但是普通话中的词汇，无法取代方言中那些最具地方特色、最形象生动的词汇。至今各种方言照样使用，同时各种方言中最有特色的词汇，不断充实到普通话里面，如：买单，忽悠，等等。

荀子是赵国人，孔子去世后166年后出生，他的传世文章就不像《论语》那样僵涩杂乱。李斯是荀子的学生，后来是秦国的宰相，秦始皇统一中国后又统一文字，李斯的影响是巨大的，直到今天，一脉相传，我们今天依然能领略这个文风。

"阿拉上海人"，大家都知道这是上海人的口语，这句话有明显的地域特色。"阿拉"只能是某个时期的地方语言，不能代表这个时期的国家通用语言。《论语》亦然。

　　现在见到的古汉语或者说文言文已经定型，无法更改了；而现代白话文或者说现代汉语，从"五四"到现在，经过近百年的产生、发展、变化，已经和古汉语有了很大的区别。但是，再区别，"文理"不会区别，千古一脉。

　　文章中的语言组织可以千变万化，白话文取代文言文是不争的事实，是社会发展的需要，但是，语言中的逻辑关系不会取代和脱节。

　　洞房花烛夜是好，皇帝三宫六院七十二妃是好，达官贵人妻妾成群也是好，娶了媳妇再过年是好上加好。从这一点上说，好事离不开女子。试想一下，红灯高挂，鞭炮齐鸣，亲朋满座，迎来佳人。如果说迎来一个像小人一样难养的人，按那种解读岂不是太煞风景了。

　　文字即使是发展到了今天，仍然有继续向前发展的空间和可能。

　　《现代汉语词典》是由中国社会科学院语言研究所编辑的，从1958年开始，几十个人历时将近二十年，到1978年才正式出版。这本辞典的权威性和发行量及认知度是相当高的，可能占了若干个第一。即使这样，再版时仍然会发现问题进行删改，在修订说明中清楚地写着："随着社会的发展，语言也有演变，一些词语在运用上有了不少变化。"现在已经是第六版了，这五十年间尚且如此。那么，我们现在见到的汉朝许慎所著的《说文解字》，是近两千年前人的作品，留传到宋朝徐铉又做了校定。汉朝到现在，文字究竟发生了多少演变，东西在那里放着，可以比较。甲骨文在那里，也可以分析。所以说《说文解字》对汉字的解读不应该是定论，其只是我们见到的留传时间较长的一本古老的字典罢了。

　　今天的人不能同许慎讨论了，更不可能公开辩论，但是，文字在那里放着，后来人自有公正的解读。

八、母系之光到男权社会

原始人成群地在一块生活，是为了壮胆，也是互相间有个帮衬，也只有这样，人类才能生存下去。但是，成群生活的人之间肯定会出现矛盾。

人类历史上为什么会产生母系社会？而母系社会为什么又让大家都接受？今天的人，谁都知道亲兄妹不能通婚，什么原因呢？看一看人类当初的生活痕迹：茹毛饮血，不穿衣服，群婚杂居等等。

人类在这样的生活中——也就是原始社会阶段——慢慢地发现了相当比例的痴呆儿。可以想一想：十月怀胎是何等的辛苦，女人怀孕期间的自理能力自然下降，而她的食物还要增加。必须要有人加倍地劳作，才能给她提供生存的必需食物。然而出现一个痴呆儿，不论古今，对痴呆儿的近亲来说都是一件十分痛苦而又无奈的事情。既浪费了劳动力，又增添许多烦恼，这个代价是巨大的。古人观察比较后发现：产生痴呆儿的父母，很大比例是同母兄妹或姐弟或者近亲。

这些大量的铁一般的事实，摆在了所有成年人面前，尤其是已经当了母亲和准备当母亲的人面前。时间一长，谁也不会无动于衷；而谁也不希望这样的事情发生在自己和自己的孩子头上，怎么办？必须坚决制止！制止的最有效和最根本办法，就是坚决禁止兄妹姐弟和近亲通婚。因为人类最容易通过母亲，搞清楚子女和近亲的血缘关系，再经过姥姥，搞清楚更多的人之间的血缘关系。这是人类很好地生存下去，必需遵守的自然法则，不这样不行，谁不这样，谁就有可能去承担痴呆儿的后果，所以，大家很容易地都接受了。

我们来看一下这个任何成年人都知道的简单事实：胎生动物最容易搞清楚的就是母子关系。高美人的女儿生的孩子叫她姥姥，而女儿可以和任何一个她中意的男人相爱后生孩子。她不管和哪个男人生的孩子，都是高美人的外孙，每个外孙都与高美人有直接的血缘关系。母亲和孩子可以通过脐带来证明母子之间的血缘关系，男人的精液看不见血，当年更不知道里面的"小蝌蚪"的巨大作用。在当时，谁也看不见男人和孩子之间会有直接的血缘关系。想通过父亲证明血缘关系，在当时"男女杂游，茹毛饮血"的社会不可能实现。孩子要服从母亲，母亲要服从姥姥，这些都是天经地义的。女人自己生下的孩子自己知道疼爱，这是母亲的天性。女人怎么怀上的孩子不重要，因为要避免兄妹和姐弟通婚，所以人类就用这种想乱都乱不了的最原始、最简单的办法来排序。高美人或高美人的母亲就是这个族群的首领，大家的行动在族群内外受到严密的监视。就这样，以姥姥或太姥姥为头领的族群——最早的母系社会——诞生了。

母系氏族首领的基本情况应该是这样：精明强干自不必说，她肯定是一个生育过多个女儿的母亲，这是她能够担任母系氏族首领的最重要的条件。

通过女人的生育情况，搞清楚血缘关系的母系社会，在无数个痴呆儿为代价的基础上产生了。禁止兄妹通婚，这是人类最早的、自己给自己定下的、必须遵守的规矩。这是人类最早的文化，这是人类最早的制度，这些制度代代相传。人类社会在"初级阶段"，只能用这样的"初级办法"，来避免痴呆儿的出生。即使今天，这个规矩也不能破，也没有破，也破不了。

母系社会的男女，白天的狩猎和其他劳作，都随自己部落的人一块行动。晚上，成年男子到自己"爱人"的家里过夜。这种"婚姻"关系维持的时间没有定数，全看"爱人"之间的关系和兴趣，好则长，坏则短。

母系社会的子女随母亲生活，由母亲方面的人共同抚养。成年男子只是到女方家过夜，男子的劳动成果归本部落所有。所以，父女、父子之间没有经济上的关系，也就不去确认，当时大家都是这样的生活。母系氏族社会中，健康的老外婆担任氏族首领，老外婆当然知道自己的子女和众外孙之间的血缘关系。当然知道自己氏族中，出现一个痴呆儿的后果和严重性。所以，她当然要严厉地阻止族内的人通婚。在这一条上，大家都在严厉地监督，谁也不敢触犯这条"红线"，一旦有触犯者，必将受到严惩。

母系社会当初最大的特点：1.人们的亲属关系按母亲的血统来确定，世系按母亲计算。2.人与人之间没有贫富阶级的区别。3.妇女们经营着刀耕火种的原始农业。4.孩子只知其母不知其父。5.妇女在氏族中居于支配地位，氏族长由德高望重的妇女担任。6.男人们主要从事狩猎，后来农业成了规模后，从事农业生产。

1983年11月，考古队在发掘红山遗址的时候，发掘出一座女神庙遗址和泥塑女神像。女神像如真人般大小，最特别的地方是：女神塑像的眼睛，用浅绿色的圆饼状的玉石制成。女神像的颜面对称工整，形象生动。这是人类迄今为止发现的年代最早的一处女神庙。这就从实物上证明了，人类尊崇女性的传统由来已久。红山文化距今约5000—6000年。

云南泸沽湖畔的摩梭人，至今还是母系社会。电视上做过报道：某个类似于部落的首领就是老外婆，当年的首领有生杀大权。这位老外婆八十多岁了，她有三个女儿，这里的人基本上没有妻子和丈夫的概念，"爱人"之间的关系，好则聚，坏则散。这里的女子到了十八岁，都要举行成人仪式，之后就可以走婚。这里没有婚书的约束，祖祖辈辈就是这样生活过来的。百科全书上说："母系氏族公社是世界各民族普遍经历的阶段。"

中央电视台曾经做过一个这样的节目，让我们看到母系社会的遗风。按传统，西南某少数民族的聚居地，要举行一个盛大的祭祀活动，中央台的记者前去采访报道。记者先去采访这个活动的主角——年龄约六十岁左右的一位妇女，她是主祭，而这位女主祭的答复是她做不了主。在她的带领下，好多人来到大山深处，找到了这位女主祭的上司或师傅——年约八九十岁的一位老妇人。在得到她的首肯后，记者才拍摄到祭祀活动的全过程。从电视上我目睹了这位部落首领的风采，看到了这位"女神"的威严和神圣，感觉到女首领的权力和气派，煞是森严。这里的男人个个俯首帖耳，谁都不敢造次，这些都是天经地义的。因为领导你的是你的姥姥，或者母亲姨妈。就是这样的"传统"，大家也都习惯了。

历史上母系社会究竟延续了多么长时间？根据考古发现，山顶洞人时期就是母系社会了，山顶洞人距今大约2.7万—3万年之间。他们已经会人工取火，已经会在石器上钻孔，以采集狩猎捕鱼为生，他们已经脱离了茹毛饮血的早期原始社会，是人类跨上文明台阶的一个标志。以此为据，可以这样说：山顶洞人到半坡居民，母系社会经历了至少2万年。

人类掌握了人工取火的方法，是一个了不起的飞跃，这是掌握了改变外部世界的手段，是人类发展史上的一个重要标志。

母系社会准确的开始时间，目前只能遗憾地说不知道！但是，我们知道这是人类社会最早的文明之光，这耀眼的光芒，指引人类走向健康幸福的康庄大道。孔夫子和今天每个活着的人，都是母系社会的人的后代，先人的基因肯定会遗传给我们，人类理应尊敬女性。

人类学会使用工具后，又学会盖房子；有了人造的房子，就可以离开山洞，选择适宜人类生存的地方居住。

母系社会后期的男人才是真正的"服也，犁地种田"的主力军，而且是群体的。你就应该为孕妇老人孩子服务，你没有分配物资的权力。这个时候男人在生育中的"作用"，和男人血缘关系上的近亲，似乎还没有被确立。

母系社会的人不关心自己的父亲是谁，那是因为当年就是那样的传统的缘故，怨不得谁。人类就是那样发展过来的。

父系社会——尤其是皇帝集权社会——是男人掌权的天下，谁敢说男女平等？实际上也没有人敢说女人是老大。

汉朝是男权社会，当时你若说女人是主祭，有可能给你带上一顶"犯上"的帽子，而被杀头，所以谁也不敢那样说。相反，许慎在《说文解字》中提出："服也，从女，持帚洒扫也。"有可能为男权社会找出"理论根据"和

"优良传统"。汉朝许慎的解读,从"理论"上解释了"男尊女卑"似乎是天经地义的。其实是拿女人当了牺牲品,那种解释就这样流传下来,误导了多少人?欺负了多少人?是不是以讹传讹地流传了近两千年,说来可叹,文字的作用就这么大!

皇帝有着至高无上的权力和威严,这是后来的事情,当年"发号施令"者是女性。

皇帝的诏书开头写着"奉天承运",好多人都见过这东西。没有文字的社会全凭着"女巫"一张口,有了文字以后,就"空口无凭,立字为证"了。

1911年辛亥革命推翻了帝制,袁世凯当上了总统后照样到天坛祭天。这是我们今天通过影像资料能看到的事实。那些史前没有文字的时候之事实,只好众说纷纭了。

文字初创的前后,生存需要的基本食物,通过种地有了基本保证。文字的产生,昭示着真正意义上的文明的到来。这个时期农耕文明已经基本形成,母系社会依然存在,时处女尊男卑的新石器时代后期,今天往前大约5000—6000年之间。

从"男"字里面可以读出这样的信息:男人在田里劳作的能力比女人强,男人的作用非常明显。慢慢地,社会的分配权会逐步发生变化。说不清又过了多长时间,男人种地得到的粮食,不甘心再被女人分配,他当然要反抗,他当然想唱主角。

半坡时期,在"中原地区"有多少个那样的村落?不过肯定不止一个。在这个居住地之外是田地森林河流,种田就要讲水源和地势,这样一来,部落族群之间就要因为利益产生矛盾,发生摩擦,直至打仗;而打仗自然是男人的强项,一打仗自然就会产生俘虏,要么你死,要么你沦为奴隶。

矛盾的开始可能是一对一,进而发展成一群对一群。打架要说体力上的优势,这一群人总要有一个领头的。那么,那个体力好、临事善断的男人,在大家的推举下——也可能是女首领任命的——就成了甲群对付乙群打斗的头领。所以说,社会发展到这种地步,自然而然地或者说需要男人登上大舞台,唱主角。就这样，部落为了很好地生存，需要男人带队去打仗，打仗又是最危险最艰苦的事，自然需要身强力壮的男人去承担。因为需要，所以社会的结构会慢慢地发生变化。这可能是产生"男权社会"的原因之一。

"男女杂游，不媒不聘"的社会还透露出：两性关系非常随便，两男争一女的打斗时有发生。"但知其母，不知其父"的后果也是非常严重的：美女人人争，而她怀孕后的诸般难事谁来管呢？公平吗？合情合理吗？

母系社会的血缘关系看似不乱，其实，人们在生活中，渐渐地发现了乱象。因为"只知其母，不知其父"，所以两个同父异母的人有可能婚配。不止一个人在思索这个问题。孕妇的健康起居谁来管？将来婴幼儿的成长谁帮衬？生活需要的起码食物谁负责？很多具体问题需要解决。女人一个人拉扯孩子的困难太多了，单身母亲评说这件事是最有发言权的。

既然有问题，就会有人想办法解决。天底下发生的任何事情，都有前因后果。很多原因后来人不知道罢了。

五千年前的人类肯定知道男人与怀孕的关系。今天全世界文明国家的婚姻形式，不但让人分清楚孩子与父母的关系，而且让父母共同承担起养育孩子的责任。

《列子·汤问》："禹之治水土也，迷而失涂，谬之一国。滨北海之北，不知距齐州几千万里……。长幼侪居，不君不臣；男女杂游，不媒不聘；缘水而居，不耕不稼；土气温湿，不织不衣……。"

这段文字，给我们讲清了一段历史：这是夏朝初年大禹治水时的情景，中原地区已经率先进入"名花有主"的父系社会了，而周边方国依然是"男女杂游，不媒不聘"的母系社会。词典上说：大禹生活在公元前2070年前后，这就是母系社会过渡到男权社会的年代。这里把时间明确了。

也不知道又过了多长时间，父系社会如同夏日百年一遇的山涧洪流，咆哮着一路狂奔而来，势不可挡，其猛烈地冲刷着母系社会。终于有一天，男首领登上了祭坛，成了主祭。就这样，人类开始了"男权社会"，中国最初的代表人物是黄帝、炎帝、尧、舜、禹。

《孟子·万章上》载："尧崩，三年之丧毕，舜避尧之子于南河之南。天下诸侯朝觐者，不止尧之子而之于舜……"《孟子·万章下》："尧之于舜也，使其子九男事之，二女女焉……"以此为据，舜尧时期，已经由母系社会过渡到男权社会了，由不知其父到知其父。再往后，大禹之子是"启"，他废除了传统的"禅让制"，开始了"世袭制"。

嫦娥为什么奔月？那里也没有她的心上人！奔月要有原因和条件，没有人能说清楚。父系社会来了，某地的女祭司不甘心下台，让男人取代。在某个圆月当空的夜晚，她无奈地朝月亮而去，再不回来了。从古到今都有以死抗争的温柔而又刚烈的女子，人世间留下了一段美好的传说。

最早的传说是"女娲补天"，这么艰巨的任务，为什么交给女人去完成？因为那个时候是母系社会。

从半坡社会到殷商朝代这两千多年间，人类社会从母系社会发展到父系社会，青铜的出现，从村落部落发展到基本意义上的王朝国家，同时也是文字从始创——发展——基本成熟的过程。社会的发展需要这种区别你我他的信物，需要这种记录了大家劳动多少的符号，需要这种一目了然大家公认的凭据。多少人追求美，探索美，寻找这种记录美的信物，来解决生活中的问题，最终创造出了这种符号——文字。

这段时间是人类文化史上最为辉煌的一段，同时也是社会大变革大动荡的时代，这期间肯定发生了许多可歌可泣的精彩事情。只是今天的人不知道具体的情况罢了。因为没有文字记录，所以我们不知道。还是文字的缘故！我们相信未来的考古会有所发现，把这段历史续上。

父系社会来到后，应该改一改这个略带点歧视的"男"字，但是没有办法，约定俗成了。其实字就是一个符号罢了，改不改意义不大。汉朝的许慎把"妇"字定位于"服也，持帚洒扫"，很牵强！

父系社会来到后，依然要继承优良传统，依然禁止兄妹通婚，《左传》上明确地说："男女同姓，其生不蕃。"这里提醒人们，禁止通婚的范围更大了。这条古训，在事实上杜绝了女孩子给伯伯叔叔做儿媳妇的事情。这是今人能看到的有据可查的古训之一。但是，民间至今仍然有亲上加亲的习俗。我认识几对这样的夫妻，女孩子给亲姑姑或亲姨姨做儿媳妇。这种情况虽然不是"男女同姓"，略微一想就知道：给亲姨姨做儿媳妇，夫妻俩的姥姥是同一个人。给亲姑姑做儿媳妇的这对夫妻，丈夫的姥姥和妻子的奶奶是同一个人。这两种情况在"母系社会"都是禁止的，是违背了"近亲不婚"的基本原则。他们的后代，出现畸形儿的风险仍然是很高的。

看一下这两则报道：德国一对亲兄妹结婚，五年生了三个痴呆儿。中国一对表兄妹结婚，先后生六子，三死两残。此类事情过去如此，中外如此，将来也是如此。

现在国家的婚姻法已经做了明文规定，准备结婚的青年，千万不要蹚这浑水。

父系社会来到后，依附于男人而生存的女人便会出现，因为这样可以减轻自己许多劳作之苦，所以才出现了歧视妇女的事情，跟着出现这"夫为妻纲"的"异端邪说"。

六千年前的人，想知道七千年前的人和事，只能靠传说。口口相传的历史难免走样。有了文字以后，人类就把身边发生的事记录下来，开始是告诉老天爷，后来是告诉后人。文字记录的历史，走样的可能大大降低了。话，随风飘去，无影无踪；字，落地生根，千秋万代后照样会说话。所以，以文字和母系社会为依据，中华文明的历史应该长于五千年。

中国五千年的文明史，大体始于传说中的黄帝时代。这是文字的功劳，才有了这基本上说得清楚的历史之起点。五千年的文明史，其实基本上就是男权史，或者"男权社会史"。

华夏族是农耕民族，我们都是农耕民族的后代，种田是最辛苦也是最简单的差事，不论男人女人，没有不会种田的。

世界上的男人和女人，就是这样携手并肩，从遥远的古代一路走过来。男人要继承母亲的基因，女人要继承父亲的基因。因为你们是同一个物种，所以不会有两种特性。

九、标点断句

古汉语中因为没有标点符号,让多少人吃尽了断句的苦头;还是因为没有标点符号,让多少后人曲解了先圣先哲的本意!

记得上小学学习标点符号时,老师讲了一个使用标点符号的故事。某位先生家来了一位客人,因为下雨,客人住了数日。先生生烦,遂写了个条子放在桌子上:下雨天留客天天留我不留。他的本意是快撵客人走:下雨天,留客天,天留我不留!客人也通文墨,因为上面没有标点符号,看了以后遂提笔断句:下雨天,留客天;天,留我不?留!

一个字也没有增减,文字的含意却因为标点断句发生了一百八十度的变化。故事的真伪,也可能是笑话,我们暂且不议,从中看出标点符号的厉害。好在今天的汉语使用了标点符号,终止了此类事情的重演。

古汉语中用在句末的之乎者也,好多没有什么实际意义,可以理解为一种语气词和断句的符号。没有这些语气词的句子,可是苦煞人也。

我曾经拿几本不同版本的《论语》两两对比,断句不完全一样。谁对谁错,孰为标准?

几千年来汉语就是这样跌跌撞撞走过来的。汉语从产生到今天,我们有根据相信，其一直是一种发展的状态，从没有停顿。今天就有这样的句子：聪明的早晨。很阳光。最小说。等等。

我手上有一本1978年出版的语法书，这本书把常用副词列了出来，在讲到副词的语法特点时，是这样讲的：副词能修饰动词、形容词或其他副词，一般不能修饰名词。只有"不""很"等少数副词可以修饰几个特定的名词。

但是，副词这个特点在今天几乎被颠覆了，常常出现副词修饰名词的情况："最小说"，这是最近出版的某本杂志封面上的刊物名称，类似这样的句子经常见到。开始认为是病句，很不舒服，见得多了以后也就不怪了，你不把这个"最"字当副词理解就是了，理解成最有特色就完了。三十多年前的现代汉语语法特点，和今天的现代汉语语法特点不能同日而语，也能反映出今天的现代汉语已经发展了，使用文字的自由度更高了。

从出土的简牍中可以知道，孔夫子生活的年代，人们写文章时并不使用标点符号，而是用某些特定的字来断句或表示语气，然而，并不是所有的句末都用语气词。因此那样的文字读起来不但吃力，而且容易产生误解。孔夫子时代的断句"规范"我们已经搞不清了。

文字文章发展到汉朝，才出现了"句读"符号。语意完整的一小段为句，句中语言未完，需要停顿的地方为"读"（音"逗"）。当时所用的符号有两种：一种为"、"，另一种为"√"，皆为断句或停顿、隔开之标志。到了唐朝，人们写文章还没有固定地使用断句符号，我们从存世的某些手稿中也能得到证实。宋朝人用"。""，"表示句读。直到清朝末年，印刷品中小句号表示断句，像字一般大的大句号或圆圈表示分段。

中国文字，连标点符号都是这样一步一步地、磕磕碰碰地慢慢挪过来的！

随着东西方文化的交流往来，到了1897年，广东东莞人王炳耀受到外语的启发，在我国原有断句法的基础上，借鉴外国的新式标点，初拟出十种标点符号。然而他的"提案"没有得到"政府"的认可！"五四"运动期间，白话文兴起，标点符号的使用方法在民间日趋完善。面对势不可挡的时代潮流，

1919年，国语统一筹备会提出了《请颁行新式标点符号议案》，列出了标点符号的种类和用法，不久之后，北洋政府的教育部颁行全国。

中华人民共和国成立后，出版总署根据当时国情的需要，挑选专人，进一步总结了标点符号的用法规律。在广泛征求各方意见的基础上，于1951年9月，刊发了《标点符号用法》，公布了十四种标点符号。同年10月，政务院做出了《关于学习标点符号用法的指示》。从此，标点符号的使用有了统一的规范。

有了完善的标点符号，汉语才有了全新的面孔，结束了自由断句的尴尬局面。

汉语即使发展到今天，造句和断句也没有定数。没有哪本教科书或谁规定：一个句子或一个分句，只允许一个动词出现。造句的自由度和随意性仍然很大，全凭作者的文字水平来把控。一般人使用文字，把问题说清楚就行了。

我们今天的印刷物上面各类标点符号一应俱全。学历史我们知道，孔夫子时代的书，是把字写在竹（木）片上，再用绳子串起来卷好。最早成卷的《论语》能保存到今天吗？最早的《论语》上面是如何断句的？

朱夫子所著的《论语集注》固然权威，但是朱熹生活的年代和孔夫子相距一千五百年。这一千五百年间的社会制度，可以说发生了翻天覆地的变化，生活方式和书写方法，根本不是一回事。孔子生活在封国土、建诸侯、礼崩乐坏的"奴隶社会"，朱熹生活在郡县制的"封建社会"。我们今天的人，能说清楚唐宋时候的人是怎么生活、学习、工作的吗？朱熹能说清楚孔夫子是怎么生活、学习、工作的吗？说不清的事情只能依据文物和文字去判断。想象、猜测、判断时难免走样。推敲一词只能用在贾岛后，用在贾岛之前就要闹演义。孔子去世一千五百年之后的朱熹，解读当年的话，如果下定语，难免失之准确。再以讹传讹难免引起混乱，势必影响社会和谐。

当年书写在竹简上的文章那是经过仔细修改的，传世的文章都是经过多少代人的检验，公认为好的对的。只有那些对人类具有指导意义的文章，才能够流传下来。其中的"文理"应该是经得起推敲的，今天学习古汉语今译成的白话文时，如果译文不堪推敲，那就失去了原文的本意。

十、青梅竹马和酒肉臭

现在的书店里，差不多都有《唐诗三百首》，好多读本里面都有今译或译文。

    妾发初覆额，折花门前剧。
    郎骑竹马来，绕床弄青梅。
    同居长干里，两小无嫌猜。
    十四为君妇，羞颜未尝开。
    低头向暗壁，千唤不一回。
    十五始展眉，愿同尘与灰。
    常存抱信柱，岂上望夫台。

这是李白的诗句。请看某本唐诗三百首对"郎骑竹马来，绕床弄青梅"的今译：郎君你骑着竹竿当马跑来，绕井栏追我并扔着青梅。

青梅竹马，两小无猜，一个小男孩一个小女孩，再清楚不过了，解释成"追我并扔着青梅"，对吗？

这里的"床"指的是井栏，就是围住井的栏杆。

对这句话里的"床"，还有这样的解释：辘轳的支架，还有院内的天井。

"井"大家见得多了，门前怎么会有井？即使有也是极少数的。小孩子绕着井边的栏杆跑，那可有危险呀。小女孩折了花朵，在门前玩耍，怎么突然跑出井来了？

床前明月光，疑是地上霜，举头望明月，低头思故乡。

这是李白的《静夜思》，许多学龄前的儿童都会背，影响面非常广。某本唐诗三百首的译文是这样的：床前洒满了银色的月光，为地上铺了一层白霜。这里的床指的是睡觉的床。

秋天的夜晚，李白躺在床上睡不着觉，看着如霜的月光，不由得思念家乡，在今天的人看来，似乎是很自然的事情。

后来听了马未都先生的解读，不由让人耳目一新。马先生说：李白诗中的"床"，不是我们今天睡觉的床，而是一个马扎，古称胡床。李白的语境非常清晰，动作清清楚楚，他拎着一个马扎，坐在院子里，在明月下思乡。

马先生解释说：我们躺在床上是没办法举头和低头的，顶多探个头，看看床底下。唐代的窗户非常小，月亮光几乎不可能进入室内，尤其当你的窗户糊上纸，糊上绫子的时候，月亮光根本就照不进来。

马先生解释"绕床弄青梅"的床也是指马扎。马先生的书，解读得很精彩，谁有兴趣可以找先生的书看一看。

这样的话，一个"床"字，就有了五种解读：1.井栏，2.辘轳的支架，3.马扎，4.睡觉的床，5.院内天井的栏杆。

唐朝到今天没有经历过车异轨、书异文的历史，文字是一脉传承下来的。一个"床"字出现了五种解释，难道说车未同轨、书未同文之前的"女子"一词只能有一种解读？那句话还是一种十分不通情理、不通逻辑的解读？

李白的诗写得非常清楚，唐朝的女孩子十四岁就出嫁变成妇人，脱离了女子的行列。假如按那种说法，应该告别了"难养"的队伍。然而，结婚与否，这个人的"质"不会有什么特殊的变化。她不会拜了天地，有了一纸婚书，她体内的基因就上一个台阶。这样一个基本道理，应该人人清楚，孔夫子不会例外吧。

有资料显示，孔夫子生活的年代，女孩子到了十五岁就算成年人，也就是说，许多十五岁的女孩子就结婚成为妇人，告别了"女子"的行列。

今天任何一个人，你可以问一问任何一个女孩子的父亲——千万别问她母亲——她的女儿是不是一直难养？如果难养是什么原因引起的？有女儿的父亲最有发言权，即使他的女儿成了妇人，你看他如何解答。

朱门酒肉臭，路有冻死骨。

这是杜甫的诗，说的是唐朝的事。某本唐诗给这两句的译文，我照录如下：富贵人家吃不完的酒肉任其腐烂，死于寒冷饥饿的穷人倒在路边，尸骨却无人掩埋。

乍一看这两句话就是这么个意思，一般人不可能不认识臭字，不可能不知道臭是什么意思。

我们慢慢分析一下，就有了头绪。

唐朝的时候没有冰箱，肉放的时间长了会变质，发出臭味，自不必说；酒放的时间越长，味道越醇，口感越好，价钱越高，酒放得时间长，自然是富人家的事。但是，酒散发出来的是酒的香味，酒再怎么样，也不会发出臭味呀！

后来看过《说文解字》才茅塞顿开。臭：禽走，臭而知其迹者，犬也；从犬，从自。（禽兽跑了，嗅其气味而知道其逃跑的踪迹，是狗；由犬，由自会意。）这就是说：古汉语中，"臭"的本意不是发臭的臭，"臭"是一个会意字，从犬，从自（鼻）。很明显，这个字创制之前，狗就已经被人驯养，成了家畜。看来古人早知道狗的嗅觉最灵敏，用鼻子和犬来会嗅味之意，就是说："臭"的本意就是犬用鼻子辨别气味，即嗅。（见图9）

《易·系辞》："二人同心，其利断金；同心之言，其臭如兰。"大意是：如果咱俩同心同德，不但力量大，说出来的话，如同嗅到兰花的芳香。

这样一来，杜甫的这句诗就可以这样解读了：朱门里面的酒肉发出诱人的香味，路上却有冻死的贫民流民的白骨。两者形成了鲜明的对照。

这就是说，朱门酒肉并不是发出臭味。但愿以后说酒"臭"的人少一些。

唐朝的诗词今天理解起来尚有这么多的样数，解读唐诗尚有这么多的弯路，"书同文"以前的字词语句该是什么样？

《说文解字》是汉代类似今天的字典，先秦时期也应该有字典吧？我们今天要是有一本孔夫子时代的字典那该有多好！

好多时候，后来人不懂历史的真实面貌，不知道先人作品的本来用意，不理解事情的来龙去脉，才出现了许多误会、误解。

文字的使用方法，字词的含义，汉语的口头语转变成书面用语，一直是处在一个不断发展、不断变化、不断完善的过程。

口语转变成书面用语，尤其是转变成文言文，是进行了人为的加工的，古代的文盲多得是，但是文盲肯定说话。

解读古汉语，尤其是解读经典句子，即要符合字义，又要符合文理，还要经得起推敲，方才能站得住脚。

读《诗经》和《论语》，常常让你感觉到佶屈聱牙，很多句子不参照注解，你是很难理解其中的意思的。须知这两部书，都是由多种方言，多少个诸侯国的多少个人的文笔，汇集而成的。那么多诸侯国的人是没有统一的文字和语法规则的，作品中语言的多样性、杂乱性是可想而知的。

今天的现代汉语虽然不足百年历史，但是，现代人使用文字的习惯，已经有了大体的模式。

我们这座城市来了一位新市长，举行迎春晚会时，上演了地方特色的小品，本地人笑得前仰后倒，这位新市长却不知所云。原来是经过这么一段时间了，他还没有听懂方言。这位市长成长的地方，距我们这里不足一百公里，这么一段距离应该不算远。今天的人，尤其是生活在同一个省的人，还出现这样事情。那么，《诗经》《论语》是那么多人，用那么多方言汇集成的作品，若用当今普通话这一个标准去解读，其准确性打了多少折扣？

各种方言自有其他方言无法取代的特点，方言转换成文字也自有其无法取代的特色。

清朝及以前好多朝代的皇帝每年都要祭天。皇帝祭天前要戒斋数日，还要沐浴更衣，以示心诚。如果不祭，那是对老天爷最大的不恭敬，天理不容；农业不会丰收，社会不会安定，皇位不能坐牢，老百姓还会对你有意见。天坛依旧在，风光不曾见。试想一下，今天的国家元首倘若领着一班官员前去祭天，那将是什么样的光景？

当年的祭天是十分庄严和十分神圣的，若是今天再祭天，那是滑稽可笑的。

人类文明的进程就是这样一步一步走过来的，哪个社会的人，自有哪个时代的文明规范。人类认识宇宙自然是有一个过程的，有的时候会在一个层面上停留好长时间。

每对准备生孩子的夫妻，都希望生一个健康聪明的宝宝，这是普天下结了婚的人之共同愿望。但是怎样才能实现这个目标呢？

积极锻炼身体，合理的营养，最佳的生育年龄，良好的遗传基因，等等。然而我们能想办法做到多少呢？

一个男人一生中能"生产"多少个精子？说不清！一个女人在正常情况下一生能"生产"400个左右的卵子，哪一个卵子是健康优秀的？不知道！夫妻同房时，选择生命力最强的精子，与最好的卵子结合，生一个最健康的孩子。多么好的愿望，但是，十分遗憾，在自然状态下至今人类做不到。我们没有办法做这样的选择，人的生命形成的最初时刻，是在自然选择的状态下完成的。每个生命的形成都是奇迹，君子和小人都一样。

从"根"和"源"上说，大家都是这样来到世界，没有区别。

"人法地，地法天，天法道，道法自然。"《道德经》里这样说。人是自然界之一分子，你不会有超乎自然的功能。

孔子的学问、人格、声望让当时代的人敬重，"仰之弥高"是孔子的学生对老师的评价。这么一位伟大的人物，不会把性别和人性相提并论。

十一、古今一理

　　今天的书店中，各种版本的《论语》太多了。有的今译成现代汉语，便于理解。有的版本对其中某个字做了解释。这些字，稍不注意就会曲解了言者的本意，认真地读，你会吃惊！摘录几条：

　　《论语·为政》："子曰：'道（导）之以政，齐之以刑，民免而无耻。'"

　　《论语·子罕》："子贡曰：有美玉于斯，韫椟而藏诸，求善贾（价）而沽（贾）诸？子曰：'沽（贾）之哉！沽（贾）之哉！我待贾（价）者也。'"

　　《论语·阳货》："公山弗扰以费畔（叛，衅？），召，子欲往，子路不说（悦）曰：'末（蔑）之也已，何必公山氏之之也。'子曰：'夫召我者，而岂徒哉？如有用我者，吾其为东周乎！'"

　　保守地说，现在出版的《论语》中，类似的地方在三十处以上。

　　论语中常常出现在今天看来是超常用法的字，你若用今天的用字方法去解读，势必走弯路！

　　有注释的《论语》能提醒你。没有注释和注释不准确的句子该怎么办？要知道，这是正儿八经的春秋笔法。

这些用字是专家们研究考证后的结果，放在这里我们能看得出来，也敢于那样理解。但是，其中有多少类似这样的字我们看不出来，被误导？《论语》一书究竟使用了多少种方言？不知道！

《论语·子罕》："子畏于匡。"畏：今天是害怕、畏惧或者佩服的意思，当年却是围困或遭囚禁之意。

《论语·八佾》："季氏旅于泰山。"旅：今天是旅行旅游或军旅之意思，当年指的是祭祀。当年只有诸侯或天子，才能到名山大川祭祀。这条看出季氏的越礼和野心。

从上面所列几条可以看出，好多字的使用方法，当年和今天根本不可同日而语。

诗文中字词语句杂乱无序，没有统一的规范标准，这也是所谓的春秋笔法的特色之一。

理不清春秋笔法的头绪，就解读不清春秋时期的作品。谁若用现代汉语已有的模式习惯，解读不同时期的古汉语，无异于削足适履，后果是可想而知的！

今天的人从上小学开始——或者之前——学习的是现代汉语，现代汉语字词语句的含义和使用方法相对稳定，在我们的心灵和脑海深处已经形成一座无形的大山。而孔夫子年代的"汉语"没有普及，夫子周围的人充其量只是"使用"了鲁国的语言"标准"。因此，我们不能用现代人使用语言的方法习惯，同古人对话；更不能把960万平方公里范围内，已经有了多少年统一标准的现代汉语，同杂乱无章没有标准规范的"春秋笔法"一视同仁。倘若那样的话，就会完全曲解先圣先贤的本意。

看一下孔子的学生的国籍，子路：卞国人。子若：蔡国人。叔鱼：齐国人。子期：陈国人。子贡：卫国人。公孙龙：楚国人。还有鲁国宋国人等。这些学生在什么年龄到的孔子门下？不知道！这些学生在什么地方上的小学，接受的识字教育？不知道！《论语》中有几条是这些人记录的？不知道！

莫说一万年，五千年前你我的祖先在哪里生活？不知道！但是，不知道并不等于不存在，不知道是因为使用文字的时间太短了，远古时期的人类没有文化知识！有了文字以后好长时间，也不知道记录历史！没有办法，人类就是这样走过来的。

孔夫子可是教人学文化的老师，现在的普通老百姓能看到的最早的较完整的史书之一是《春秋》，相传其作者或编撰是孔子。这就是说，孔夫子是用文字记录历史——或者说参与记录历史——的祖师爷。这可是千秋万代的功业！

《论语·子罕》："子罕言利与命与仁。"我手头一本清朝年间的线装《论语》就是这样的，末了大句号一个。山东某出版社出版的《论语集注》的断句也是这样的。朱熹的《论语集注》是这样的：罕，少也。程子曰："计利则害义，命之理微，仁之道大，皆夫子所罕言也。"

朱熹老夫子是儒学大师，他的话可以说是权威。但是，就有不同意见，请看北京某出版社出版的四书五经中的断句："子罕言利与命，与仁。"上面朱子引用程子的话，仁之道大，夫子罕言。但是，请看《论语》中的说法：孔子说仁的时候确实不少，重新断句有根据。

北京三联书店出版了北京某所名牌大学教授的书，这句却是这样的断句：子罕言利，与命与仁。

看一看今天各种版本的《论语》，断句和今译各式各样，怎么说此对彼错？只能叹各有千秋！

本人倾向于第二种断句，因为《论语》中几乎没有记录孔子谈论功利和天命，很多时候谈"仁"。

这里的"利"，指的是功利和利益的意思；这里的"命"，指的是命运天命的意思；这里的"仁"，当仁义仁爱讲，还有解释为人性。总之，利、命、仁三个字的含意，今天的人不难理解。但是，三种断法，当然是三种结果，意思大相径庭。

三种断法放在这里，大家评判。

子罕言利与命与仁。

子罕言利与命，与仁。

子罕言利，与命与仁。

究竟哪种断得对？

子曰："学而不思则罔，思而不学则殆。"真不知受谁的蒙蔽受谁的骗！

真是：莫认真糊涂受骗被蒙蔽茫然无知经典论语，休作假迷失方向遇危险产生疑惑残缺春秋。

孔老夫子假如在天有知，真不知是苦笑还是哭笑！

搞不清"春秋笔法"，就不要对春秋作品枉下定语。即使搞清"春秋笔法"，一句话的三种断法，也不会有统一的意思。

由此想到，"唯女子与小人为难养也"这句话，能不能重新断一下？

当年夏朝的桀王讨伐有施国，有施国的人将美女喜妹献给桀王，桀王十分宠爱她，为其建造了"酒池肉林"般的享乐宫，纵情欢乐。有施国因为献上美女保住了平安，桀王因为纵情声色恣意妄为，最终落一个国破身亡的下场。

商朝的最后一个国王是纣王，他是一个出名的暴君。当年纣王讨伐有苏，有苏人把美女妲己献给纣王，妲己娇媚无比，得到纣王的宠爱，纣王整日醉生梦死，守着美人享乐，国计民生抛到一边，最终众叛亲离，商朝断送在他的手里。

美女褒姒是周幽王的宠妃，但是，如花似玉的褒姒，得宠以来从未开颜一笑。为博美人欢心，幽王听信了小人的逸言，不惜点燃了用于紧急军情的烽火台上的狼烟，望着来去匆匆的诸侯和兵马，美人笑了，惊艳无比，幽王特别开心。但是，不甘被戏弄的诸侯，由此勾结外族，挑起了战争，最后幽王在刀下作了厉鬼。

上面三个故事都是记录在史书中，发生在孔子之前的历史，几位国王都是因为贪恋女色而亡国，似乎是贪恋女色必亡国。

细心地看一看史书，谁都不难发现，商朝的国王有十几位，周幽王之前周朝也有十多位国王。人世间的美女从未间断，那些国王身边的美女，也是不计其数。君王贪恋美女，更不是什么新鲜事。当年齐国送给鲁国八十名美女，鲁国国君三日不理朝事，也没有导致亡国。很显然，这几个故事，不应该是"女人像小人一样难养"的根据。

精卫填海，女娲补天，嫦娥奔月，这些古老的神话很可能是从孔子之前流传下来的，孔子应该知道。海怎么填？填了海可以有更多的良田；天如何补？补了有缺陷的天，人间可以风调雨顺；月怎么奔？探索宇宙的奥秘是人类由来已久的愿望。神话传说中这些人类盼望的事情，为什么要由女性去完成？因为那是母系社会，那个年代的人已经认识到，女人比男人多一分执着和坚韧，她们常常去办那些男人认为办不到的事情。

说女人是像小人一样难养的人，要有证据和根据才能成立，并不是说一句就成了。

地球上自从有了人类后，女人和你男人一样，共同承担生活的艰辛，共同推动人类的文明向前迈进，女人怎么成了让人不拿正眼看，像小人那样的人？

凡是传说的故事，都有其动人之处。之所以是几千年的传说，是因为当初那个年代的人，还不会使用文字，更不知道记录历史。

尧舜时代流传下来的故事，经历了春秋战国，按常理，孔夫子应该知道那些传说。年代那么久远的女性，就如此让人怜惜赞叹，孔夫子不可能对这么优美动人的故事无动于衷。

今天，放射线是治疗癌症和检测疾病的有效方法之一，这种方法为无数病人减少了痛苦并延长了生命，人类不会忘记发现放射性元素的科学家。

镭是放射元素，人类当年为了第一次提炼镭，居里夫妇在极其简陋的木板房中，冒着酷暑严寒，克服了常人难以想象的困难，经过54个月的艰苦劳作，终于从几十吨沥青的残渣中提炼出镭的化合物，并初步测出了镭的原子量，轰动了世界，居里夫妇因此获得了诺贝尔奖。居里先生由于意外的车祸去世后，居里夫人忍着巨大的悲痛，继续科学研究。经过数年的艰苦工作，终于提炼出了纯镭，并且精确地测出了镭的化学性质和物理性质，成为第一个两次获得诺贝尔奖的人,获奖时只有44岁。了不起呀!她为人类做出了巨大贡献。面对这样的女性,那句话做那样解释的人不知有何感想?

刘胡兰当年是一位只有16岁的共产党员,为了保护群众的利益,为了信念和信仰,面对刽子手和已经沾满鲜血的铡刀,她毫无惧色,断然向敌人喝问:"我咋个死法?"随后从容就义。这种视死如归的女子,令人荡气回肠。毛主席看了报道后挥笔题字:"生的伟大,死的光荣。"

这是一位真正的女子,我不吃你那一套。女孩子怎么啦,我不向强暴屈服!

很多人可能不知道她的姓名,但是却记得江姐,这是人们对她的尊称。江竹筠是中华人民共和国成立前的共产党员,身负重庆地下党交通员的重任,被叛徒出卖,身陷牢狱后她依然不改初衷,坚持自己的信念,坚信反动派的统治一定会垮台,决不做一个出卖灵魂的叛徒。她身受反动派的严刑拷打后,依然坚贞不屈。特务头子黔驴技穷,吼出了无赖的威胁:"我可以让人剥光你的衣裤!"江竹筠怒不可遏地迎头痛斥:"你侮辱的不是我一个女人,而是世界上所有的女人,也包括了你的母亲、姐妹和妻女!"几句话真是掷地有声,恼羞成怒狼狈不堪的特务头子,黔驴技穷了,下令给她的十个手指钉竹签。

是呀,那句话侮辱的不是一个女人,有几个女小人不足为奇,如果天下的女人都和小人一样难养,那么也包括了你的母亲、姐妹和妻女。

女性特有的坚韧,女性特有的执着,再加上女性特有的情感,这个合力是巨大的,大得让你不可思议。女人比男人并不缺少智慧,她们和男人一样有着万千种生性,女人甚至比男人更多一分细腻和柔韧,正是这种特性,使她们勇往直前,看准的事情决不回头,做出了许多超出常规的事情,令世界为之增色。

现代汉语中的"女"字,"你"的成分一点也看不到了。古汉语特别是春秋末期鲁国的书面用语中,"女"字当"你"用的概率很高,那么,那句话中"女子"当"女人"解释,既别扭又不通情理,那我们为什么还要强做这样的解释呢?钻这样的死胡同?为什么不尝试一种既合理又通情的解释呢?

"己所不欲,勿施于人。"这是孔子的名言。大家都知道这句话的含义。别人说你是小人，你能接受吗？同理，青红不分皂白地说别人是小人，别人能接受吗？那样解释和孔子的教育理念是完全相悖的！

我们习惯的口语中有老姑娘这一说，两个以上的姐妹中，最小的那位，有的地方这样称呼。但多数是指年龄偏大的未婚女性。这就看你把这个词用在什么地方。

奥运会或世锦赛的游泳比赛中，获得前三名的女选手中，有的年龄才十五岁。吃惊之余你就会思考，按照我国的法律规定，这些选手还没有达到领取身份证的年龄，她们却代表某些国家，参加国际大赛了。三十岁还参加比赛的运动员常常称之为老将，三十岁的未婚女性称之为老姑娘不为错吧？

按今天的理解，"女子"应该指发育成熟的青春未婚女性或者女孩子，称这一类的人用这个词比较合适吧！？这个年龄的女孩子，都是父母的掌上明珠，正是君子好逑的时候。把这些令人喜欢的女性，同令人生厌的"小人"一样对待，不是孔夫子的初衷！今天做那种解释的人，当你写下那样的句子时，你就不觉得煞风景吗？你就没有不通情理的感觉？

天底下什么最无私伟大？人事间什么最清纯无瑕？人性中哪一样最善良温暖？什么人最值得全人类歌颂赞扬？母亲的母爱，女人独有的母爱。想当年我们曾经依偎在母亲的怀抱，那是人世间最温暖、最惬意、最安全的地方。从牙牙学语到步履蹒跚，磕破一块儿皮，快回家找妈妈；饿的时候，快回家找妈妈；戴上红领巾了，快回家告妈妈。是妈妈给了我们生命，是妈妈的心血、妈妈的爱养育我们长大。当你出门在外遇到困难的时候，你最想念的是母亲和家。

我朋友的母亲去世了，我们去吊唁。这个五十多岁的壮汉失声痛哭："这会儿可真成了没娘孩儿啦！"是呀，没娘孩儿真可怜，失去母亲最痛苦！人世间的母爱，是其他无法取代的。

当奔波在外的人回到家里，进门先叫一声妈的时候，你的内心是最大的安慰，你的精神上是最大的充实，在外的一切辛苦，马上会丢弃。

年过四十的人可以回想一下，你的生活习惯，你待人接物的举止，包括你的世界观，都是从小的习惯和培养形成的，成年以后再改是非常困难的。从小对你影响最大的这个人是谁？不是你的母亲就是你的奶奶或者姥姥，就是那个呵护你成长的女人。

我从小跟着姥姥长大，我姥姥是大山里的农家女。太行山清爽的甘泉，滋润出她淳朴善良的生性。她的信念就是本本分分做人，老老实实办事，我姥姥是典型的贤妻良母。在我的记忆中，姥姥缝新补旧，洗涮拾掇，从来不闲着。她甘愿为来到这个家的每个客人服务，该她做的事，她都努力去做。她虽然是个家庭妇女，也曾到田里劳作。她抗争过，她不甘心命运的摆布。为了不影响小外甥写作业，自己端着瓦罐，踮着小脚出门打水。十二周岁时，我带着姥姥"不能让人笑话"的嘱托，回到了父母身边。当年我不知道这句话的分量。遇到困难时，这句话成了我的动力；面对巨大的诱惑时，这句话如同警钟，时不时在我耳边敲响。每次回去看姥姥，一进大门我就叫，听到姥姥的应答，我是多么高兴。慢慢地，姥姥老了，不能再像从前那样操持了。但是，她还要摘根葱、剥头蒜或擦擦灰，依旧不肯闲着。我姥姥确实像个"安"字，她的凝聚力太大了，她默默无闻地守护着家，成了这个家的精神支柱。

我姥姥四世同堂，八十三岁时寿终正寝，她走得平静安详。我姥姥虽然不识字，但是，在我的心目中，她就是一座无字的丰碑；她是传统的中国女性的典范；她那任劳任怨、勤劳善良的美德一直激励着我，鞭策着我。每当再回姥姥家时，跨进大门欲叫不能，我的内心是多么惆怅，思念的泪水从心中涌出。那个你在她面前犯浑、顶嘴、讨要好吃的，那个疼你、爱你、惦记你的人走了，那个守护神走了，永远地走了，再也见不到了！不能想，不敢想，又常想起。一想就心酸，就流泪，再没有像姥姥那样让我安心的人了！

天下人谁不是母亲生下的，难道说天下所有的母亲也像小人一样难养？没有这样的道理呀！

十二、辨析女子与小人

小张工和小刘工是同龄人,孩子年龄也差不多。这次出差时俩人在旅馆里聊天,小张工临走时在门口吻别妻子,五岁的女儿看到后不干了,冲着父亲就嚷:"你怎么光亲妈妈不亲我?"小张工回头一看,女儿两眼含着泪水,正愤怒地瞪着他,他赶紧把女儿抱起来。小刘工听后摇着脑袋笑着说:真是不可思议,我也遇到过这事儿,儿子看见后却是一脸茫然,反而说:"爸,你一定要给我买回遥控坦克来。"男孩儿女孩儿的差别太大了,关心的内容不一样,天性。

体察他人的心理,女人比男人仔细;表达情感的手段,女人比男人擅长;对亲昵行为的关注,女人比男人更敏感。只不过是在与大自然的搏击时,女人个体的体力,总体上不如男人罢了。造物主就是这样安排的,尺有所短,寸有所长,尺寸配合,相得益彰。

德行与性别一视同仁,风马牛不相及。不是同一个内容的话题,硬扯到一块儿,驴头不对狗嘴。

每当冷静的时候,经历过的事情历历在目,这时候再想到"唯女子与小人为难养也"的那种解读,我是怎么想怎么不对劲儿。女人承担着生儿育女的重任，她们付出的艰辛，比你男人并不少。有一天终于想通了，那句话那种解读于情于理都不通，那样解读不是言者的本意。

中国有多少美好的民间传说，牛郎织女，孟姜女哭长城，梁山伯与祝英台，千百年来令无数人感动，从而口口相传，代代延续。哪一个传说也不能少了女子，哪一位女子不是美的化身。就连那白蛇精化成的美女——这种特殊的形式——令多少人赞叹同情，那位维护道德、代表正义的法海和尚，令多少人憎恨和厌恶，或者说咬牙切齿。说女人是小人的人，显得多么没有品位。看一看孔夫子也不是那样的人呀，他传授教学的"六艺"——礼、乐、射、御、书、数，即使我们今天中小学的课程设置，也望之兴叹，不及其种类和实用。孔夫子的六艺水平，都有相当的造诣，方能为人师。六艺既实用又有品位，既陶冶情操又让人学习时不觉得枯燥，所以，两千多年来一直被人称赞。

若干年前见过一篇这样的报道，美国某位喜欢抛头露面的人突发奇想，不甘心各类选美比赛，独出心裁地发起了单由女性参加的"选丑比赛"，选中者能获得很可观的奖金。结果怎么样？没有一个人报名。发起者落了一个灰头土脸！美国佬就这么好奇，就这么异想天开。他想证明：钱的诱惑比美的诱惑大。但是他失败了，败得那么惨！这里又一次验证了前人留下的那句话：爱美之心，人皆有之。她可能没有文化，可能很穷，为了生计她可能从事着最苦、最累或被人瞧不起的工作。但是她肯定有一颗执着的爱美之心！所以说，把美的使者——青春女子——同小人划为一类是完全没有道理的，任何一位女性绝对不能接受的。

女性和男性，仅仅是性别上的不同和体格上差异。除此而外，在性格、德行、爱好、兴趣、操守等等，衡量人格和人性方面的内容上，男女性是完全相同的，男性中各色各样的人，女性中照样有，女人中有取义成仁的，男人中照样有见利忘义的。

职位的高低，德行的好赖，体形的胖瘦，个头的高低，脾气的急缓，眉眼的丑俊，是不是小人等等，与性别没有关系，一点也没有！寿过七十被人尊为圣人的人，这些基本的常识应该懂吧！

毋庸讳言，每一个有问题的音符，都会发出不同步的声音；不合节拍的声响，必然会影响整体的和谐效果。

女子是人类中最引人注目最靓丽的一族，女子中每个个体的德行也不一样。提到女子，首先想到的是性别；一说"小人"，首先想到的是德行。性别和德行是无法相比较的，所以不能把其并列对待。

不管你说他"君子"也罢，"小人"也罢，男人和女人因为生理差异的缘故，都以其独特的思维方式在生活，过去是这样，将来也是这样，所以我们不能那样说。

"美人计"古今中外都屡用不爽，对手常常利用普通人都喜欢美人的弱点，把美女当炮弹向敌人进攻，果真女人是小人，谁还会喜欢呢？

俗话说："龙生龙，凤生凤，老鼠生子会打洞。""蛤蟆的娃儿会凫水。"如果女人同小人是一类人，那么，她生下的孩子也和小人一样，这样一来，整个天下岂不成了小人世界了？！从此也可以看出"文理"之一斑。

据说老子和孔子曾经相见。连这样两位文化巨人会面的事，都是"据说"。那么，谁还能肯定一个活到古稀之年的老人，他的语言变成文字时，应该在何处使用顿号或者逗号呢？

在孔子生活的年代，事实上，许多诸侯的女儿与别国诸侯的儿子结婚是常事：晋献公娶了齐桓公的女儿，卫惠公的女儿嫁给许穆公，秦晋两国诸侯的儿女更是多次通婚。我们至今尚且知道的历史，当年的孔子不可能不知道。这些女贵族，比普通男子不知"牛"多少，她们一出世的身份就是"公主"，出嫁后成了王子的夫人，还有可能从"公主"到"王妃""王后"。这些女贵族从生到死，谁都不会改变她们人上人的事实，这些女贵族也是女人中的一员，与小人相提并论与事实不符。

人类的一半是女人，你一句话把半数人都视为难养了，都得罪了，谁会说这样的话？

再说了，孔子是什么出身，孔子世家里面司马迁是这样记载的：孔子贫且贱。及长，尝为季氏史，料量平；尝为司职吏而畜蕃息。《论语》里：孔子是这样说："吾少也贱，故多能鄙事，君子多乎哉？不多也。"这两段写得清清楚楚。依此为据，可以得出结论：孔子小的时候生活在贫穷人家，毫无社会地位可言。"吾少也贱"，可以说他是"小人"（地位低下，贫穷人家）中的一员，他知道穷困贫贱是什么滋味。按常理讲，到他发达的时候，应该同情贫穷者，不应该歧视"小人"吧？

一个物种不会有两种特性吧！这应该是常识！

女子不过是女孩子，她有多么大的能量？她有什么过错而让人诅咒"难养"？

天底下所有的女人看到那句话那样的今译，谁能甘心？谁能接受？从什么时候起，女人成了与小人一样难养的人？这样的今译是不是有点过激。

周岁内的女婴属于女孩子吧，也是女人里面的数吧，她们比同龄的男婴有什么难养的地方？两三周岁的小女娃还流着鼻涕，在父母怀中抱着，淘气撒娇。某些人可以做一下这样的尝试，你指着一个五六岁的女娃对她父母说：这是一朵小花！你看她父母怎么样？你如果说一句：这女娃像小人一样难养，你看她父母会不会说你神经病。

任何人可以到任意一所小学的一二年级调查统计，你看那些小女娃对"小人"是怎么解答的，她们知不知道"唯女子与小人为难养也"是刮风还是下雨。在这些小女孩的头脑中根本没有什么君子和小人的概念，她们根本办不出那些让人觉得难养的事。你把"女子与小人一样难养"的解释强加到她们头上，那是明显的"难养"行为，但凡一个正常的人不会那样去想吧！假如那句话的那种解释能够成立，用在这里也应该行得通，用在不同年龄的女人身上都能说得过去，那才能成立，没有办法，明显的行不通！那么，我们就应该考虑那句话的那种解读，有多少正确性可言。问题出在什么地方。

当今五十岁以上的人，大部分都是兄妹三四个或更多，这些人见得太多了，都知道同龄人是怎么生活过来的。问一下那些养育过四五个儿女的父母，他们最有发言权，女娃比男娃有什么特别的地方难养。

同一个字词，在古汉语和现代汉语中的含意和用法很多时候是不相同的，文言文的解读，尤其是经典句子，内在的句理关系应该无懈可击才能成立，否则，不会让人信服。

那次我到省城办事，顺便去看望正在读大学的侄女。进入大学的校园看到那一群群朝气蓬勃的青年，真让你感慨万千，尤其是那些纯真烂漫的女生：一个个天生的丽质明眸皓齿，一张张清纯的脸庞如花朵绽放，匀称健美的身姿充满无限活力，娇嫩清亮的肌肤焕发出青春的光芒。

和年轻女子接触，你能首先看到她如花似玉的容颜，稍近你会感觉到她身上透出的青春气息。哪一个不是倩亮逼人，清华之光彩不但养目，尚能怡神，对你是莫大的精神享受，你感叹欣赏品味还来不及，怎么能把美丽女子同龌龊的小人拉扯在一起？德行不怎么样的小人难养，谁都知道，卑劣之人嘛；女子难养就说不过去了，难养要有难养的原因才能成立。因为是女子，所以和小人一样难养，一棍子全部打倒，难道女性中就没有德行好的人了。难道女性中就没有高雅之人了？女人也是百人百样，女人也是千千万万种性格，形形色色的情调。那样解读那句话，没有道理。

哪一个女人不经历这个年龄段，这是女人一生中最为多彩的年华，人见人爱的年龄，她们就是美丽的代名词。这个时候你怎么也不会把她们同"小人"牵扯在一块儿。

女子是女人中的一部分，不能代表整体女性。世间有几个人会说女子不美？又有几个人不爱美人？人生最美好年龄段的女子反而成了与小人一样难养的人？不对吧，也不应该！

《论语》中说："子不语怪、力、乱、神。"

什么是怪和乱？是不是奇异古怪，违反常理，不合情理。这就是说，孔夫子说话的逻辑性是非常强的，语言中的"理"是经得起推敲的。那么把女人和小人相提并论并归纳为难养的人是不是违反常理，明显地和孔子的人格魅力不相符。

孔子有许多弟子，来自当时的许多个诸侯国。俗话说："十里方言不一般。"今天我们国家推广普通话多少年了，广播电视普及多少年了，然而在传媒力量如此强大的今天，方言土语照样使用，看看今天，想想当年，那可是诸侯国各自为政，自成体系的年代。我们不难想象孔夫子当年的语言文字的使用情况，谁能够说清楚《论语》是用多少个诸侯国的多少种方言写成的？

想一想《论语》这部书吧，语句中没有标点符号，又没有统一的规范文字，再加上多少个人使用了多少种方言组合在一块，天底下有几本书是这样产生的，这让我们这些使用白话文的现代人去正确解读，会有多么大的困难，稍微不慎就会曲解了孔夫子的本意，影响了圣人的形象。

绿草苍苍，白雾茫茫，有位佳人，在水一方，我愿顺流而下，找寻她的故乡，却见依稀仿佛，她在水的中央。

这是电影《在水一方》的主题歌，多少年来让多少人传唱，优美的词，宛转的腔，诉说出了多少人的心声，不但青年男女喜欢，就是白发老者也激动不已，因为其能唤起白发人对自己青春年华的回忆。

一首好歌让你的心灵得到莫大的享受。听这首曲子如同燃香品茗，观美女弹琴。

《在水一方》歌词的意境和创作灵感明显地来自《诗经·秦风·蒹葭》，或者说改编了《蒹葭》。这是当年秦国的地方民谣：

蒹葭苍苍，白露茫茫，所谓伊人，在水一方；
溯洄从之，道阻且长，溯游从之，宛在水中央。

当年的乐曲今天的人是听不到了，想来也是一首宛转动听，让人喜欢的歌曲！孔夫子不但听过，而且还会操琴演唱。真不知道老夫子演唱这首曲子的时候，是什么样的风采，有什么感想？他不可能对在水一方的那位伊人无动于衷。

哪个男人不思想心目中那位朦胧的佳人；哪位女子没有思谋过成为佳人，从而被那位想象中的如意郎君追求。爱美，追美，求美，羡慕美，这都是人之共性，也是人之常情。齐国当年不就是选了八十位美女送到鲁国，"桓子受齐女乐，三日不听政；孔子遂行"。如果男人不喜欢佳人，齐国不会送，桓子也不会接受，孔子也不会"遂行"。

喜欢漂亮的女子是天下人的共性，无可厚非。

女子漂亮本无过错，男人若是因为贪恋美女而"三日不听政"，影响了国计民生，那是你男人的过错，与女人何干？你若把自己的过错带来的损失，转嫁到女人身上，让女人去背黑锅，那就大错特错了！你再来一句"女子与小人难养"，是不是占了女人的便宜，反而说女人的坏话？这是不是强盗般的逻辑？

即使没有得到美，心中只能无限的惆怅，气愤，有人或者走极端去毁美，这是爱美太甚的缘故。佳人美人自然产生在"女子"之中，这位伊人就是我理想中的那一位，谁会说追求企盼了半天，追求企盼了一位像小人一样难养的人；谁会说梦中思念的佳人，像小人一样难养，那太不符合逻辑了吧！

《论语》中清清楚楚地记载着孔夫子，读了诗三百以后，"思无邪"的感受。这位因为听了动听的音乐，而三月不知肉味的人，何以对女子有那样的恶意？太没有情趣。简直是焚琴煮鹤！

关心、爱护、尊重、照顾女性，是文明社会、文明人的标志之一。可以肯定地讲：谁都不会说孔夫子不是一个文明人。

正常情况下，哪个人生下来以后，不是在母亲的怀抱中成长的？母亲的怀抱温暖、舒适、安全，这是人所共知的事情。人之初这三年，谁都是在那样的环境中成长的，给你的一生打上了永不磨灭的烙印，让你一辈子摆脱不了对母亲的依恋，母亲可是人人最亲爱的人，她可是女人中的一员，谁会把自己的母亲同德行不怎么样的小人同日而语？

现代汉语词典对"女子"一词是这样解释的：女性的人。这种解释似乎有点宽泛，女人再细分一下可以分为：女婴、女童、少女、夫人、婆婆等等。现代汉语的词汇太丰富了，可以说结婚与否是女子和妇人的分水岭。那么，女子指的就是进入小学读书的女孩子和发育成熟未婚的女性这样两类人，把"女子"定义在这样的范围是不是合适？

再说发育成熟的未婚女性——女子，她们只不过是女人一生中的某个阶段。只能说这个年龄段的女性，在内分泌的作用下，出落得如出水的芙蓉，娇艳的牡丹,是风华正茂的年龄段,是女性一生必然的过程。毛巾入水一定会湿,出水很快就会干。进入这个年龄段的女性,就与"小人"一般难养?把性别和年龄,作为一个难养的原因和条件,不能成立吧!?

性别的不同,是自然现象,不是好养难养的根据。女人不过是人类的两性之一,因为你是男人,所以你就好养?由于我是女人,活该我就难养?没有这样的事!

十三、女童抗争

退休的张老师七十多岁了，现在每月领取不少的退休金，安享晚年。今天之所以能有这样的幸福生活，源于童年那次刻骨铭心的、以命相搏的抗争。

中华人民共和国成立之初，她刚九岁。今天九岁的孩子已经都上二三年级了，那时的她和绝大部分贫穷农家的孩子一样，无钱上学，待在家里，不是做针线就是跟着大人干农活。她唯一的姐姐，读小学四年级时，因为家里实在交不起学费了，万般无奈下，只能辍学在家。

中国共产党夺取政权后，命名的第一座城市是阳泉市。她的家乡离这座已经通了铁路的、新兴的工业城市只有五里地。家里需要置办生活用品时，总是派姐姐到城里办事。幼小的心灵里，她是多么羡慕姐姐既识字，又会算账，还穿着好衣服，而且经常去办那些体面的差事。而自己呢？衣衫褴褛，忍饥挨饿。她多次向家里主事的奶奶提出上学的要求，得到的答复总是：上不起。她是多么的不甘心，又多么的无奈。

前段时间，姑姑送来一块新布，这块布只够给姐姐做一身衣服。这天，要给姐姐做新衣服了。奶奶给姐姐量了身，准备裁剪。她是看在眼里，气上心头。凭什么给姐姐做新衣而没有自己的份？为什么自己总是穿姐姐穿过的旧衣服？为什么就不能也给自己做一身新衣服？她是一百个想不通，一万个想不通！突然间，一股鬼使神差般的魔力差遣着，她豁出去了，不顾一切地冲了过去，双手死命地抓住那块新布料，怒气冲冲地向奶奶吼道："也给我做一件。"奶奶吃惊地瞪着眼前这个似乎是有点陌生的小孙女。这样的行为是从来没有过的，是犯上，从封建社会过来的奶奶，是决不能容忍这样的行为和这样的孩子的。奶奶吼喝训斥，甚至拿起笤帚疙瘩抽打，她一双小手紧紧地攥着布料，任凭你电闪雷鸣。

她的想法很简单，只是为了得到一件新衣服，她不知道什么是犯上作乱，更不知道什么是忤逆；她不单单是为了一件新衣服，她是心里不甘心，是为了得到公平。就这样，祖孙俩僵持了好一阵子，直到奶奶做出让步，承诺为姐妹俩每人做一条新裤子后，她才松手。

就在这时，大门外巷道里响起了锣声，这是村里通知村民关于重大事情的信号。全家人都静静地听着："解放了，谁家孩子想上学，马上到大庙里报名，不分男孩女孩，不用交学费。"奶奶赌气地脱口道："你不是想上学，报名去吧！"

就这样，农家的小女子迈进了学校的门。

抗争，九岁的小女子开始了人生的第一次抗争，这件事让她得出一个结论：只有抗争，才能穿上一件新衣服；只有抗争，才能改变不公平的命运；只有抗争，才能赢得美好的生活。人间的公平不会从天而降，今天你不抗争，明天将继续被奴役。

从此以后，再苦再累她也要坚持读书；再苦再累家里只要让她读书，她就感到高兴。这个时候她不知道读书能够改变命运的道理，但是她深信：只要读书，有了文化，就会让人羡慕，就能办体面的事情，过上好生活。

每天放学后，她都唱着歌回家。抬水抬煤，推磨磨面，煤油灯下写作业，她从未向生活中的困难低头。就这样，她凭着坚定的信念，凭着自己的刻苦努力，凭着共产党建设的新中国的一天天昌盛。她读完了小学，又考上中学，之后被学校推荐上了师范，后来成为一名公职教师。

人性就是不甘心逆来顺受，人性就是发愤图强，奋进抗争。

这位张老师就是我的姨妈，她的姐姐就是我的妈妈。

成为女人是自然现象。因为我是妇人，所以我就难养，没有这样的道理，打到天宫地府，老天爷和阎王爷也不会说这种说法对！

某个女人难相处、缺教养不足为奇；男人中难养难处的人也不在少数。但是，把个体现象概括成整体，犹如瞎人摸象，那就不符合事物的本来面目。身为教育家思想家的孔圣人，不会犯那样低级的错误。

女子与妇人、匹妇是有区别的。女孩子阅历浅，磨难少，比妇人单纯一些，应该是女性中比较"好养"的一族。孔夫子生活的年代，文明程度已经相当高了。指女人的用词，就分为妇人、匹妇、女子，这是基本常识，也是有目共睹的，谁也不会怀疑孔子连这个常识都不懂！

这句话是孔子在什么情况下，针对什么人说的？不知道！但是我们知道的是：《论语》是在孔子去世后，由孔子的弟子收录了孔子的言行，编撰而成的，是一本以孔子言行为主的语录体和记叙文体的书。这就是《论语》二字的含义。《论语》就是《伦语》。那个年代的字就是那样的用法，今天你若把《论语》改为《伦语》，反倒走样了。可以这么说：《论语》一书没有经孔子核实校对。

我们今天以各种文献为依据，能够核实的是：孔子在生前是一个了不起的思想家，是一个影响很大的学者。

人就是天地间的一种生灵，一个物种。这种生灵和其他动物都一样，是由两性组成的，无所谓雄尊雌卑。两性动物互相依存，互相帮衬，才能繁衍下来。

孔子是圣人，是一个高尚的人，人格魅力极好的人，他的言语行为举止仪态等等都称得上可圈可点。我们应该调整到一个极其恰当的角度，用无懈可击的语言去解读那句话。

现代汉语的口语常有这种情况：尤其是一个人面对多人的时候，会这样说：你、你、还有你，某时候到某地方办某某事。假如是类似的情况，我们猜测一下，面对那些半大的调皮学生，老夫子说：只有你、你，还有你像小孩子一样难养活。把那样的话用当时的文字记录下来，又是怎样一番面目呢？

　　孔子生活的年代使用的是大篆，或者叫金文，也叫籀文。汉武帝末年，鲁共王拆孔子宅所，发现墙壁中隐藏的《礼记》《论语》《孝经》全是秦前之文字。在汉朝的时候这样的文字就是古文。因为是古文，当时的儒生们开始用当时的"今文"整理。《论语》的"身世"究竟是怎么回事，今天的人真是难说清！

　　这些简书是孔子九世孙孔鲋，抗拒秦始皇的焚书，冒死偷偷地藏起来，从而保留下来的。简书的字体为"蝌蚪文"，与秦朝和汉朝的文字不相同，内容也有所不同。这种文字是战国晚期的、不同于"金文"的一种文字，是汉字不断发展完善的证据琏中的一环，被称为"孔壁古文"。

　　读一遍《论语》的人都知道，《论语》是杂乱无章的孔子的语录，有些话是在什么背景下说的，还能知道一二，但是，大部分的话，是在什么时候，什么背景下说的，今天的人是无法搞清楚的。

　　《论语》里面还有曾子和其他人的语录，曾子是孔子的门徒，也当过老师，这些都能证明《论语》成书的时间跨度长，参与编写的人数多。

　　某个男人在接触某个女人时，如果她对你反感，那肯定是近之不逊。她如果对你有好感，你反而远离她了，她肯定对你有怨言。那是个案，那是很自然的事情，个案不能代表整体。

　　女人对什么人，因为什么，近之不逊远之则怨？谁近之出现了这样的情况？女人是不是有这样的天性？孔夫子没有说。是不是他遇到过这样的情况？近之不逊，你得有原因，也不会平白无故地远之则怨！磁铁能把铁屑吸起来，（铁屑）近之则吸，远之则散。这是因为磁铁有"吸铁"的功能。民间把磁铁叫作吸铁石，那是因为其就是吸铁的东西。不论什么地方什么形状的铁器，只要遇到其，都能吸。造物主造就的这种东西，就是这样的功能。女人对什么事物，具有近之不逊远之则怨的情况？没有这样的天性吧！

　　德行不怎么样的人或小孩子，假如出现近之不逊远之则怨的情况，那是因为德行不怎么样的人缺德，近之就有可能对你有所伤害。比如那些爱沾人便宜的人，那是谁近之，他就沾谁的便宜。小孩子，是不懂事情的缘故。比如一个不到三岁的孩子，你近之试一试，吃喝拉撒让你烦。这样解释虽然牵强，也勉强说得过去。女人不会像小人那样，整体都缺德或者不懂事吧！女人里面肯定有少数缺德的人，但是，是女人就缺德，那就大错了。女人里面有小孩子，然而，是女人就像小孩子那样不懂事，或者像缺德的小人一样，肯定讲不通吧？！

这句话看不清是谁近之远之。是孔夫子近之远之，还是张三呢？是某个人呢，还是所有的人。若孔子近之，那是他个人的事。那是老夫子没有情趣，不善于和女人处好关系。自家不行，反怨别人。圣人会干那样的事？假如是一个莽汉，不但未婚女子对你反感，妇人也会对你反感。小孩子就不用说了，因为你不善于和这些人相处，所以你得出那样的结论。这是个例，不能代表整体。

遇上疯狗咬了你一口，自认倒霉就算了，不是所有的狗都疯。

小孩子豢养一只猫或狗，近之不逊，见了面总要嬉戏一番；远之则怨，几天不见，就会因为想念而抱怨。那是因为猫或狗是孩子的宠物，是孩子喜欢的东西，才会那样。若说女人对谁会近之不逊远之则怨？已婚妇人对她的丈夫，青春女性对她的男朋友。因人因事因物而已，没有特定的内容。

我国以前的婚姻法规定，女性到了十八岁就允许结婚。我国现行的法律也能说明这个问题：十四岁以下的女孩属于幼女。十四岁至十八岁的青春女子，正是豆蔻年华，亭亭玉立。但是这个年龄段的人，属于未成年人，受法律的保护。十八至二十岁的女子正是青春岁月，风华正茂，在今天还不到法定的结婚年龄。不论古今，女子应该指的是小女孩和未婚女性。这个群体的绝大部分人，属于未成年的孩子。这些天真烂漫、天真无邪的女娃娃，与小人之间有什么必然的联系和瓜葛？把这些招人喜欢的天使，与小人拉扯到一块儿对待，岂不是煞风景。

女子长大结婚后，成了参加社会活动的主力军，承担的责任更重，更能体现她们的价值。从女子到妇人或匹妇，这是人这种动物一生的必然过程。不会因为结了婚，她就改变了她的生性和思维习惯，也就是说这个人的"本质和本性"不会有什么根本改变。不会因为结了婚，原本的"小人"就能变成君子，没有这样的事情。女子、妇人、匹妇以及今天的女性，不过是这个人的不同阶段的一个称呼而已，是人为地叫成这样的。不论怎么讲，都不能把这个群体与"小人"捆绑在一块。

真理是放之四海皆准的。那种解读，只要认真推敲，就会发现诸多不通。若把其放之四海，岂不贻笑大方，贻笑四海。

退一百步说，女子结婚后，变为妇人，就应该从"难养"的行列中脱离。但是谁都知道，女子成为妇人后，并没有脱离女人或女性的行列，她不可能有什么质的飞跃，发生什么根本变化。女子结婚后，只能说明她已经有了丈夫，准备生儿育女。结婚只是个仪式，或者说签订了契约。从古至今不结婚的人，完全可以有异性朋友，或者进行性生活。结婚不结婚，不能界定一个人"难养"与否的分水岭。

再来看"小人"的另一种解释：小宗之人。其的意思是：在孔夫子生活的年代，王公、诸侯、大夫的家族中，父亲与正妻所生的第一个儿子叫嫡长子，父亲与侧室所生的其他儿子叫"庶子"。嫡长子的宗系叫"大宗"，次子及庶子的宗系叫"小宗"。这个家族的爵位，在原则上只能是嫡长子继承。众多的"非嫡长子"，在若干世后逐渐变为贫民。这就是"小人"，意思是"小宗之人"。

可以这么说：天底下绝大部分人，都是"小宗之人"的后代。难道说这绝大多数的人，都是小人吗？现在世界上最古老的家谱是孔家的，衍圣公只有一个。孔夫子现在在世的后代，估计在十万或百万人以上，以这个家谱为参照和证据，小宗之人就是小人，这样的小人难养的说法不能成立。

再说了，小宗之人只能说明某人不是长子长孙及他们的后代。只是由于制度的缘故，没有继承了爵位。那么，小宗之人与女子因为什么难养？小宗之人与女子有什么必然的原因，才能难养。小宗之人变为贫民，是社会地位由高变低。但是他的体内,仍然有"先公先王"或者"亚当夏娃"遗传给的基因,这些高贵的血统不会变。这就从生理上决定了:虽然我是小宗之人,但是我有"大人"遗传的基因,所以不会难养。

《论语》中记录的孔子说过的那些话,对我们后人具有指导意义。如果一句话出口,马上遭到半数以上的人的反对,这个人会说这样的话吗?而且出自完美无缺的圣人之口?不会!肯定不会!不但圣人不会,而且任何一个神智正常的人都不会。女人也是百人百性,并不是个个都和小人一样。

人同此心,心同此理,理同此情,情同此人,相同的基因,所以有相同的嗜好。

十四、幼女心中的妇女节

　　国际劳动妇女节的前一天，幼儿园的老师给孩子们布置了任务：为了庆祝妇女节，放假一天，每个孩子回家后，都要向自己的母亲致以节日的祝贺。甜甜回家后，除了向母亲祝贺以外，同时向母亲要求，自己也应该得到祝贺，并且也要过节。她母亲对孩子说："小孩子应该过六一儿童节。"孩子反问："这么说，我不是妇女？"母亲耐心地解释："等你长大后，才过妇女节。"孩子不甘心："这会儿我不算女的？"弄得当母亲的哭笑不得。

　　小孩子常常提出大人回答不了的问题，冷静想一想，孩子的要求和问题提的对不对？

　　由此联想到"唯女子与小人为难养也，近之不逊，远之则怨"。那样的今译，孔夫子被中国的女人骂了多少年。现在孔夫子已经走出国门，逐步走向全世界，那种解释肯定要让全世界的女人再痛斥。你说孔夫子知道这样的今译能甘心吗？不明不白地遭到全世界女人的责罚，你说老夫子伤心不？那种解读如鱼鲠在喉，真让你难受。

　　妒忌、反复无常等等一些狭隘卑劣的行为，是小人的做派，世间的女人并不都是如此。

理论的导向作用是相当大的，一个错误的观点，一句不正确的解读，会引导他人走向歧途。那样的解读，不但中国女人不同意，外国女人也肯定不接受。

任何理论都源于事实或实际，再好的理论都要用实际和事实检验，不符合事实的理论是站不住脚的。

天下的女人，不会由于那种解读，就成了那样一类人。天下的女人，依然倍受呵护尊敬。女士优先，是社交中的常识。

现在见到的古汉语，尤其是上古时期的汉语，是那个年代的书面用语。我们有理由相信，说话和书写是两码事，书面用语和口语不完全一样。孔夫子当时说这句话的真实含义，和记录下来的，今天看到的文字，是否有出入？

朱子集注："为善者为君子，为恶者为小人。"这是对君子和小人较权威的解释。从此也可以知道，小人和女人之间，小人和性别之间不相干。

小人的行径很现实，其出卖的东西很有市场，买主也肯花大价钱。小人根本不管什么叫道义、人格、尊严。告密，放黑枪，只管利益。好行此道者为数不少，**任何有**可能冒尖出彩的人，小人都要想办法绊倒他或者干掉他。

上古的居民，就算远古的先民，女性也是重点保护对象，女性中的女子更是重点中的重点。女子不但漂亮充满青春活力，更因为她们具有旺盛的生育能力，是人类繁衍后代的主力军，所以说女子是人类中的宝贝。

封建社会的皇帝，三千粉黛佳人都不嫌多。那是因为他有那样的出身和背景，他有那样的特权，就有人为了讨好他，专门为他操心。那些一味讨好上司的人，目的是什么？无一例外，为了自己得到好处。老百姓没有那样的背景，或者你生得有缺陷，不够有本事，打一辈子光棍的大有其人，你还顾得上说什么女子与小人难养吗？当初你的父母疼爱你，父母走了再没有人关心了，兄弟姐妹找下自己的对象，一个个经营自己的爱巢去了，只能叹一声爱莫能助。

男性体内产生雄性激素，女性分泌雌性荷尔蒙，这是人类因性别不同，而产生的性质不同的物质，这在今天是常识。科学发展到今天，并没有证实雌性激素与德行不怎么样的人之间，有什么必然关系。退一百步说，假如未来的科学能够证实这一点，那也是未来的事。孔夫子当年没有荷尔蒙这一说吧，他不会用未知的科学做证据，说出那样的话吧！

《史记》中记录着孙子训练宫女的故事，这是少有的，叙述古代女性群体活动的，较早的完整记录。录之可见眉目："孙子武者，齐人也，以兵法见于吴王……可以试妇人乎……妇人大笑……妇人复大笑……妇人左右前后跪起皆中规矩绳墨，无敢出声。"从这篇文章中，我们可以看出，那个年代叙述女性的活动时，所用的词是"妇人"。这种用词方法应该是古汉语中的规范和标准吧？司马迁出生于公元前145年前后，是孔子去世300多年后出生的。由于秦始皇统一文字的缘故，在文字的使用上，已经发生了一定的变化。但是，汉字的传承，依然能看清脉络。现代人讲这个故事，用的是宫女。宫中美女和妇人，是对同一群人的不同称呼。那个年代的"妇人"一词，就如同我们今天的女人。从《论语》中的"匹妇"，到《史记》中的"妇人"，再到现代汉语中的妇女，其所指的对象是一致的。

有人骂人时常用大王八、大狗熊、猪等词语。这是形容某些人的蠢笨。你再骂猪笨，再说狗熊不是东西，它就是这样的东西和物种。大自然把它进化成这样，你再骂它半天，成不了别的。生理原因是任何动物都有的，是自然现象。难道说因为某些人那样解读那句话，把女子同小人相提并论，整个女人的群体就会成了像小人一样的人了？完全不可能！

一个物种，不会因为性别的原因，出现了超出这个物种的特性。谁知道雄性的王八比雌性的王八，除了性别以外，还有什么别的特性？女子比男人，除了生理的原因以外，还有什么特性？

人类进化到今天，就是这样一个物种。女人是人类这个大家族中的一半，一个物种都有自己的特性。自私自利、德行不怎么样的小人，是人这个物种里的一部分，或者说人类这种动物中，相当的人有那样的做派。是不是小人，与性别无关。女人中有女小人，那是谁也改变不了的事实。

看一看今天，从到处可见的广告中，不难发现，有美女的画面占了很大部分。风华正茂的美人产生于女子,因为这是人见人爱的一族。随园老先生讲得好:"美人之光可以养目。"大家都是这样。当任何人看到如花似玉的美人时,你会把美女和小人联想到一块?

汉朝刘向著的《列女传》,记录了汉朝之前许多动人的女性的事迹,受其影响,后世许多的正史中,都设立了与此类似的《列女传》。

任何人随便找一本《列女传》看一看,你都会为上面记录的女性的事迹而感叹。

从古至今,有多少女性为了民族的尊严,为了国家的利益,为了个人的信仰而守节。有的不甘受辱,自己砍掉自己的胳膊;有的自毁容颜;有的付出了生命,都是为了一个气节。从远古流传下来的传说,到汉朝流传下来的古列女传,以及后来诸多的列女传中,都能见到她们的身影。她们的气节,令多少人扼腕感叹,令多少人传颂赞美。看一看那些详细记载着女性事迹的史册,尤其着重看一看那些记载中的未婚女子,你细细看,慢慢想,你一定会明白:妇人、女子同男人一样,有理想,有追求,有憧憬,而且更多一份坚忍执着。只是许多女人没有像男人那样的身体条件,生理原因和生儿育女,占去了她们相当的精力和时间。客观因素限制了她们登上历史舞台的机会,才使她们常常待在幕后。女性甘心逆来顺受吗?历朝历代不乏让人肃然起敬的女性。数一数历史上那些可歌可泣的女性:斑竹一枝千滴泪,红霞万朵百重衣,这是传说中的虞妃,至今让人称颂;最早使用金钺、带兵打仗、有名有姓的女将军"妇好";支持丈夫出征,楚武王的王妃邓曼;从择邻处断机杼的孟母,到不闻爷娘唤女声但闻燕山胡骑鸣啾啾的花木兰;从昭君出塞到文成公主进藏;从萧太后到孝庄皇后;从秋瑾到杨开慧;三娘教子,八女投江;母亲教儿打东洋,妻子送郎上战场;不畏强权的陈少敏,坚持真理的张志新;邓颖超坦诚奉献善良宽容的淳朴身影;王光美母仪天下秀雅磊落的光彩形象。这些伟大的女性,都是中国历史中让人肃然起敬的代表,都是人类文明进程中难能可贵的优秀人物。

知道了这些在史册中留下姓名的女性,身为大老爷们或那样今译的人,你闭上眼睛想一想：你可能遇过糊涂邋遢的妇人，也可能碰到信口雌黄的女小人，也许让搬弄是非的长舌妇折腾得你不好受。但是，你绝对不会把自己的母亲——她也是女人中的一员——同小人去比对！他说那样的话把他的母亲置于何处？

十五、少女被铡三段

妇人经历女孩子阶段，这是必然的。和男人一样，也要经历小小子（男儿童）这个阶段，这是人生中的必然过程，谁也逃不掉。

女婴、女童、淑女、少妇、匹妇、妇人、老太太，这不过是女人在不同的生长阶段，在不同的年代的不同称谓罢了。

小老虎、老虎、母老虎，我们这样称老虎。小公老虎、老母大虫，不会这样称呼吧！没有谁会太多地关注这种动物的性别。所以，一种动物，不会因为性别而出现不同于本物种的特性。

世界上什么最伟大？什么完美无瑕？母爱！这是女性特有的！这是君子和小人皆知的事实，这是全世界人民毫无争议的共识。

十六岁的少女是清纯美丽、天真烂漫的年龄，二八佳人酥倒多少人。你怎么都不会想到，这个年龄的女孩子，会犯下什么十恶不赦的滔天大罪而被腰斩。让我们看一看她因为什么，这样悲怆地结束了人生。1931年3月12日，尹灵芝出生在山西寿阳县赵家垴村一个贫寒家庭。假想尹灵芝是一个美丽温柔的女孩儿，因为到十六岁牺牲时，她没有留下一张照片，然而她却早早地承担了生活的重担。她的父亲在外面闹革命，她的母亲早亡，家里只剩下她和弟妹们，作为一个长姐，她自然就成为弟妹们的代父母。小小的年龄，让她过早地尝到了生活的艰辛，挑起了不该承担的重担。

"得儿楞登一楞登，我们是儿童军；我们是抗日战争的先锋队，我们是新中国的主人公，莫说我们年纪小，我们能做大事情，我们生在炮火里，我们长在战争中……"这是赵家垴村当年在儿童中间传唱的歌曲，过了半个多世纪，还有人依然记忆犹新。在这样特殊环境中成长起来的孩子，尹灵芝的内心是多么的清醇和执着。

日本鬼子侵略中国，烧杀抢掠，无恶不作。尹灵芝在担惊受怕的同时，心中留下的是仇恨。赶走日本鬼子后，因国民党反动派的统治，老百姓还是食不果腹、衣不蔽体。共产党领导闹革命，就是要推翻这黑暗的统治，过上幸福生活。正是基于此，尹灵芝参加了儿童团，后来加入了共产党，还担任了村妇救会副主任。

尹灵芝当年最喜欢唱这首《五不歌》："不告诉敌人一句实话，不告诉谁是八路军和干部，不要敌人的东西，不报告粮食藏在哪里，不给敌人带路。"信念、信仰，为了推翻反动统治，为了劳苦大众得解放，已经植根于她幼小的心灵中。

1947年10月19日，地主富农纠集的"复仇队"，勾结匪军，袭击了赵家垴村，尹灵芝不幸被捕。

当年与尹灵芝关押在同一监室的赵大娘说：在被关押的十五天里，反动派先后对尹灵芝进行过七八次审讯。钉竹签、烫烙铁、浇开水、坐老虎凳，尹灵芝浑身上下血肉模糊，右眼被挖，左腿骨折，但是，审讯者想要知道的秘密她始终只字未吐。

这样的酷刑，哪一样听一听不让人毛发倒竖！人呀，都是父母生的血肉之躯，那些长着两只脚的畜生真该千刀万剐，怎么忍心对这般年龄的女孩子下这样的黑手。

人性呀人性！行刑者为了加官晋爵，这般惨无人道，如此对待一个十六岁的女孩，令人发指！太残忍了，残忍得让你无法想象。人竟能干出这样的事情,同类相煎,人性的丑恶可见一斑。

即使被这般折磨,尹灵芝都没有屈服,让他们得到他们想要的东西。

1947年11月3日,匪军在寿阳县宗艾镇瑞祥寺设下刑场。尹灵芝和同时被捕的几位难友被押入刑场内,刽子手用刺刀处死几位共产党员后,又对尹灵芝展开最后的攻心战:"三分钟之内如果招供,尚可免去一死。"尹灵芝无所畏惧地说:"你们杀死我,八路军回来会给我报仇,只怕你们死的时候不如我这么刚强!"

少女的这些话是人性和信仰的真实写照。

阎军头领恼羞成怒,下令行刑。铡刀起落,十六岁的少女被残忍地铡为三段,鲜血染红了铡刀,鲜血染红了土地。

为什么要这样,他们之间有什么深仇大恨?用一个十六岁的女孩子的鲜血,换作自己往上爬的资本,就有这样的人,就有这样的事,这些人的人性呢?

死了也不行,还要再铡一刀。人性真是太不可思议了,不是用小人君子就能说透的!

人性呀,就是不甘屈服,不甘摆布!不就是一死吗?你还能把我怎么样。为的是我心里那份追求。她就像灵芝那样高贵!灵芝呀,人世间罕见的仙草。你那坚贞不屈的形象,就是对仙草最形象的诠释。这样的女孩子真是惊天动地泣鬼神,人性的光辉可鉴天日。

这是中华民族的悲壮,也是中华民族的叹息!

这是人性中最亮丽、最让人敬仰的精神的真实写照,也是人性中最黑暗、最受人鄙视的行径的真实记录!

五千年文明史中一曲凄怆的悲歌,五千年文化中一页壮丽的篇章。

这是一位真真实实的女子,做出的真真实实的、山河同悲的壮举。五千年灿烂文明,伴随着多少黑暗和辛酸。

看看身边十六岁的花季少女,来比较十六岁的花季尹灵芝,会有如何感想呢?

血腥的残酷实在让人无法忍受，在写下这些文字的时候，我感觉到我的心脏在痉挛。

中华人民共和国成立后，山西省人民委员会批准尹灵芝为"革命烈士"。

在我十四岁那年，学校组织我们这个年级的学生，步行上百里地，参观了尹灵芝纪念馆、尹灵芝被关押的监房和遇难的地方，听了同尹灵芝一同关押过的人的讲述。老师把铡刀从刀床抬了起来，对同学们说："我们要记住，就是这把铡刀铡死的尹灵芝，我们要知道反动派是多么残忍！"我的心灵深处受到强烈的震撼。这个震撼是刻骨铭心的。让我对人生人性思索了几十年：人性真是不可思议，人性应该不分性别，不分肤色，不分民族！

十六、地球之巅是女神峰

2008年的奥运会在中国举行,中国人期盼了多少年。这一年世界的聚焦点集中在中国,中国人关注着有关奥运会的所有报道。

我收看了电视转播的奥运圣火采集仪式:奥运火种采自古代奥运会召开的奥林匹亚山下,火种采集的仪式庄严肃穆神圣,表示了人类对火的尊崇敬畏。这个仪式上采集火种的主火炬手和众位司仪,人人都是万里挑一的女子,她们个个优雅美丽高贵,她们就是人世间美丽的化身和代表,反映出人类对美的热爱和呵护!这个时候假如换上一群七老八十、七高八低的老头,想象那个场面将会怎样?岂不是大煞风景,亵渎神圣?

喜玛拉雅山上的珠穆朗玛峰是地球之巅,珠穆朗玛是藏语之音,意思是女神。这样的称呼可见珠峰之高贵和神圣,可见人类对女性的尊崇和喜爱。

珠峰顶上是地与天最接近的地方,人站立其上,地与天的距离将会更近,人类文明的火炬若在这里燃烧,那将是火炬照耀得最远的地方。

电视直播了奥运圣火传递上珠峰的壮观场景,成了印在中国人头脑中永远的影像:2008年5月8日9时许,在接近珠峰顶的地方,奥运接力火炬点燃了藏族姑娘次仁旺姆手中的火炬。当七八个攀登顶峰的壮士,簇拥着高擎"祥云"火炬的女子，来到8844.43米的珠峰之巅时，真让我们心潮澎湃。中国人实现了申办奥运时的承诺，中国人向全世界昭示：2008奥运圣火攀登珠穆朗玛峰圆满成功！蓝天、白云、雪山、火炬，中国圣女高擎火炬站立在地球之巅，耀眼的火焰直指苍穹，是中国人第一次把奥林匹克运动的圣火传递到世界最高峰。真是扎西德勒（吉祥如意），真是蔚为壮观。乘着激动的心情，我写下了如下句子：

女神峰上一簇橘红的火焰，

火焰辉映着深邃的蓝天，

蓝天把美好的祝愿告诉圣女，

圣女把吉祥的口信带给人间。

珠穆朗玛峰上圣女高擎火炬的美丽形象，向全世界展示了中国人的风采，同时把人类的愿望传达给上天。这不仅是中华民族对女性敬重的美好画面，也是全人类关爱女性的真实写照。可以这样说，无女子难成天下美事。

看到这样的场面真让你心潮起伏，为什么这最最庄严神圣的一刻交给女子完成呢？因为女子就是和平、善良、美丽的代表。这样的场面在人类历史上是第一次出现。

毛主席说过："我们正在做我们的前人未曾做过的事业。"确实如毛主席所言，今天的中国人做出了前人未曾做出的事业。

中国的神女峰或者女神峰不只一座。世人皆知美国纽约有座自由女神的雕像。是否可以这样说，凡是用女神、神女之类的名字命名的物体，都表达了人类对女性和美丽的敬重与喜爱的心愿。

生活中常常见到这样的情景：年青的母亲呵护着蹒跚学步的婴童，母亲的两只手不离孩子的左右，生怕孩子摔倒磕着。每个人都经历过这个阶段，看着这样的场面，你想一想女人和小人的关系吧。如果把令人尊敬的母亲，同德行不怎么样的小人同样对待，岂不可笑！

那句话里的女子究竟是不是指女性，有没有指其他人的可能？马上会有人说：女子不是指女性，这人的头脑有问题！我们应该冷静地分析一下，什么样的人近之不逊，远之则怨。小人就不用说了，让小孩子掺和进来没有什么意思，还有什么人呢？

姑娘好像花儿一样，花儿一样的姑娘像小人一样难养？有这样的事吗？不会的！

我觉得孔夫子不会说错，记录者不会记错！因为"女子"所指的女性范围是有限的，"女子"不能代表全体女性。当然了，这是我们今天的人的理解。

看一下自然界某些生物的特性：螳螂交配后，雄螳螂成了雌螳螂的美餐，雌螳螂得到了繁衍后代的营养。某种雌蜘蛛产仔后，就静静地等待死亡，而它的尸体成了新生的蜘蛛的生存食物。洄鱼历尽千辛万苦九死一生，游回其出生地后产卵，好像完成了使命，随后不再进食，安详地等待死亡，它的尸体也成了新出生的回鱼的食物。这些动物明知这样做的结果是死亡，它们为什么还要这样做呢？这就是这种动物的特性，这种动物的体内有这样的基因，生生不息，代代相传。而人呢？为了生存，为了繁衍后代，也会不惜一切手段，达到目的。大自然就是这样成就了各种生物！

人是地球上数百万种动物中的一个物种，任何动物不会因为性别的原因，出现两样特性。

十七、妇人成就的霸主

春秋五霸之一的晋文公,在他称霸之前,你可知他是如何的落魄,又是怎样的荒唐吗?

春秋时期,晋献公的一个儿子叫重耳,他少年有志,喜欢结交贤士。晋献公新娶了妃子骊姬后,宠幸无比。时间不长,太子申生被陷害杀死,重耳也受到威胁。为了躲避追杀,重耳和几位追随者逃到了狄国。狄国待不下去了,只得再度逃亡,路过卫国时,卫文公不欢迎他;风餐露宿,向乡野村人乞讨食物,一个乡下人却把土放在器皿里送给他,把他气得半死。后来他来到齐国,齐桓公厚礼相待,并且把本族内一个叫齐姜的女子嫁给重耳,还送给他二十辆四匹马拉的车。重耳在齐国过上了相当舒适的生活,他非常喜欢齐姜,在齐国住了五年后,打算老死齐国。

他的追随者赵衰、狐偃等人不甘心这样下去,在桑树下谋划归国的行动。正好让在桑树上的齐国侍女听到了,侍女回去后禀报了齐姜。为了不泄露消息,齐姜把这个侍女杀掉了,随后对重耳说:"你的随从想让你离开这里。听到这个计划的人,我已把她除掉。你必须和他们回国,不能有二心。否则,你将有辱使命。自从你离开晋国,晋国就没有安定的日子,老天爷没有让晋国灭亡。能够成为一个像样的晋国国君，除了你还有谁呢？多位贤士把国家的命运都寄托在你身上了，而你却留恋女色，真为你感到羞耻。你不谋求回国行动，什么时候才能完成上天赋予你的使命。"重耳却说："人生不就是安乐，还知道什么其他事情，一定要死在这里，不能离开。"重耳就是听不进齐姜的劝告。在这种情况下，齐姜和追随重耳的人合谋，将重耳灌醉，抬到车上，离开了齐国。马车走了很远，重耳醒来后知道了事情原委，大怒，拿起矛戈要杀随从，并且说："如果大事不成，我就吃你的肉。"这一行人匆匆上了路，又经过曹国、宋国、郑国、楚国之后来到秦国，在秦穆公的帮助下，重耳终于回到晋国，继承了王位，就是晋文公。

重耳出国逃亡十九年后，才回到自己的国家，此时已经六十二岁。晋文公当政后，励精图治，发奋图强，终于成为当时诸侯中，继齐桓公之后的又一位真正的霸主。这是《史记》中详细记录的事情，晋文公于公元前627年去世。

人生追求安乐富贵没有错。但是，更应该努力干出一番事业，不枉在人世间走一遭。

重耳当初的荒唐，和齐姜的苦心对比一下，真为这样的大老爷们汗颜！我们没有理由歧视女性！假如没有当初齐姜的规劝和"行动"，岂能有晋文公日后称霸春秋的辉煌。齐姜规劝重耳的话真是掷地有声，千年回响。这是发生在孔夫子出生之前的事情，今天许多人都知道，当年的孔夫子应该知道吧。齐姜的所作所为让多少后来人赞叹！这样的女性难道与小人一样难养？！

后人称赞齐姜："洁而不渎，能育君子于善。"这样的赞美传颂了两千多年。

女娲补天，这是留传了多少年的美好的神话传说。天是什么？天是最尊贵、最神秘、最令人敬畏的老人家。天有了缺陷，为什么不派身强力壮的男性去补，反而让身单力薄的女性去补呢？只能说明产生这个故事的时间，是母系社会。唯有女性，才能承担这项艰巨任务。这就说明，中华民族尊重女性的传统由来已久。

《古列女传》是汉朝人写的书，记录了汉朝之前多位女性那些可歌可泣的事。其中有一则这样的故事，读来感人。

　　春秋时期，晋国重臣赵衰的妻子是晋文公的女儿，号赵姬。当年晋文公为王子时，为了躲避追杀，逃亡到狄国，他的追随者赵衰不离左右。狄人将两名女子叔隗和季隗送给王子，王子把叔隗又送给赵衰，生下赵盾。逃亡十几年后，他随王子返回晋国。王子当上了国王，就是晋文公，把自己的女儿嫁予赵衰，号赵姬，生下赵原、赵同、赵屏等。

　　赵姬请赵衰接回赵盾和其母亲，赵衰推辞不敢。赵姬劝道："不可以这样，得到宠幸而忘记过去，是没有道义；喜爱新人而怠慢故人，是不讲恩情；和人共患难，而不能同富贵，是丢失了礼仪。你舍弃了这三种品德，怎么能够做好大臣领导别人？我也不愿服侍你这样的人了。"赵姬又说："《诗经》中说：'采葑采菲，无以下体，德音莫违，及尔同死'。当年曾经与人同受寒苦，虽然有些许过错，还应该与之同生共死，怎么能够喜新厌旧呢？"赵姬还说："'宴尔新婚，不我屑以。'这是旧人伤心的写照啊！你把他们接回来吧，不要有了新人就忘记旧人。"

　　赵衰听罢，怎不感动，随后将叔隗和赵盾接了回来。赵姬觉得赵盾贤能，恳请立为嫡子，把自己生的几个儿子排在他之下，还让叔隗做正妻，自己甘居其下。后来赵盾做了正卿，感激赵姬谦让的恩情，就向赵姬请求，让赵姬的儿子赵屏等做了公族大夫，并且说："他们二位是赵姬的爱子，如果不是赵姬的缘故，我这狄人的身份何以至此？"晋成公答应了他的请求。世人称赞赵姬恭而有让。留下了传颂千年的颂辞：

　　赵衰姬氏，制行分明，身虽尊贵，不妒偏房。

　　躬事叔隗，子盾为嗣，君子美之，厥行孔备。

　　这样的女性识大体明事理，怎能不让人佩服！

　　有这样的女人做贤内助，大老爷们能不赴汤蹈火？从古至今，公主是何等的娇宠和骄傲，这位公主却是甘居人下，千年后仍然让人称道。这个故事是发生在孔子出生之前的，有据可查。若把这样的女性也说成难养，不符合事实，不符合道理，不符合逻辑。

　　这是一则与金钱有关的故事：她可能是商王国周边某个小国的公主或者女首领，因为美丽超群，所以成了商王武丁的夫人；她怀孕后商王多次为她占卜；她武艺过人，战功卓著；她带兵出征后，商王几乎天天为她祈福，请求神灵保佑；她生病了，商王为她向上天祷告，祛病消灾；她在三十三岁时不幸去世——在那个年代好多人都是这个年龄段而终，商王为她举行了隆重的葬礼并厚葬。为了不让她远离自己，以免孤单，商王把她葬在宫殿区内，离王宫极近——不超过200米的地方，并多次为她祭奠。这是一个真正的其生至荣、其死至哀的女性。虽然这则真实的故事未载史册，但是，1928年出土的甲骨文与她有关的卜辞超过三百条。1976年发现的"妇好"墓，又用实物证实了这个早已传颂的君王爱情故事；她的丧葬规格和形式极为罕见：为她陪葬的青铜礼器多达二百余件，青铜酒器一百多件，玉器许多件；当年只有商王才能拥有的——至今难得一见——金钺，在她墓中出土不止一柄；让所有知道这个故事的男人扼腕，女人艳羡。这位女性就是手持金钺叱咤风云的女元帅——妇好。她的墓葬保存完好，今天成了罕见的地下博物馆，向今天的人和后来人展示她的风采。这是一则非常感人的爱情故事，证明了自古英雄有女人这个铁一般的事实。

　　商王武丁在位59年，执政时开疆扩地，商王朝达到前所未有的鼎盛。

　　中国流传了千百年的四大美女，有谁为了国家的利益带兵出征？中国历史上有几位皇后贵妃曾经带兵打仗？这是无法改变的历史。《论语》"子曰：夏礼，吾能言之，杞不足征也；殷礼，吾能言之，宋不足征也。……"孔子能说来殷礼，应该知道殷商的历史，这是发生在孔子之前750年左右的事情，孔夫子有可能知道这位女性；如同我们今天说宋徽宗和元世祖忽必烈的故事。

　　孔夫子的学说核心是"仁""忠""孝""礼"。"唯女子与小人为难养也，近之不逊，远之则怨。"那种解释，是对天下所有的母亲的不尊敬或者说是亵渎，是明显地与孔子的主张相悖的。

女子只是女性或女人中的一部分，她们不是女性队伍中的主力军，把女子今译为女人，明显的不准确，于情于理说不过去！若把女子今译为今天的女子，那么女子因为什么与小人一样难养，难养要有难养的原因和根据才能成立，否则讲不过去！

也可能马上有人说，谁不知道女子是女性，你连这么简单的问题都不懂，你还有什么资格说这话，白纸黑字在那里放着，你还瞎说一通！

我会这样说：春秋年代的"女子"一词是指女性，确切地说是指青春女性和女孩子，不是指全部女性。

我会这样说：我们只有把春秋年代的《论语》版本拿出来，方有证据一。也只有把记录这句的人请出来，让他讲一讲，这句话产生的时代背景以及过程，或者有他写的文字，方有证据二。或者请孔老夫子坐起来亲口讲一讲这个问题，才能说清楚，方有证据三。但是今人没有办法获取这样的证据！

人类看似伟大，其实很渺小，连自己的一世祖宗从哪里来的都搞不清楚！还说什么女子像小人一样难养！

孟子给圣人的定义是："人伦之至也。"什么是人伦？字典上是这样解释的：封建礼教所规定的人与人之间的关系，特指尊卑长幼之间的关系，如君臣、父子、夫妇、兄弟、朋友的关系。用我们今天的口语说：圣人是处理人际关系的榜样，或者说，圣人就是人类当中德行（道德）最好的人。那么，把孟子的这句话和孔子说的那句话联系一下，就发现问题了：假如那样，连女性都不知道尊敬的人，还谈得上什么圣人，显然有矛盾！

孟子曰："仲尼不为已甚者。"其的语意是：孔子不做过分的事。

孟子是孔子去世107年后出生的人，是孔子的孙子的学生。可以说，孟子对孔子的了解是相当全面的，一个不做过分的事的人，难道会说过头话？那句话的那种解释说成是过头话显然是言轻了，用一个今天的口语，简直是胡说八道。我没有用粗话骂人的意思，我是说：即便是一个没有受过任何教育的山野草民，他也不至于那样想问题，说出那样的话。

《论语·阳货》："子生三年，然后免于父母之怀。"这是一个谁都清楚的事实，这里，孔夫子是在教导我们不要忘记父母的生养恩情，这是文明社会的文明人必须具备的素质，也是文明社会、文明人的标志。莫说人，猫狗都知道恋母亲，正常人不会说出那种解释的话。

人这种动物，从生理上就决定了你与母亲的特殊关系：人类经历了很长时间的"但知其母，不知其父"的时代；你是胎生动物，你在母亲腹中孕育成生命，离不开母亲；出生后你得吸吮母亲的乳汁才能存活，还是离不开母亲；三岁之前母亲的怀中是你最安全的地方。每个人都是这样生成长大的，所以小时候依恋母亲，长大后爱护母亲，母亲年老后保护母亲，这就从根本上铸就了你和母亲之间，有一个终生解不开的情结。不但人是这样，就是其他胎生动物及许多卵生动物都有这个情结。人对母亲只有眷恋、依赖、思念和保护，根本不会说母亲的坏话。无论你身在何方，母亲想得最多的是儿女。在父系社会，女人生下儿子，是最自豪得意的事情。

通读一遍《论语》，字里行间透出的气息，谁都能感觉到孔子是一位平和的人。随着读《论语》遍数的增加，这位慈祥老人的形象越来越高大，尊崇敬仰之心也一步步上升。

那句话的那种解读，折射出某某人是一个很"二"的人，不着调！是言者还是记录的人，还是今译的人？

十八、孔子说人性

"性相近，习相远。"这是孔夫子对人性的总结。

"食色，性也。"这是告子的话，只有四个字。

"温饱足而知礼仪。"这是管仲的话，只有七个字。

很简单，很能说明问题，放在任何人头上都适用，所以流传久远。

老话说：君子爱财，取之有道。其实小人也爱财，应该说：人人爱财，君子取之有道。你获取钱财的途径，只要符合大家公认的道德观，那么你的行为就是君子行为。

孔子对人性的总结："性相近也，习相远也。"总结得真是精彩！多少人讲人性。自打有人类以来，还有比这个总结得更精彩的吗？从这句话我们看出了圣人的形象：一语中的，不过激，不消极，何等中肯。

在很久很久以前，人类就已经开始探讨人性了，没有留传下来多少公认的好句子。孔夫子去世后，文明之车又向前滚动了将近两千五百年，科学技术更是突飞猛进。然而，面对人性这个话题，谁都可以说，谁又能说清呢？真正有影响的有几人？留在人们记忆中的好句子又有多少？人性不会因为你说善就善了，也不会因为你说恶就恶了。

人性太难说了，也说不清，而且人人又十分清楚。说得深了不是，浅了不是，一旦说得口重，很快招来骂声一片，轻描淡写说几句，不如不说。

人性——人类心灵深处最本真的东西。谁能说清楚自己灵魂深处，究竟有多少需求和想法欲望？很多时候都是现实生活左右人的思想。人生谁也是追求自我价值的实现，个人的才能被最大地发挥，从而得到最大的利益。

好话说尽，人性中的贪婪不会变好；坏事做绝，人性中的真善美不会随之而去。

人体内的鲜血不是谁造出来的，血液内的基因也不是谁发明的。承认不承认其是实实在在的东西，其不会因为你羞于启齿就能消失，不会因为你有向善的愿望，作恶的基因就不存在了，不会因为你做过恶事，向往真善美的良心就会完全泯灭。

孟子说："人性之善也，犹水之就下也。"这里说人性是善的，果真就没有恶了？那是不顾事实，拣好听的说，因为哪个人也愿意听好听的！人性有藏而不露，不敢示人的一面，必须正确面对，正确引导，才能让人减少对社会的危害。

人类历史上曾经有过无数次的连年征战、血流成河的历史，孟子生活的战国时代，中原大地上更是互相残杀，战争把许多小国都吞并了，多少个小国连国名也没有留传下来。

孟子是站在孔子肩膀上的人，这一条他比孔子看得清？还是总结得好？他对人性的认识和总结，与孔夫子总结的一比较就有高下了！

"人之初，性本善。"《三字经》开篇这样讲，真美呀！好像三春的阳光和煦温暖；好像仲夏细雨后的山林，清华吐翠；好像一位高手画下的仕女扑蝶图。华夏族是农耕民族，我们这些人都是农民的后代，你知道久旱无雨吗？你知道风狂雨猛吗？你知道风磨黍谷吗？你知道颗粒无收吗？人类面对这些自然灾害该怎么生活？你知道饿殍遍地吗？好多我们听都没听说过的事情，却是记录在史册中的。

果真是性本善吗？这是不是实事求是的说法？

女子与人性

性善性恶是一个争论很久的话题，把这样结论性的句子放在启蒙读物的篇首，是不是合适？《三字经》是针对懵懂初开的孩子，仔细一想让人发笑！高级动物也脱离不了动物的本性，动物的本性首先就是吃。人来到这个世界上第一声就是哭，张开口就要吃，这一个吃，吃掉了多少生命？植物的根茎果叶，吃！牛奶羊奶是牛妈妈羊妈妈给小牛犊小羊羔准备下的，人类拿来，吃！飞禽走兽，鱼鳖虾蟹，没有不敢吃的。勾践为了讨夫差的喜欢，表示忠诚，大便也拿来入口。世界上就有这样的事，就有这样的人！这些人还讲什么君子小人，还顾什么人格尊严。

人相食，史书中这三个字出现的时候太多了！

人是高级动物，动物身上都有掠夺的野性！人类表现出来的那些野蛮行为，那是因为你的远祖的远祖是野生动物，人类身上仍然存留着野蛮的基因。史册上记录的人类曾经做出的那些毛骨悚然的事情，完全能够说明：人类是一种不可思议的动物。

用"性本善"这样的好听话来做启蒙读物，是不是糊弄人的说教？用这样的东西来糊弄小孩子，还要美其名曰优秀文化遗产，多少人上当受骗。

古人虽然没有基因这一说，你把人性说得再美，也不会把人体内与生俱来的东西改变。承认不承认是嘴上的事，人性中的缺点却是实实在在存在的东西。孔夫子不说人性善恶，却说性相近，习相远。因为善和恶是每个人与生俱来的，人性不能说对错。

任何社会，任何一个奉公守法的人，都是君子行列中的一员。

人之性情相近，口耳目心鼻之欲大家差不了多少，欲都想满足，用什么方法呢？千差万别。偷、抢、盗窃，是犯罪行为；耍滑使奸道貌岸然，好多时候躲过了法律的制裁。

孔夫子说过的许多话和许多举止，虽然过去2000多年了，今天重温，依然亲切，依然具有指导作用。

孔夫子教人"爱""礼""仁"，目的是达到社会的和谐。

孔子说："性相近，习相远。"

孟子说："人性之善也，犹水之就下也；人无有不善，水无有不下。"

荀子说："人之性恶，其善者伪也。"

卡耐基说："人性的优点，人性的缺点。"

哪一种说法最接近人性的本来面目呢？四个人的四种说法放在一块儿，一比较就分出眉高眼低了。

孟子、荀子、卡耐基都是孔子之后出生的人，按常理，他们很可能或者说应该读过《论语》，他们对人性的总结比孔子总结得更好吗？

人性是人类的共性，不会因为你说长，就没有短了。也不会因为某个人的理论和语录，人性会有多么大的改观。

性善之说似乎是有点作秀，性恶之说好像有点过分，卡耐基只不过中和了一下。说人性的人太多了，谁比孔子说得好？

从古至今，制定所有的法律规章，都是制约人性的。人性不约束，社会将处于无序的状态。

人类经历的苦难太多了，人类从苦难中觉醒，从苦难中发现了文明。所以说，文明是让整个人类，把苦难减少到最低程度的生活方法。

养儿防老，这是中华民族古老的谚语。婆媳关系是农村自古以来相当突出的矛盾。为什么呢？因为经济落后。想当年，养老的责任国家不承担。老年人丧失了劳动能力后，没有了生活来源，他们靠什么生活呢？只能靠儿女！天底下的儿女哪个不心疼父母？但是，封建社会时候，女儿是出嫁之人，没有社会地位；儿子的收入既养育自己的儿女，还要照顾老人。可想而知，一个人的能力有多大，自己的收入连儿女的温饱都解决不了，哪有力量再来照顾父母！婆媳之间不和，根本的原因还是个穷。今天好了，随着城乡差别的缩小，农民也有了养老金。一个农村老人，一个月有自己的一百元，就不用为吃饱发愁。有一百元，温饱问题就基本解决了，生存有保障了。

前几年，七十多岁的张老太太领到第一笔每个月100元的养老金时，感慨地说了三句话："我终于能挣上国家的钱了，今后再不用为活着发愁了，再不用为过年时给孙子们的压岁钱发愁了。"

国家的力量是相当大的，国家的法律制度是实现和谐社会的根本保证。

孔夫子为什么终其一生要推行他的仁义道德的主张呢？为了人民大众都能生活在一个和平安定丰衣足食的社会。

注意一下那些三周岁之前的幼儿的行为，人性中最本真的东西，在他们身上表现得淋漓尽致。

当几个两周岁左右的孩子在一块儿玩耍时，某个孩子可能去抢别人的饼干或玩具。同样，这个孩子也可能把自己的饼干或玩具，送给别的孩子。一个陌生人如果从某个孩子的手中抢夺他的东西时，他会紧紧地抱在怀里；当你增加了抢夺的力度后，他会气愤地哭喊，表示抗议！为什么呢？每个人都有与生俱来的占有欲和与人分享快乐的天性；都有保护自己的财物，不甘被人抢夺的天性。这些自然的行为，有些是善意的，有些是有害的，怎么样去培养孩子的行为习惯，沿着哪个方向发展，这是每个做家长的人要认真对待的问题。

《论语》集中地反映了孔子的思想。说来奇怪，他的思想不是由他写成著作，传给后世；不是我认为好，要流传下来，而是大家认为好，这好的思想能指导大家和后来人更好地生活；照这样做，大家都能受益。所以才有那么多人，把这些好的言论和故事收集起来，流传给后世。

说谎话张口就来，用最小的代价换取较大的利益，摆脱眼前的窘况，是欺骗行为，为人不齿，反而人人都会！为什么呢？人性就是这般模样，人性就是有这样的缺点。

人性是非常复杂的，不是用一个善、恶就能说清的。男女人的人性在本质上没有区别。

小人的行为，往往违犯了大家都遵守的规则，亵渎了人类已经约定俗成的文明，而得到利益，结果还没有受到制裁。

小人的手段常常是暗中不遵守群体规则，一贯地投机。这些行为是不是只在女人身上表现呢？不是！

面对死亡和信仰，面对利益和道德，多数人会选择什么呢？这是好多人都会遇到的事情。看看史册吧，人类历史上曾经上演了多少幕闹剧，为了利益，兄弟相残，夫妻反目，父子杀戮。

1937年清明节，毛泽东在《祭黄帝文》中写道："辽海燕冀，汉奸何多？"毛泽东当年在告诫国人，正是有这么多汉奸，中华民族才遭受这么多磨难，中华民族的存亡时刻，国人应该团结起来，一致抗日。我们必须小心谨慎，实事求是地对待之。

自然界有条铁律：弱肉强食，适者生存。人类是丛林中走出来的动物，远祖的鲜血今天依然在我们体内流淌，远祖的基因今天依然遗传在你我的身上。为了这个生存，多少人顾什么良心、道义、责任，怕什么小人或叛徒的指责。曾几何时，这个人马上就要成为老虎口中的食物，仇敌的刀下鬼了。这个时候他想什么，有什么忌讳，顾上顾不上想到君子小人？人类历史上在遇到灾荒的时候，发生过多少次"人相食"的事件？人都能相食，还有什么事情干不出来？人性就是这么不可捉摸、不可思议、不可预测！往往一念之差后果难料。

一将功成万骨枯，这是中国古人对历史的总结。

所以说历史上那些为了坚持正义、信仰、道德而失去生命的人，是令人敬佩的人！那些用生命点燃了人类社会进步之火炬的人，历史不会忘记他们。

世界上委曲求全、忍辱负重活下来的人，比取义成仁、从容就义的人要多得多！为什么那么多的人，做出了那样的选择呢？谁都知道生命的宝贵，生命只有一次，人只要活着，生命才有意义；只要活着，任何事情才有希望。人性就是如此！不是说谁有多么坏，人人总要做出最佳选择。

即使一个普通人，其为某个部门提供一项有用的信息，这个信息肯定对自己有利才干。为了用最小的代价获取最大的利益；为了借他人之手致仇家和对手于死地；为了活得滋润，所以从古至今一直有人乐此不疲。

人性真是太难说清的东西。所以有人总结：人是介于天使和魔鬼之间的动物。这种动物太残忍了，为了自己活命，可以吃同类的肉；为了达到某种威慑，可以把同类的脑袋砍下来，挂在城门上示众。那些灭绝人性，惨无人道的事例太多了。

历史上那些千夫所指、万人唾弃、佞臣奸相、走狗败类、人民公敌、窃国大盗，其中的好多人，为什么照样活大岁数而寿终正寝呢？这些人的行为难道鬼神看不见？阎王爷为什么不派"勾魂鬼"，把这些祸害人类的东西早点勾上走？但是，阎王爷不是装蒜就是闭着眼睡觉。

人性需要限制，最好的方法是制度。人性需要引导，最好的方法是教育。人性不能说其对错，是每个人与生俱来的。

制度和教育需要人去实施，结果的好坏，离不开公平和监督。

世界上没有两个形状完全一样的人，孪生兄弟姊妹也有差别。排列组合就是这么神奇，就是这样无穷无尽。但是，人这种动物有相同的基因，然而每个人都能列出一张不同于他人的基因图谱。今天的科学已经证实了这一点。重新组合后又出现新的内容，人性就是这样遗传而来的。

人性的内容说不尽，也说不完。从这一点上也就说明，人性对人类整体来说有相同之处，个体之间有差异。

虎有虎性，鸟有鸟性，疥蛤蟆自有疥蛤蟆的特性，狼不会分为公狼狼性和母狼狼性。林林总总，稍加留意，不难看见，所有动物的特性都是与生俱来的，不是你想要就能得到，不想要就能丢弃的。世间万千种生灵，自有万千种特性。这别具一格的特性，才成就了这个物种。

人与人之间为什么会"心有灵犀一点通"？遇上任何一个陌生人，不论其是什么信仰，什么肤色，血缘关系间隔得再远，大家喜怒哀乐时面部的表情都一样，为什么？这说明，想当年人和人之间都是近亲；想当年你我他的远祖就是"亚当和夏娃"。这就是说：每个人体内那最原始的基因，在某种意义上讲，不会有太大的区别。

每天发生在世人身边的任何事情，不论夫妻拌嘴，同事争吵，小孩子打斗，都可以用人性去解释。

人性中的真善美应该褒扬，假恶丑必须扼制，只能通过国家机器来实行，只有这样，社会才能有序地运行。

多少年前曾看到这样一个案例：一名女罪犯被告知在数日后执行死刑。

听到通知，她就开始啼哭。任凭相关人员怎么做工作也不管用。过了好长时间后，才搞清原因，原来她听说死刑犯执行时，一般都是朝脑袋开枪，脸面十分恐怖，她不愿意那样死。

是呀，爱美是女人的天性。即使是死，也不要把我美丽的容颜破坏掉，去天堂更应该有一个美丽的面容，否则不甘心！

后来相关人员通知她：执行死刑时，朝心脏开枪，她才止住了哭声。

看一看我们中国历史上有案可查的死刑执行方法：绞刑：那是有身份有地位的人才能享受到的，死不见血，落个囫囵尸首。砍头：很平常，身首分家，也算死得痛快。千刀万剐：不得好死。暴尸三日：死了也不让你消停。还有乱棍打死，剥皮抽筋，五马分尸，轧骨扬粉，熬油点灯，狼拉狗拽等等。

这都是有据可查的历史，这都是人残害同类的招数，这都是家天下统治的手段。

看一看今天的法律规定：在死刑执行方式上，继续保留枪决的同时也采用注射的死刑方法。这样就使被执行人的人格尊严和人权得到应有的保障。

人类社会就是这样走过来的，文明是在野蛮的荒原上建立起来的。

孔夫子为什么说人性很少？因为人性不好说，说轻了，会有人说你自欺欺人，实事求是地说，也会有人说你自己打自己的嘴巴。左右不是，深浅不行，因为人性是人人知道的。其深不可测，难以说透。

人性尔虞我诈，巧取豪夺。天下人谁不希望太平盛世，实现太平盛世要有相应的办法。办法是什么，不外乎教育制度和法律。为了生存，为了过得更好，人呀，他会不择手段的！

抑制人性中那些最丑陋的东西，离不开制度和教育。教育和法律，是维持一个社会正常运作，必不可少的两件法宝。而孔夫子恰恰最提倡这两条。

十九、不是三纲是两纲

封建社会出现的"三纲五常",对女性的歧视起了很大的作用。

《论语·颜渊》:齐景公问政于孔子。孔子对曰:"君君,臣臣;父父,子子。"孔夫子只是提出了君臣、父子,为什么没有提夫妇呢?

朋友不能处了,可以断交;夫妻不能过了,可以离婚,只要是不离,夫妻关系就是平等的。

《荀子·王制》中说:"君臣、父子、兄弟,夫妇,始则终,终则始,与天地同理,与万世同久,夫是之谓大本。"真怕了这句话的意思是:君臣、父子、兄弟、夫妻之间的伦理关系,从始至终,再从终到始,这种关系与天地的上下关系是一样的,同万世一样长久,这是人世间最大的根本。从这里可以看出来,夫妻的伦理关系,是荀子作为一个学说观点提出来的。

荀子是一位了不起的人物,他推崇孔子,是先秦时期朴素的唯物主义思想的集大成者;他反对天命鬼神之说,认为"天"是一种没有意志的自然物,不能主宰人事;他提出"制天命而用之",就是说:人可以利用大自然的规律。这句话今天的人看来没有些什么,但是,在那个神道占据相当主流思想意识的年代,却是相当了不起的。其"性恶"论,虽有点偏激,但和孟子的性善论不同，其的用意是在强调后天环境和教育的重要性和决定性，他提倡"礼""法"并立，"王""霸"并施。

秦始皇统一中国前后，身边的重要人物李斯就是荀子的学生。

李斯是中国历史上影响很大的人物，他力排众议，反对分封制，提出郡县制，协助秦始皇销毁民间兵器，统一度量衡；他创制的小篆，推动了文字的统一；正是他的这些措施，加强了中央集权的统治。

可以这样说，荀卿的学说深刻地影响了李斯，而李斯对秦王嬴政的影响是巨大的，李斯提出的郡县制建议是关键的。完成中国的统一大业，荀卿的学说思想，李斯的辅佐建议，嬴政的威武雄心，是相辅相成的，缺一不可的，中国的制度和文化至今能看到这三位泰斗的影响。

秦朝有没有"国学"呢？事实上秦朝存在的时间太短了，还没有来得及确立就结束了。

任何人的任何学说，都难免有时代和个人的局限。农耕社会国民的主要任务就是生产粮食，在那个以人力为主，靠天吃饭的时代，男人的体力优于女性，这是产生这个说法——夫为妻纲——的时代背景。

孔子和荀子的学说只是个人的思想，他只能影响到周围的人。不会也没有作为一个国家的主流理论文化，让全社会学习；如果全面推行，个人没有那样的能力。

中华文化的核心，就是汇集起来的各家学说。那些经过实践的检验，又被统治阶级接受的理论，国家用来教化大众。

国家没有肯定的学说，不会推广；老百姓不接受的东西，不会流传。孔子和荀子的学说，就是中国的国学国粹的一部分。

大秦帝国于公元前221年建立，秦始皇于公元前210年病逝，他实际上只做了不到十二年的皇帝。秦朝只传了三个皇帝，立国仅十五年。其实秦帝国只是一个在军事政权上统一后，草创的短命国家。

有历史学家这样说过：中国的政治统一完成于秦始皇，中国的文化统一完成于汉武帝。

看一下夏商周秦汉的疆域版图，不难发现，中国版图的基本主体，是汉武帝时代奠定的，也是汉武帝创制了一套完整的、可以长期沿用的、治理国家的制度。汉武帝接受了董仲舒"独尊儒术"的建议，并且兴建了我国第一所国立大学——太学，只有那些精通儒家学说的人，才被选做老师。太学制度的创立，"公卿大夫士更彬彬多文学之士"。政府各级官员的成分和精神面貌，发生了巨大的变化。也是董仲舒提出了"三纲五常"的伦理秩序理论，并且被汉武帝采纳。也是从汉朝的武帝时代开始，用国家确定的伦理制度，开始歧视女性。

这是孔夫子去世三百多年以后开始的事情。

限制女性权利的"三从四德"：在家从父，出嫁从夫，父死从子。我觉得这个"三从"没有一个女性能接受。或者说自"三从"开始推出的那一天起，就受到女性的反对和抵制。都是天地间的自然人，凭什么我要出嫁从夫，父死从子？我还有没有做人的自由和权利了？儿子是我生下的，父为子纲就能确立，母为子纲也是当然的，为什么就不能作为一个纲领确立？皇帝老子都是他妈生的，当初生下你，没有我的辛苦，你能长成人？还要父死从子？太不近人情了！太不近天理了？！

不近情理的事情可能通行一时，决不会永远通行！

三从四德是欺负女性的纲领！事实上，夫妻之间是平等的关系，凭什么两个人在一块生活，我要听你的？不公平！不公平的事情谁也不能接受，就会出现反对的呼声，就会出现不和谐的事情。家家有本难念的经，皇帝老爷也有惧内的，遇上矫情的老婆，也得忍让三分。夫妻之间讲究的是顺，你顺我，我顺你，不能只有我顺你，你不顺我，这样的夫妻关系不会和谐。

从这一点上我们不能不佩服孔夫子洞察人性的水平。君臣父子，是主与从的关系，古今中外都是这样，夫妻不是。

天下的夫妻为什么要经常吵架？原因之一就是思维方式不一样。男人偏重于理性，女人偏重于感情，看问题的角度不同所致，有过夫妻生活经历的人都知道。所以，已婚和准备结婚的男同志，不要和女同志一般见识，遇事让她三分，家庭矛盾上难得糊涂；同理，女同志也让老公三分，以求得更多的和平，和和气气地生活，和和美美地共享人生的乐趣。

不说过激的话，不做不文明的动作，孔夫子言传身教做出了榜样。这是"仁"与"和"的具体表现，在社会交往上，人人希望这样。

凡是大家都认为对的，并且能够接受的东西，才能够流传下来；不是谁想流传就能流传，只有那些公认好的，对大众有指导意义，从而被大家都喜欢的东西，才会流传下来。

人性有向善的一面，也有向恶的一面，条件允许的情况下有几个人不愿向善？在存亡之际名利面前动了心，也是没有办法而为之。

我读过一则这样的故事：在芝加哥机场，一位旅客见到一个衣冠楚楚的商人，大声地责骂搬运员处理行李不当。商人骂得越凶，搬运员越显得若无其事。商人走后，这位旅客称赞搬运员有涵养。搬运员微笑着说："噢，没关系，你知道吗？那个人是到纽约去的，可是他的行李嘛，将会运到旧金山去。"

纽约在美国的东海岸，旧金山却在美国的西海岸。

读完这个故事我就感慨，美国人怎么也有这么可恶的人，转念一想，全人类的心都是相通的，人性不分肤色和种族。

且莫说这个故事的真实性，任何人在受了别人的责骂时，他能不能干出这样的事？你能说这个搬运员不是小人嘛？和你共事打交道的人，只要受了你的气，都会跟你找碴。这一找碴的手法就说不来深浅了，而手法常常是小人的伎俩。这就是人性。

二十、与生俱来的人性

　　同楼老李叔家六七岁的小外孙女常来，熟悉后我就问她："你叫什么名字？""不告你！"几次我都得到这样的回答。这次见面后我就故意逗她："不告你，上学了吗？"小孩子生气地看着我，我道："你要说不告你，那我就只好叫不告你了。"小孩子听后说："我叫白兰，在育红小学上一年级。"几天后再遇到小孩子时，我漫不经心地又来了："不告你，中午吃的什么饭？"小孩子马上不干了："我已经告诉你我的名字了，你为什么还要那样？真讨厌！坏蛋！"我马上意识到自己失口了，只好立刻给小孩子道歉。

　　小女孩怎么了，不告你就是不告你，这是我的权力。小孩子也有自尊，她也希望获得别人的尊重，如果受到不公正的待遇，也会向你抗议。

　　只有你尊重别人，才能换得别人对你的尊重。人人都有被别人尊重的愿望。这也是人性。过去是这样，现在也是这样，将来恐怕还是这样。

　　在我十岁那年，这天中午放学回家后，大人有事不在，饿得眼冒金星。家里能找的地方都找了，也没有找下一点充饥的东西。只好坐在门口，盼着大人快点回来做饭。农村生活的孩子常常如此。邻居当工人的老任婶婶刚刚蒸下窝头，她掰了半块递给我。这块窝头真香呀，谢天谢地！吃下去我才不心慌。

多少天后，老任叔家拉回一汽车煤，他一个人用筐往回挑，看见后，我马上收拾好自己的小筐，帮他一块往回挑。

感恩之心，人皆有之。困难的时候帮助过你的人，你不会忘记，只要有机会，你一定会报答。人性就是这样。古话说：投桃报李，滴水之恩当涌泉相报，这恐怕是古人对人性的一个总结吧。

小张和小魏是同乡，两人一同参军并当上了汽车兵，在部队练就了一手过硬的驾驶本领，一同退伍后又安排到同一个单位，命运把两个人捆在一块儿了。工作不久，小张被单位安排去开汽车，小魏仍然在原职。即使在今天，参加工作不久的小青年能开上汽车，也是不错的差事。小魏的情绪会怎么样呢？在私下里他不止一次地对老乡说，他能开，我为什么不能开。这天，几个老乡又到了一块，照样玩耍打闹。因为一点皮毛小事，小魏突然掰住了小张的左手食指，要他服软。两个体格健壮的汉子谁也不罢休，僵持了一会儿。小张猛一用力企图挣脱，小魏死命扼住两手齐上，两个人真较上劲了，只听得"咔嚓"一声脆响，小张的食指被掰断了。

不因为什么就上手了，真正的原因其实双方都知道。羡慕？很正常；不甘心？有点吧；不服输？心里知道；妒忌？好像是；借题发挥，假戏真唱。

人性是不是这样：为了胜利，随时发力；对手挡道，坚决干掉。

清朝中后期的相当一部分八旗子弟，其实是国家用老百姓的血汗钱，养活着一帮蛀虫。这些人吃的是祖宗的饭，提笼遛鸟，声色犬马，油腔滑调，前呼后拥。可能也会几手，但是绝无超人之处。这些人大的干不了，小的不屑干；在老百姓面前派头不小，吆五喝六，楞充大头；人人都是大爷，唱主角的大腕儿；拿捏比画咋呼劲儿不小，也是那么回事；一群人打一个，真舍得下手，真正一对一，遇到硬的时候，着实不敢恭维，也没有什么可恭维之处。他们把国家大厦一点点蚕食掏空。这是清朝晚期，制度的缺失，形成的局面。历朝历代都有此类大大小小的"衙内"。凡是在北京生活过一段时间的人，仍然能感觉到八旗子弟的遗风。北京市里那些吆五喝六的膀儿爷、板儿爷，那架势、那派头就是真实写照。这种影响是潜移默化的：凭借地域优势，楞充大头的作秀架势，可能也会一招半式，关键时候就顶不住了。

　　人类究竟从何时开始直立行走的，没有统一的说法，只是个大约。在人类历史的长河中，原始人使用石器的岁月十分漫长，大约经历了二三百万年。这个阶段的后期，人类开始了定居生活，从事着农业和畜牧业的劳动，生产力水平是十分低下的，近代考古工作者把主要使用石器工具进行劳动生产的这段时期，称为石器时代。

　　世界上最早使用青铜器的地区是古埃及，大约在公元前3000年前后。中国出现青铜器的时间大约在公元前2200年前后，"禹铸九鼎"就是个参照。人类掌握了青铜器的冶炼方法后，生产水平和居住条件得到了明显的改善和提高。这是划时代的标志，从此原始社会加速解体。

　　世界上最早制造铁器的地区是小亚细亚的赫梯人，时间大约在公元前1400年前后。到了公元前1000年前后，古希腊和古罗马人普遍使用上铁制的工具和兵器。在春秋时期，中国才逐渐使用铁器。

　　铁器坚硬、锋利、韧性高，远远胜过石器和青铜器。随着冶炼工艺的提高，逐渐被广泛使用，人类的工具进入了一个全新的领域，生产力得到了空前的提高，人类的生活水平随之跨上了一个新的高峰，从奴隶制社会逐渐进入封建社会。

　　人类的每一项重大发明都会使生产力提高，从而影响到社会制度。人类在自然进化过程中，形成了野性极强的基因，不会因为有引以为自豪的5000年文明史，就能得到多少改善。这些野蛮基因改变成文明基因，依然要经历十分漫长的时间。人性是人在进化过程中自然形成的一种属性，虽然是高级动物的属性，低级的内容也不少。人类当年就是依靠集体团结的力量，才战胜了一个又一个艰难险阻，才生存下来，一步一步地从野蛮走向文明，从低级走向高级。人，首先是一个自然物，再往小的方面说你是这种生物中的一分子，作为一个自然物，你就应该有自然物的属性。

　　女婴、女娃娃、女童，这些都是今天称呼小女孩儿常用的词，她们也是人类大家庭中的一员。她们与缺德的"小人"，没有必然的瓜葛。

小人或者说德行不怎么样的人，是一个没有定数的概念，你想用一个定数把其说清楚，那是不可能的！

读《论语》我们知道，孔夫子是相当推崇管仲的，"衣食足而知礼仪"，这是千古的真理，肚子都填不饱的时候，还顾什么小人君子，还谈什么礼义廉耻德行。

人性应该正确对待，不应苛求，这是你我他和大家都共有的，不应回避，没有什么羞于启齿的。

电视曾经有这样的报道，一个环球航海探险者遭遇风暴，漂流到大洋上的一个孤岛。上面生活的土著人，热情地接待了这位远方而来的稀客。这个历经艰辛的外来客，凭借手势和面部表情，很快就能和土著人对话了。岛上的人同外界从来没有接触，他们的衣着穿戴和生活方式还是原始状态，依然刀耕火种狩猎捕鱼。这些人的祖先是什么时候、怎么样来到的这里，没有人能说清。但是他们对外来者的装备和外部世界十分好奇，他们特别想知道外面世界的事情。航海者在岛上作了短暂的休整后又要继续出发了，就是这短期的交往，岛上首领的女儿对航海者产生了爱慕之情，首领也希望航海者带上自己的女儿去远航；然而大海茫茫，前程难卜，航海者谢绝了对方的好意，继续独自远航。

人类的好奇心就是这样强烈，探求未知世界的愿望就是这般迫切，亲情和血缘都不能阻止。

人性就是这么不可思议，人类的基因就是这么神奇，虽然语言习惯不同，但是面部表情和眼神中透出来的爱憎是相同的，对方都能读懂。

两个素昧平生的人，一见面就直视对方的眼睛，两人在四目对视的瞬间，马上就能判断出对方对自己的态度，从而确定下一步的对策。

人性中男性有的东西，女性也会有吧，人性不应该分为男性人性和女性人性吧！

人性应该有这一条吧：不会甘拜下风。常常遇到这样的事情，由于关系不如人，运气不如人，或者实力不如人，不管什么方面、由于什么原因落后于人了，尤其是落后于那些同时入道的人，不论谁，他口上不说，心中肯定不甘心。

　　这一不甘心就会花样百出。君子人会通过自己的努力超过对手；小人则想办法，用歪招绊倒对手，以达到超过的目的。什么时候在什么地方遇到小人，根本无法预料。

　　人生都在一条无形无状的跑道上竞赛，这个赛段可能有短跑，也可能是马拉松，时间限制在80年或者100年，究竟准确的时间多么长，没有人告诉你。某个时候或阶段可能有裁判员，这个裁判员可能秉公，但是极有可能枉法而不受制裁，多数时候裁判不会露面。这场竞赛规则的底线是法律，基本资格是健康，必不可少的是吃苦，目标就是一个个制高点。这场竞赛比的是耐力、爆发力或者是智慧，终点是坟墓。这条赛道上挑战不期而遇，没有智勇双全的本领，你会败下阵来，失败的后果不堪设想。机遇瞬息即逝，把握不住，也许终生不会再来。这条跑道没有线条分割，也不会有人为你设置，竞赛时常常在伸手不见五指的地方进行。跑道可能设在沙漠丛林或者大海，好多时候没有路标，让你辨不清方向。冲在前面你可能中弹或者掉入陷阱，落在后面肯定淘汰被狼吃掉。某个阶段众人和你呼叫着向前，但是你必须明白一条：只要有人和你做伴，必定会出现竞争；人越多竞争越激烈，激烈的程度非你能想象，竞争的手段百般残酷。方向错了，多走了冤枉路，既白费劲，又耽误时间。只有选择了你心灵深处最感兴趣的东西作为一个目标，采用了最适合你前进的方法，把你的体能和智慧发挥到最佳状态，才有可能实现你的理想。某个时候可能有人帮你一把，这一把可能让你终身受益，这个时候你千万不能得意，得意就会忘形，忘形非摔跟头不可，不用人击，自己就倒下了。不经意间，常有人绊你一跤，摔得你伤筋断骨。顺的时候不要高兴，背的时候切莫气馁。上学的时候可能学过，但你理解不深，马克思总结得好：只有沿着崎岖山路不畏艰险勇敢攀登的人，才有希望达到光辉的顶点。

　　在形容人的可恨行为时常常见到这样的词：狼狈为奸、蛇蝎心肠、如狼似虎、狮子大开口等等。为什么把人比喻成这些凶恶的动物呢？因为人类常常有凶恶和残忍的时候。很多很多万年前，人类和这些凶恶的动物都在山林中生活，无所谓什么高等动物和低级动物。人类的多少同伴当年成了这些凶恶动物的食物，你不杀死它，它就会把你吃掉。当年在同这些凶恶的动物的搏击后，人类最终生存了下来。再后来，人类的生活环境变了，生存方式也变了，人类不再茹毛饮血了。然而，人类不会因为吃上熟食穿上衣服，就能改变其原有的生吞活剥的本性，更不会因为生活方式的改变而改变体内的基因，所以，人类表现出来的凶恶和残忍的行为，也就不足为奇了。由于这些缘故，人类每每做出残暴的事情，也就是自然而然的事了。

"谁让我一时不舒服，我就让他一世不舒服。"这句话是西太后说的，她也是这么做的！这是人性赤裸裸的自白。我们在哀叹的同时再冷静地想一想，对待国家的大事都这么不管不顾我行我素，一意孤行，这个国家会强盛吗？这样的集权制度，人民能不遭殃？然而历史就是如此，人性就是如此。

在探索人类的起源时，根据已经发现的多少万年前的人类遗骸，有一种说法认为：人类的起源地在非洲，我觉得这种学说比较客观。试想一下，多少多少万年前，非洲大地植被茂密，此地的动物不必担心被冻死，这里是早期的各种动物生存的理想场所。某一群居的猿类动物来到地上生活，开始了最早的直立行走，其的前肢可能主要用来采摘食物，随着其前肢的功能逐渐提高，加上学会了使用工具，这个族群慢慢增加扩大，从而再分支成若干个族群，这个过程是极其漫长的。原来的地盘上的食物，已经满足不了这些猿群的生活需要，他们只好逐渐地向四周迁徙。为了生存，他们只有开发新根据地，为生活所迫，来到了寒冷的地方，被环境逼迫，学会了穿衣。当初那个族群的后代，说不清经历了多少代以后，慢慢地遍及了全世界。

就像今天能够看得见的事实：城里的人口逐渐增多，城里的地盘已经满足不了扩大的人群的需要，这些当年的城里人以及他们的后代，逐渐向四周扩散。

进城是为了安全地生活，出城是被生活所迫。当年建造城墙的目的是为了防范野兽和外敌的伤害，达到安全生活的目的。今天的城市已经没有了城门和城墙，还有的城墙也失去了其原来的功能，但是城市这个名称依旧沿袭使用。

　　某位从未出过国的年青的中国学生独自到了美洲或欧洲留学。面对那些长着蓝眼睛高鼻子黄头发的面孔，这个青年和谁的第一个照面，双方都会直视对方的眼睛。没有谁教你这么做，奇怪吗？这是人类的一个共同的习惯，是共性。奇怪的是，两个"血统"间隔得这么远的人，为什么都有这样的共性？为什么所有的人都会这样做呢？双目中透出来的信息，让你知道对方对你的态度。眼睛的光芒不会作弊，在四目对视的瞬间，你也会把自己对人家的态度传达了过去。面对一张张陌生的面孔，大家很快能融合在一块，好像你有一种似曾相识的感觉，似乎以前在哪里见过，但是怎么也想不起来，这是为什么呢？

　　西方人解释人类的起源时是这样说的，上帝创造了人类，伊甸园中的亚当和夏娃是人类的共同始祖。按这种说法，世界上所有的人类都是亚当和夏娃的后代，那么，所有的人都继承了亚当和夏娃的基因。虽然是神话，这是解释人心和人性是相通的原因和根据。

　　非洲为什么有那么大的荒漠？有可能那是当年人类过度地、长时间开发的结果。今天看到的蒙古草原，由于过度放牧而出现荒漠，当年的非洲可能也是。

　　今天，一个欧洲男人和一个南美洲女人或者非洲女人结合后，都会生出后代。黑人与白人的血统看似很远，其实也远不到什么地方。当初那个最早直立行走的猿类族群，就是我们人类的共同祖先。人类最早的基因遗传者是谁，至今没有定论。

　　生生不息，代代相传，有文字记录的、可以说清楚的人类历史，才五千年或者不到五千年；那些无文字记录的，而实际存在发生过的历史，时间更长，更是可歌可泣的，一样精彩无比。

二十一、习惯成自然

当年,新到毛主席身边的工作人员发现了惊奇的事情:老人家洗脸和洗脚共用一块毛巾。这一天,一位工作人员又看到这种情况,觉得十分别扭,忍不住对毛主席说:"咱们准备两块毛巾吧,手脚分开,你也不是缺那一块毛巾。"毛主席风趣地说:"脚比脸辛苦。"日后依然如故。

这是当年延安的趣闻,一直流传到今天。但是,他为什么这样做呢?这就是他的生活习惯,这个习惯不是一天两天,应该是在他小的时候形成的。那么,他小的时候又是谁把他影响成这样呢?应该是那个对他影响最大的人吧,这个人就是他的母亲。

今天的普通人若用一块毛巾既洗脸又擦脚,肯定会有人说你不讲卫生,或者说抠门恶心。谁也不会说毛主席恶心,只能说是趣闻。

一万年前的人类可能没有洗脸洗脚那一说。

二十多年前的一件事:小兵是农家的孩子,家里条件差,勉强温饱。母亲一直要求不能乱花一分钱,也就养成了他勤俭的习惯。后来小兵凭着自己的努力考上了大学,之后获得了一个满意的工作,再后来小兵谈上了一个各方面都很优秀的女朋友。这天小兵和女朋友一块乘公共汽车外出,上车后小兵等着女朋友买票。之所以如此,是在俩人的接触中,小兵知道女朋友的单位由于业务的原因,每月都能报销一笔不少的汽车票。公共车上出现了短暂的等待,时间不长,这位女青年好像拿定了主意,单买了一张票,在下一个停车站,招呼也不打就独自下车走了。

小兵那个失望,望着远去的她的背影,心中无限地惆怅。

遗憾的同时,我们不能不这样想:男女青年恋爱,能相处到同乘公共汽车外出的地步,也属不易,也算有缘分,彼此应该珍惜。我们不能指责小兵做错了,也不能说这位女子的做法应该肯定。这一对青年可能就是很合适的一对,就因为这样非原则的问题分开了,很有可能双方以后再找到的那一位不如今天的彼此,也可能两人结合后就是一对很般配的夫妻,就因为这样的小事便擦肩而过了。

人啊人,省吃俭用没有错,俭省到抠门的地步,也就让人瞧不起了。

人啊人,要样子讲个性没有错,因为如此,到了三十岁了仍然是单身,也不是什么幸福的人。

人性就是这么不甘心!个中滋味只有过来人知道!你能说女子和小人难养,近之不逊远之则怨吗?

人的兴趣、爱好、习惯、做派都是在你的早期培养习染而成的,对你影响最大的人就是你的母亲。

一个人从出生到青春期前,这段时间非常重要,可塑性非常强,他跟着什么人就学会了什么,这段时间奠定了他一生的世界观,而这个对他影响最大的人,往往是一个女性,母亲、奶奶或者姥姥。

性相近,习相远。确实总结得太好了。

一棵树假如管理和环境不好,过早地分权,这棵树肯定长不成栋梁之材。

我想对天下刚做了母亲的人或者将要做母亲的女子说:母亲对孩子的影响太大了,胎儿在你的腹中,出生后在你怀里的时候,孩子就受你的影响了,而这个影响是任何人无法取代的；每个人在这个时候的可塑性是非常强的，某些习惯想要改变是非常困难的。这个塑造和影响将会影响其的一生。好习惯将会帮助他走向辉煌，坏习惯将会让他失去人生的好多机会。男女都一样。

人类历史上经历过数不清的战争，哪一次战争不是为了利益，哪一次战争不是杀人盈野，血流成河。战争的残酷不是一般人想象得到的，人性在战争的时候才能表露无遗。

20世纪70年代初，我上初一的时候，学校组织学生参加学农劳动。我们背上铺盖卷，到农村春播。我们房东的男主人身材高大、健壮英武，是一位退伍军人，时值壮年。住了几天后，彼此都熟识了。这天晚饭后，我们几个男"小人"缠住男主人，非要他给我们讲打仗的故事。我们这个城市有好多退伍转业军人，按照当年的政策，这些军人都在城市安排工作，怎么这位没有安排工作？当我给他提出这个问题后他说："回家种地就是最好的事情，我就是想回家种地，不想当工人。"

究竟为什么呢？这个问题一直在我头脑中萦绕。

十三四岁的男孩，几乎都对冲呀杀呀的、舞刀弄枪对打仗的事特别感兴趣。他缠不过我们几个"小人"，这是个真正经历过拼刺刀的人讲的亲身经历："日本人拼刺刀有两手，但是咱这块头不怕他小日本，我平常练就的绝招就是打上挑下。"他一边说一边用手比画，"那一次还真是用上了，子弹打完后就开始拼刺刀，咱个头大，他那刺过来的刺刀，咱就着势，用枪管和刺刀把它压下去，再就势翻起枪托朝他脑袋打去，跟着把刺刀从他裆下往上挑，血淋糊拉的两个蛋子儿就挑出来了，跟上去两刺刀就把他结果了。"

有几人见过那血淋糊拉的人的两个蛋子儿，当你真正经历那样的场景你会怎么想呢？

刺刀上的血是用人的鲜血染红的，这可是杀人啊！

我岳父是一位残疾军人，是在解放战争时受的伤，二等甲级。我结婚不久，有一次在他那里，我请他讲一讲他受伤的经过和打仗的故事，我是出于好奇不经意间提出的。我的提问揪动了他最不愿意提起的往事和最敏感的神经，霎时间,老人的脸变阴了,他声音低沉地说:"不用说了,打仗是杀人,有什么好讲的!"

我震惊了,沉默无言。推算一下,我岳父受伤的那年只有十九岁。老人的话一直缠绕在我心头。

十几年后,直到他病重住院,大夫在为他做全面的检查时,我才第一次看到他的伤情:他的伤是被炸弹炸伤的,左腿的关节以下完全变形了,左脚已经没有脚跟和脚趾了。老人痛苦无奈地说道:"穿着衣服也像个人,脱了衣服还有什么人样!"

真是从来都不愿说起,永远也不会忘记。无尽的痛苦!这就是战争带给人的伤痛,这个伤痛影响几代人。

当年那位拼过刺刀的战士退伍后不参加工作,为什么选择了回家种地呢?我曾经接触过好几位这样的人,慢慢地,随着年龄的增长和阅历的丰富,我想通了:对任何人来讲,家是一个永远难以忘去的情结,莫说那些常年在外的人,更不用说那些因为战争离家别亲的人,就是我们今天任何一位出差数日的人,在外期间,你想得最多的是什么呢?家!家中的亲人!那些参加过战争的人何尝不是呢?

战争结束了,回家吧,家里有我的亲人。经历过刺刀见红,还活下来的是铁骨铮铮的男儿。平平安安回家同亲人团聚,回家种地就是他们的奢望和最大的幸福。忘掉那些杀人的经历,忘掉那些残酷的场面。佛家说:"放下屠刀,立地成佛。"这些人何尝不是我们现实生活中的"佛"。

人的一生有无数的苦难相伴,每次苦难都在心头刻下一道深痕,忘掉他谈何容易!人只有经历过无数次的苦难后,尤其是经历过生与死的鬼门关后,内心才会有质的升华,才能更加向往平安和谐的生活。

老李家盖房子用石头砌基础,錾子是砌石不可缺少的工具。这天一大早,老李拿着几把需要重新锻打蘸火的錾子来到铁匠铺。铁匠师傅正在干活,老李着急地催他先给自己干。铁匠心里不高兴,三下五除二把他的錾子处理完了,老李高兴地拿上錾子走了。铁匠师傅对人说:"着急,着急能把活干好?"没有过了半天，老李拿着刚才处理过的錾子又回来了，只见錾子的尖儿全断了，任何见到这个过程的人，都清楚这是怎么回事。

铁匠和厨师知道什么叫火候。

人性就是这样，你不尊重他，他肯定不会尊重你；你只要伤害了对方，对方肯定要报复你，而且报复时的分量必定加重。

老常是农民，六岁的儿子生病了，面黄肌瘦，低烧不退，不想吃饭，拉稀不断。县医院没看好，转到市医院，打针输液没少花钱。孩子的病仍不见好，老常那个着急，怀疑孩子得了怪病。别人给他介绍了一位中医，这位中医给孩子看病后，开出几味中药，买这中药只花了几毛钱。这么便宜的中药孩子服用后明显地见好，又吃了几毛钱的中药后，居然彻底好了。老常那个感激，发自肺腑的感激，他没有多少钱财感谢大夫，但是，他有一颗感恩报恩的心，他逢人就讲他遇到了神医，神医呀！医生的美名不是吹出来的，是多少感激他的人，口口相传，传颂出来的！

谁曾经得到过他人的帮助，他不会忘记；未来的岁月只要有机会，他肯定会报答。现在老常的儿子三十多岁了，也娶妻生子了，小常也常常向人讲述这个发生在他身上的故事。

人性都是这样：滴水之恩，当涌泉相报，报恩之心是人人都有的。

我妻子的一位同事，亦师亦友，她们相处不错，她生有两个女儿。二十多年前，我儿子出生后，我带上喜糖，去妻子单位请假报喜，顺路也给这位师傅报喜。我兴冲冲地进了她家后，发生了这样的对话："生了吧？""生了个男孩，六斤四两。""女孩吧，怎么不是女孩？"

诸位读者，你听了以后有何感受？当时我不由地倒吸了一凉气，刹那间觉得心脏在收缩。人和人之间怎么就这么貌合神离，处心积虑。眼前这个妇人怎么如此丑陋，连起码的礼仪都不讲了，厌恶之感油然而生。人应该顾及点廉耻吧，必须穿上衣服遮盖遮盖才能出门吧，不能明火执仗吧！人性真是不可捉摸！俗话说：画虎画皮难画骨，知人知面不知心。

慢慢地我想通了：自己高兴的事，别人不见得高兴，别人没有同你一块高兴的义务。君子同你分享欢乐，小人看见你高兴就心里难受。人性就是不甘心同事比自己强，关键时刻才能看出同意和反对。

让我们看一下生活中的某个片段：

周先生家三口人晚饭后看电视，马上就要播出某档周先生喜欢的体育节目，他对六岁的女儿说："把电视调到五频道，我要看足球比赛。"女儿斩钉截铁地说："不行！我还要看小朋友节目。"

周先生无奈，他不能同孩子抢电视吧！过了一会儿，妻子对孩子说："访谈节目快开了，妈妈看一看，可以吗？"女儿爽快地应道："你想看几频道，我给你调！"周先生感慨地看着妻女。

我们不讨论母女的感情近，还是父女的关系远。前人曰：女儿是父亲的前世情人。好多时候父女的感情要超过母女。

我们分析一下父亲就调换频道时的语气和心态："把电视调到某某频道。"这是命令的口气，女儿心中会说，即使不是女儿，换了你我或者任何人都一样：凭什么你命令我，都是看节目，你愿意看你喜欢的频道，我为什么不能？你这种命令的口气，是对我的不尊重，如果我答应了你，就是满足和助长了你对我的不尊重！谁会满足别人对自己不尊重的要求呢？你这样做是无视我的存在，无视我的权利。在这极短的时间里，孩子的内心会闪现出无数个不痛快和不高兴，她会马上找出无数个理由拒绝你！谁教她这样做了吗？没有！是人性，是本能，是血液和骨子里那种与生俱来的、老天爷赋予人的禀性！这种禀性不但孩子有，你有，我有，任何人都有！

任何人以蛮横的口气，命令他人为自己服务，都会被拒绝。好多人用这样的语气命令别人，对方应承了，那是没有办法。要么是晚辈，要么是你的部下，总之是受制于你的人，并不是自觉自愿。

这时候周先生的头脑若闪现过女人与小人一样难养的念头，那就大错特错了！谁都不会心甘情愿地被人指使，很多人都想不劳而获地驱使他人，人性是不是这样呢？

而母亲呢？她是以商量的请求的口气向孩子提出问题，孩子呢？短短的时间中她会这样想：我虽然年龄小，能力小，但是，控制遥控器的能力还是有的，我这小小的能力被认可了，我这小孩子的尊严和权利得到尊重和承认。用我这小小的能力，为你提供小小的服务，会满足我具备了为他人服务的能力。我有存在的价值，这是心灵上的荣耀，即使我马上丢下我喜欢的节目，我也会把我的能力展现出来。这会满足我内心为他人服务后，得到的高兴和快乐，这是做人的成就感，这是我被认可后得到的精神享受，这是一种生理和心理的需求，何乐而不为呢！所以我不但同意你的要求，还会为你调到你需要的频道。

现在有每秒钟运算上亿次的电子计算机，这是人制造的，也需要人操作。人脑每秒能运算多少次？谁比谁快？

用小小的能力赢得我的权利和尊严，人，是不是都是这样呢？

人都希望得到他人的尊重，这是被承认和认可的具体表现。在人和人相处的过程中，只要是谁对他人有些许不尊重的行为，对方马上就会反击。即使当时没发生，日后也会补上。来而不往非礼也，中国的老祖宗老早就总结出来了。你早先读过这样的文化课，就知道怎么应对了。人性是不是这样呢？

天底下只要是人干出来的事情，都能用人性解释通！

性本善，性本恶？随你善，随你恶！没法近，不会远。

在可知的历史中，地球上经历过多少天灾人祸？在每次劫难中又有多少人死亡？不知道！谁也说不来！凡是在这些人力无法抗拒的灾难中存活下来的人，都是强者！这些强者能够结婚生子，更是强者中的强者！所以说，今天生活在世上的人，都是强者中的强者的后代！这些强人的血液中都流淌着生命力非常旺盛的鲜血，他们继承了强者那强悍的基因。所以，强悍是人的特性之一，而强悍又是最容易伤人的矛。这些强人在相遇的时候，为了生存，为了利益必然会争斗。人类一共经历过多少代人了？不知道！人性就是这样代代相传形成的！

对人性理解得越早、越通、越透，会帮助你早日实现你的目标。

我在八九岁的时候，有一天在门口的树荫下玩耍。突然，一只麻雀从我眼前飞过，看着它的飞行姿势和高度，我断定这是一只刚刚出窝的小鸟。它不会飞得多高多远，我吼叫着撒腿就追。这只受到惊吓的小鸟飞了不远就飞不动了，落在地上，挣扎着向前扑腾，我冲过去徒手捕获了这只小鸟。

我仔细端详着手里这只小麻雀：它的嘴角泛着一圈黄，个头较一般麻雀小许多，农家孩子不难辨别出这是一只刚刚学飞的小麻雀。我双手捧着小鸟，心中那个高兴。我正在兴头上的时候，一只羽翼丰满的麻雀，尖叫着在距我头顶上方两米左右的地方盘旋，它的叫声那个凄厉，它朝着我一个又一个俯冲，想鸽我又想抓我。这一刻谁都会明白这是母子俩。这个情景让我震动，麻雀居然敢向人发动攻击，真是反了你小东西了。我一只手抓着小鸟，另一只手向大麻雀挥动起拳头，一边吼一边跳。但是，它没有鸽着我，我再跳也够不着它。我不甘心地从地上拣起一块石子向麻雀掷去，麻雀飞到了树叶丛中躲避片刻后，紧跟着又一次冲着我扑腾尖叫。

用手扔石击雀，击中也是瞎碰上的，只有神仙才有那样的手段。这只麻雀没有被我的石子吓跑，相反，它凄厉地叫着又向我俯冲过来，似乎要与我相拼。一只麻雀呀，为了救孩子，几乎是以命相搏。这就是动物的本性。

看着头上这只发疯般的麻雀，再看看手中这只不断挣扎羽翼未丰的小麻雀，我从来没有遇过这样的事情。短暂的吃惊之后，我似乎突然明白了什么，不应该这样呀，这母子俩是这样的着急和可怜。我不应该活生生地把它们母子拆散。我捕麻雀只是好玩儿，况且这只小麻雀在我手里也没有什么用，想到这里，我用了些许力气，把手中的小麻雀向树叶丛中投去。

小麻雀借着我给的力，奋力扑腾着落到树枝上，老麻雀叽叽喳喳地叫着落到它的孩子的身旁，用翅膀拍打着它，两只鸟依偎到一块儿。

那时候我不懂什么叫放下屠刀立地成佛，也不懂什么性善性恶，只是看到小鸟落入人手后的惊恐，母亲看着孩子被人掳去后，那样的玩命，其景真不让我忍心。

捕鸟出于好奇，放鸟因为同情。今天我再一次写到"恻隐之心，人皆有之"时，我的心中真正地又一次发出感慨。人性呀人性，实在说不清。

麻雀会不会因为雌雄的不同而有不同的特性呢？若说有的话，雌性会比雄性多一分精心护雏的本能，在麻雀妈妈的呵护下长大的小麻雀，一定会报答它的妈妈。人，是不是也是这样呢？

二十二、曹操与人性

说中国历史，若不提曹操，那几乎是不可能的事情，或者说莫大的遗憾。在中国，曹操几乎是个妇孺皆知的人物。综观曹操的一生是非常有意义的，是典型的男子汉奋斗进取从而辉煌的一生。他散家财，募义兵，身经百战，出生入死；从不过千人的军事首领，发展成统一北方的枭雄；他在北方组织屯田，兴办水利，用人唯才，大力发展经济。最终他没有称帝，却是魏国事实上的创始人。

很多当了皇帝的人，老百姓都没有记住他的姓名，而曹操没有称帝却有这么高的知名度，这究竟是什么原因？就一般老百姓而言，是小说三国演义，把曹操的知名度提高的。在那没有电视没有广播的漫长岁月中，老百姓总要有点说道的事情，曹操就是很好的话题。

读史书，谁都能发现，历史上真正的三国，是在曹操逝世以后形成的。孙权刘备早就有称帝的想法，然而，面对实力强大的曹操，他们只能趁早打消念头。

中国人为什么会对曹操如此感兴趣呢？看老戏，舞台上曹操的形象总是个白脸，窃以为：一旦展现出曹操光辉的一面，就会把"宁可我负天下人，不能叫天下人负我"的大奸相抬高，无形中鼓励了世人做坏事，破坏了社会的安定团结。久而久之，民间就有了"白脸曹操"的俗语，再以讹传讹，白脸曹操就不是个好东西。小孩子一说曹操，就说他是坏蛋，"白脸"常常冠在前面。

白纸上首先给你画上了"白脸曹操"是个坏蛋的图画，你若改之太难了，长大后好奇地想知道他的脸究竟怎么个"白"法。

少年时看三国演义连环画书，影响最深的是，曹操报军粮时说谎话。一年级的课文上有"说谎话的孩子"，这样的孩子不是好孩子的印象，已经根深蒂固了，曹操说谎话自然就不是个好人。当看到火烧赤壁的时候，这个阴险狡猾的白脸曹操吃了败仗，不免拍手称快，那是由衷的高兴。

青年时看完三国演义后，觉得罗贯中有偏心，明显地抑曹扬刘，连章节上都是：奸雄数终。诸葛亮神机妙算，六出祁山，北伐中原，怎么都没有成功？而且连吃败仗？看完以后，不免掩卷长思！

小说这样写，是为了吸引读者，不必把其当真。但是，总有一个结，系在心头，长时间解不开。

"宁可我负天下人，不能叫天下人负我"这句话出自《三国演义》，究竟是不是出自曹操之口呢？

20世纪60年代公开发表毛主席的三十七首诗词，我背下来不少。"文化大革命"的时候，背毛主席的诗词顶了背语录，当初是囫囵吞枣，随着年龄增长，不免反复咀嚼。"秦皇汉武，略输文采。唐宗宋祖，稍逊风骚。一代天骄，成吉思汗，只识弯弓射大雕。"大部分人知道这是毛主席的词《沁园春·雪》中的名句。毛主席伟大，我是由衷佩服。毛主席诗词中表现出来的气势，无人能及。有人评价这首词是中国诗词中的一个高峰。其实毛主席就是一座高峰，他的军事才能，文学才华，洞察人性的才能，都是中国历史上罕见的高峰。秦皇汉武唐宗宋祖成吉思汗，都是中国历史上的高峰。说句大白话，毛主席评价这些人时用的词是略输稍逊，意思是显而易见的，却对曹操流露出溢美之情。有词为证："往事越千年，魏武挥鞭，东临碣石有遗篇，萧瑟秋风今又是，换了人间。""东临碣石，萧瑟秋风"，出自曹操的诗词《观沧海》，毛主席引用到自己的诗词中，试想：对一个自己瞧不起的人，谁都不会这样做！魏武挥鞭，完全可以写成曹操挥鞭。

这些名垂千古的人，我等草木之人，没有资格对他们说长道短，只是想从人性的角度说一说自己的看法。

年龄稍大后，翻看《资治通鉴》，遗憾的是至今没有安下心来认真地通读一遍。然而，有关曹操的章节，我是特别认真地读了。司马光这样评价曹操："王知人善察，难眩以伪；识拔奇才，不拘微贱；随能大师，皆获其用；勋劳宜赏，不吝千金；无功施望，分毫不与；用法峻急，有犯必戮；雅性节俭，不好华丽。故能芟刈群雄，几乎海内。"

曹操去世八百多年后，司马光如此不吝笔墨，全是褒扬之辞，评价真高！完全有理由说，曹操是个真正了不起的人物！司马光对曹操说好说坏，不必担心被杀头，他不会讨好曹操，获得奖赏。

罗贯中是元末明初人，他应该读过《资治通鉴》。一部《三国演义》给曹操泼了不少脏水，使其形象大打折扣。

易中天先生对曹操的评价更是直白痛快："聪明绝顶，愚不可及；坦率真诚，狡诈奸猾；豁达大度，疑神疑鬼；宽宏大量，心胸狭窄；大家风范，小人嘴脸；英雄气派，儿女情长；阎王脾气，菩萨心肠；有仇必报，不择手段；唯大英雄真本色，是名士自风流。"

我要说得是这里的小人嘴脸。小人嘴脸是什么样？尖嘴猴腮，贼眉鼠眼？生得好坏是父母的遗传，再说回来，人的长相和是不是小人没有必然联系，不是定数！我觉得易中天先生说得小人嘴脸不是指曹操的长相，应该说得是曹操的做派或者德行。

知道曹操的人，都能在自己心目中为他画一张像，也能为小人画一张像。曹操究竟是英雄气派还是小人嘴脸？

中国历史上朝代更替，造反派推翻前代皇帝，自己当皇帝的事情太多了。这些改朝换代的皇帝有几个留下骂名？其实也不怕留下骂名！曹操没有称帝，反而留下了骂名！他不是没有推翻汉献帝的军事实力和政治实力，相反，他却"挟天子以令诸侯",称王不称帝,究竟为什么?

东汉末年,政治腐败,灾祸连年。京城内竟然出现了卖官场所,甚至连三公九卿的高官也卖,买官的钱从何来?只能拼命地搜刮百姓,人民的生活是非常困苦的,"人食人"的事情屡屡发生。老百姓被逼得无路可走,便纷纷起来造反,终于爆发了全国最大规模的农民起义——黄巾起义。

数十万农民组成的黄巾军打了很多胜仗,攻占了很多郡县,对东汉都城洛阳形成包围的势态。东汉皇帝十分害怕,急忙调集外地军队保卫京师,镇压起义军。各地的黄巾军先后被东汉政权镇压下去,然而经过几个月的起义军冲击,东汉政权已经摇摇欲坠,名存实亡了。就是在这样天下大乱、军阀混战的情况下,曹操登上了历史舞台。

乱世出英雄。其实,乱世苦人民,乱世也苦英雄。英雄好当吗?曹操可是死里逃生:两次在战场上中箭;改名换姓,逃亡的路上被捕;坐骑受创,险些摔死;多次战败,命悬一线。

曹操是真正的战士,一生征战不断,他的一生也是令人赞叹。他之所以活在人们的心目中,因为他是永垂不朽的男子汉。曹操的故事激励着我们,鞭策着我们,同时也提醒着我们:成败、荣辱、得失、毁誉等等,都是人生必须面对的问题,他的一生就是想成就一番事业之人的一个参照,一个缩影。世界上没有一帆风顺的事情,没有常胜将军,没有一成不变的君子,没有从始至终的小人。曹操的军事谋略、政治业绩、文学才华,后来人有几个能望其项背?挑眼、指责、说闲话,张口就来,有本事干几件漂亮事,让后来人称颂。我要为曹操加上一句:从善如流。一个人的能力智力有限,每当曹操在军事上政治上遇到进退的关键时刻,他能集思广益,博采众长。官渡大战之前,敌众我寡,初战不利。曹军兵少粮缺,士卒疲乏,叛逃者不少。曹操也动了撤军的念头,存亡时刻,是荀彧为他分析了形势:这个时候谁若坚持不住,首先撤兵,谁就是失败者。是呀,人生好多时候就是咬着牙挺过来的。曹操正是听了荀彧的建议,坚定了他的信心,又听了许攸奇兵袭乌巢的建议,才取得官渡之战的胜利,奠定了统一北方的基础。

公元213年，曹操计划恢复肉刑，那是汉朝之前的刑法，如：砍掉偷盗者的手或足，或割掉耳朵等等，其残酷的程度可想而知。

乱世用重刑，古来如此。曹操也是想尽快治理好天下，所以欲采取此法。但是，在征求大家的意见时，好多人表示不同意，他尊重了众人的意见，取消了恢复肉刑的计划。

天下国家，本同一理。国和家在向何处发展的关键时刻，没有人给你提出正确的建议，或者说决策人没有采取正确的意见，后果是不可想象的。

曹操在清理官渡之战的战利品时，发现部下通敌的书信。有人建议追究，一追究就要杀掉好多人。曹操却说：面对当初强大的敌军，我都不知道能不能自保，何况其他人。说人性，按常理，曹操那阎王脾气能容得下通敌的部下？不是！他知道，君子饿的时候想吃饭，小人饿的时候也想吃饭。

人性就是这样，充满伟大和卜抽；世界就是这样，充满光明和黑暗。战争岁月不用"小人伎俩"，不是失败就是灭亡。和平年代不用"君子风范"，社会不会安定和谐。没有吃过败仗、挨过敲打的人当不了将军。

我们这座城市里有个地名叫洪城河。相传，春秋战国时，这里发生过激烈的战事，攻城将士的鲜血把护城河都染红了，可以想象其惨烈的程度。

三国志的作者陈寿这样评价曹操："非常之人，超世之杰。"确实是当之无愧。

人性的两重性都会在每个人的身上显现，会说话的成年人，有多少位没说过谎话？每个人在成长过程中，都多多少少做过帮助别人的事情。

公元219年，孙权派人进贡，上书称臣与曹操。江南这么大的军事集团支持你当皇帝，这是顺手的事，何乐而不为，有人想当都当不上。曹操却不为所动，反而拿着孙权的上书给大伙看，同时说："这小子是想把我放在火炉上烧呢！"不屑之情，溢于言表。从这里可以看出曹操心如明镜。

皇帝继位，都会在朝野引起一番动荡；何况"名为汉相，实为汉贼"万人瞩目的曹操。他一旦称帝，肯定会引起社会的混乱，就会给那些拥兵一方的诸侯以口实，引起战争。不当皇帝相对地有利国计民生，有利于社会稳定。我们不能不佩服曹操心系天下，为大众做出的贡献。

曹操的一生丰富多彩，纵横驰骋，战官渡以少胜多，诛孔融何惧骂名，败赤壁千古遗恨，赋诗篇尽显风采。

《三国演义》中曹操说的那句话，给我们一个警示：一个人做得漂亮事，天下人可能会忘记。但是，一个人若说了难听话，这就是你受攻击的把柄。给一个叱咤风云的英雄涂抹成白脸，而且是奸猾的代名词，遗憾不？！

"宁可错杀三千，不可放过一个。"这是蒋介石当年的政策，狠毒残忍可见一斑！就有人说这样的话，办这样的事，就有这样的人性。

极端，中国历史上对仇敌就是采取这样的手段。掘祖坟、鞭尸，死人都不让你消停，这些事都记录在史册中了，让后人知道了，也学着干。

某人走了，由于种种原因找不到他的遗体了，人们会把他遗留的帽子和衣服埋在一个坟墓中，以示纪念。也有用木头雕刻成像，再安葬的先例。那些为民族做出过贡献的人，即使走了，也要建造塑像供人瞻仰。为什么呢？发扬你的精神，彰显你的功绩。（应该把这些纪念性的塑像安放在室内为好，放在室外，风吹日晒雨淋，尊重的程度上似乎打了些折扣）我也听到这样的说法：那是糊弄死人，遮活人的眼。但是，人性就是这样，用这样的方法表达心中的怀念，让逝者安息，让生者安慰，让后来人明白，多做些有益于国家，有益于民族的事情。

刘备虽然称帝了，他死后的香火为什么没有诸葛亮的香火旺呢？只能说明怀念诸葛亮的人比怀念刘备的人多。诸葛亮生前是鞠躬尽瘁，为了国家的利益，为了老百姓的利益操碎了心，他才能留下这样的口碑，让一代又一代人景仰他。如果他贪污腐败，他死后也要踏上千万只脚，叫他永世不得翻身！

铁木真屠了多少座城，他手上的"血债"估计比曹操的不少，后来人忘记了他的名字，反而记得成吉思汗（蒙语：像海洋一般大的皇帝）。曹操为什么落了一个白脸的"美名"，这可能与《三国演义》中"宁可我负天下人，不能叫天下人负我"这句话有关系。着实可恶的一句话！

这就是中国的传统，这就是中国的文化，好人坏人都有个说法，君子小人都有个位置。

这就是《三国演义》那句话，给我们后来人最大的启发。

曹操会说那么傻，那么不符合人性的话吗？你敢对不起天下人，天下人为什么不敢对不起你，怕什么不敢？

曹操说得那句话既狠且劣，因为他敢于对不起天下人，所以天下人不会给他说好话。谁若为他说半句好话，岂不是做了这个又狠又凶的小人的帮凶，天下人也给你的脸上涂上白，那不是自找倒霉。

其实曹操没说那句话，《三国志》里面见不到，《资治通鉴》里也见不到。

那些流芳百世的人都有超人之处，那就是对人性洞察的深度常人不及。

一个敢对不起天下人的人，这是明显的与天下人为敌，天下人会怎么样对你？这是很明显的，而且还敢对人表白，那是自绝于人民，自绝于党，谁还敢和这样的人打交道。你一个人的力量能成就什么大事，这是任何英雄豪杰都明白的一个简单道理。

谁对不起我，我就对不起谁，这是极其简单常态的人性，也是一个谁都攻之不破的千古定式。

二十三、小儿身上最显天性

　　看一个满脸笑容蹒跚学步的孩子——这种情景也常常见到,当孩子试图迈开步子时,孩子的母亲——所有的母亲都是这样——都会双手卡在孩子的腋下。当小孩子能独立迈步时,其母亲也许在一定的距离外,拍着双手呼唤鼓励孩子,看那母子脸上的笑容是何等的灿烂。我们常常看到孩子独自摇摇晃晃地走出四五步时,其是何等的高兴。你注意观察,这个时候,做母亲的伸出双手,在孩子的前后左右护着,一旦有个长短,很快能保护孩子,生怕有个闪失。你看吧,此时的孩子往往是推开母亲向其伸出来的双手!就这个动作,不是一个孩子这样做,奇怪吗?为什么呢?那个动作没有人教,自己怎么会做出来呢?希望独立,希望自由,展示自我。这就是与生俱来的人的本性。这是每个正常人成长过程中都要经历的事情,这是"女子"养育"小人"时常见的图画,在这个时候,谁会说唯女子与小人为难养也呢?

　　当孩子能走三四步时,当母亲的常常在五六步以外的地方,拍着双手呼唤孩子,而孩子呢,常常是突破自己以前的"记录",扑向母亲的怀中。奇怪吗?为什么呢?母亲鼓励孩子超越自我,孩子也常常能超越自我,创造新的"纪录"。

超越过去，创造新的成绩，这就是人的本性。

究竟什么是人性？窃以为：潜藏于人类心灵深处的那份与生命一直相伴的需求和欲望，人类在几百万年漫长的进化岁月中自然形成的本能。这种本能有其有利的一面，也有有害的一面。人性中有助人为乐，同时也有好逸恶劳、妒忌贪婪。

人类当年曾经是茹毛饮血的动物，这个阶段究竟经历了多么长时间，现在很难说清楚，留在人类身上有多少野蛮的基因？通过五千年文明岁月的进化，把野蛮基因和分子都退化掉，那是完全不可能的！

今天的人看一看几十年或一百年前的老照片，会感觉到当年的落后。人类社会再发展几百年一千年，那时的人将会怎样生活？很可能比今天更加现代化了。那时的人看到今天流传下去的东西，也会觉得过时。人类就是这样，一步步地从野蛮原始向文明和更高级的阶段发展。

人性是在几百万年的进化过程中自然形成的，属不属于自然属性呢？在那漫长的进化岁月中，族群中艰难困苦的任务多由男人承担。为了生存，在同野兽的搏斗中，在同恶劣环境的斗争中，你必须刚强和勇敢，你必须冲锋在前，你必须承担起保护老小的责任。久而久之形成了男人刚烈强硬的性格。同理，女人在进化岁月中承担了生儿育女的任务，同男人相比，她需要更多的一分细心和温柔。一个怀孕的女人去同野兽搏斗，她肯定没有壮汉那样的身手；一个大男人去照顾孩子，肯定没有妇人那样细微周到。母亲的基因要遗传给儿子，父亲的基因也要遗传给女儿。每一个生命都是重新"中和"以后，以全新的面孔出现。这种特性或者基因，不能说男人对女人错？更不能说女人像小人一样难养，男人像君子一样好养？因为基因是不会分小人和君子的！那个年代虽然没有基因这一说，但是，父母遗传给子女的"物质"是人人知道的。孔老夫子连个这样的道理都不懂？笑话！那句话的玩笑弄得有点忒大了！

我家邻居刘嫂领着两岁多的小孙子过来玩，我找出我儿子小时候的玩具给她玩。这次来了以后我又逗她，我把她的小汽车装在我的口袋里，装着不给她。孩子着急了，向我示威："我把你家的小恐龙拿走了。"旁边的几个大人面面相觑。谁也没有教她那么说呀！是呀，这几天小恐龙怎么看不见了，我也没在意，原来是这个小家伙闹的演义。我跟着问道："还拿走什么了？"孩子道："没有了。"我说："那我报告警察，把你和你奶奶抓走！"孩子着急了。

孩子走后让你翻腾，没有谁教她这么说话，童言无忌！不一会儿，刘嫂领着孙子又来了，刘嫂着急地对我说："我用针扎了她的手，让她长点记性！"孩子给我送回了小恐龙并道了歉。

我不是得意自己胜利了，我的心情十分矛盾，我为刘嫂教育孩子的方法即欣慰又难过！

这件事让我久久不能忘怀。谁家大人也不会教自己两岁多的孩子，去拿别人家东西。孩子把拿了我家的东西，作为一个砝码向我示威，原因是不甘心被你欺负，是因为你拿了我的东西，我也是用你的方法向你回击。抗争，搏击，这就是人性。

小孩子无知，小孩子自以为聪明，小孩子的行径有时候可耻又可恨，伎俩可笑！小孩子也知道你我，小孩子也知道保护自己的东西，小孩子受到欺负时也会自我保护。谁会和小孩子一般见识？谁没有在小的时候干过蠢事？谁不是从小长成大人的！

古人说：小儿吐真言。小孩子没有那么多的花花肠子同你弯弯绕。仔细观察小孩子的行为和语言，你会发现人性中的光芒和丑陋；你能感觉到人性中那些最本真的东西，在他们身上的展现。

两个两三岁的小孩儿在一块儿玩耍，某一个不小心摔倒时，另一个会去扶他；当一个哭的时候，另一个会去哄他，并帮他擦眼泪。没有谁教孩子这样做，同情和怜悯之心，也是与生俱来的。

老张家两个儿子同年先后结婚，第二年得了孙子孙女，张老太太那个高兴。孙子长到快两岁时，这一天突然问奶奶："我有鸡鸡，妹妹为什么没有？"这个问题一下把奶奶问懵了，等了片刻才说："等你长大就知道了。"孙子还是没有弄明白，茫然地看着奶奶。又过了几个月，孙女也会说话了，开口问奶奶："哥哥有鸡鸡，我为什么没有？"老太太又搪塞孙女："长大就知道啦。"孙女不干了："不行，我现在就要。"老太太把孙女抱起来，哭笑不得地说："好孩子，这我可办不到！"

  这是每个懵懂初开的"小人"都会遇到的问题，都会向大人提出来。这是每一个成年人不想多谈论，却怎么也绕不过的，而且又说不清的话题。对小男孩来说，好像有点得意，还有几分优越，所以，往往不会深究。对小女孩来说，这是个想不通的问题：都是一样的人，凭什么你比我多长个鸡鸡？不公平！

  比较的手段，公平的概念。优越的常常得意，缺失的往往怨恨。没有人教就会的。大人们在这个问题上，也是非常纠结，是个理不出头绪的问题。

  得到的，有几分骄傲；不公平，内心知道痛苦。人性是不是这样呢？

  宝宝的妈妈在城市的学校当老师，姥姥家在山村。为了给一岁半多的宝宝断奶，把孩子留在了姥姥家。这天，一转眼，宝宝不见了。家里院里都没有，大门外也看不见，姥姥着急了，呼唤着宝宝。声音惊动了四邻，邻居们谁也没有看见孩子。把小外孙弄丢了，这可怎么办，越发让老太太着急了。不知谁说了一句，到河边看看。姥姥家到河边有一段距离。当她来到经常洗衣服的地方时，只见宝宝一个人孤零零地站在河边，双眼出神地盯着河水。总算找到孩子了，老太太长长地出了一口气，哆哆嗦嗦地来到宝宝身边，什么话也说不出来。孩子呢，看到姥姥后，反而手指着河水，忧伤地说："妈妈，妈妈！"

  之所以如此，是以前妈妈不止一次领宝宝来这里洗过衣服。一岁半多一点的孩子，没有人教，就会这样。人性呀人性，真不可思议！

  我从小跟着姥姥长大，姥姥家大门里并列着两座院，前院老太太家门口的猪圈里养着一头猪。太行山农民家的猪圈，好多都是在地面挖个大坑，三面用石头砌好，另一面再砌个猪舍。记得我六七岁时，这天出门后内急了，就往人家猪圈里洒水。说来也巧，那头猪正在水口下面，温水浇下来，这东西也不躲，似乎被洒家淋得很舒服。我觉得很好玩，以后路过这里，只要是四下无人，总要到这畜牲身上炮制炮制。这一天，再一次潇洒恶作剧时，前院的老太太突然出现在我身旁,让人家抓了个现行:"原来是你个小鬼作践我家的猪。"我不甘心,开始抵赖:"它愿意让我给冲一冲。"老太太道:"你倒做下有理的了?看我告诉你姥姥抽你的筋!""告就告,还要给你家弄!"我喊叫着逃跑了。

小人的行径,小人的嘴脸。没有谁教我这样做,只是觉得好玩儿!只是为了满足心中的好奇!

我的一位小学的同学脸上和手上有明显的疤痕,谁都知道那是他小的时候,大人没有看护好,意外烫伤落下的,他那终身残疾令人惋惜。有的同学拿他调侃,反倒叫他"疤小",说来不应该。

小孩子什么都不懂,什么都不怕,在他能独立活动后,什么都想动,什么都敢动,他不知道什么叫危险,由此引起的伤害屡见不鲜。小孩子的某些行为让人无奈,也很痛心!

我们小区内有一对三周岁左右的双胞胎,这天小哥俩又在小区门口不远处玩耍,其中一个拿着小木棍不知在捅什么。女门卫看见后吼喝道:"又捅什么呢?""狗屎。""谁捅呢?等我把他关起来。""弟弟。"

眼前发生的一幕不由得让你震惊,没有谁教他这么说呀!童心天真,毫不掩饰,毫无顾忌,这是人性中最本真的一页。人世间最亲密的双胞胎,他说的究竟是事实的真相,还是为了保护自己。"出卖"同胞弟兄,这是不是真正的小人嘴脸?

小人的本意之一就是小孩子,洪荒,无知,自私等。小人的引申意就很多了,由你去想。小人常常不顾忌法律和文明,按与生俱来的本性处事,一味满足私欲。

小孩子无知,小孩子可怕,小孩子不管什么好赖对错,小孩子的破坏力极强!小孩子的言行就是人性的真实写照。

天地玄黄,宇宙洪荒。天地宇宙开始的时候都是这般模样,都有过这样的经历,何况人乎?每个人的"玄黄洪荒"阶段,就是"成人"之前的那段时间。

我们成熟了，是因为经历过磨难；我们胜利了，是因为无数先烈献出了生命；我们的电灯泡亮了，是因为爱迪生经历了千百次失败的试验。

学习《论语》和《诗经》时发现，春秋时期及其以前的古汉语中，尔、汝、女、君等第二人称代词，你把这些代词互换一下，字换了，意思没有变，照样成立。但是，你把《诗经》中出现的几处"女子"所指的人，置换到《论语》那句话那里，你会感觉到明显的不通！字不通，意思不通，这是为什么呢？解开这个为什么，结论就有了。

一个人说个别女人的坏话不要紧，如果你把天下所有的女人都攻击了，你一定不能在这个社会上——包括任何时代——好过。你的领导、同事、对手、敌人、学生等等，与你有关系的一切人，他们都有母亲、妻女、姊妹，你说了这样的话，他们能善罢甘休？

中国人常常为五千年的文明史而引以为自豪！人类有过多少年的野蛮史？人性会因为人为地划一条野蛮史和文明史而断开？分个界线？

人性是在漫长的自然进化岁月中逐渐形成的。人性不能划分为文明本性和野蛮本性吧？也没有高级本性低级本性之分吧？！

人类的祖先究竟是天造地化的还是从伊甸园走出来的，谁也说不清楚？根据百科全书的说法：大约在两千三百万年到一千八百万年前，在热带雨林地区和广阔的草原上，有一种古代灵长类动物——森林古猿——活跃在那里，它们是人类最早的祖先。根据有关出土化石和出土骨骼的检测推断，我们现在模糊地知道，五百万年前最初的人科动物已同猿类分别开来。现在知道，至少五十万年前，人类已经开始使用火。现在已经清楚地知道，二十万年前的人类已经有了明确的营地，他们穿衣熟食、集体生活，文化形态也更加完善。

我们看一下这里的用词：大约、推断、模糊地知道。

从"攀树的猿群"到"完全形成了的人"，自然进化过程经历了一千万年以上。溯本寻源你只能寻到这里，这可能就是所谓的"玄之又玄"。

我们今天的每一个人，都是经历一代又一代繁衍延续下来的。今天的任何一个人都是经历了至少十万代人的繁育链条——实际是多得数不清——的传递，才有了今天的你我他和她！每代人如何生活的？说不清了，越远越说不清。

当下，百科全书上的说法就是根据，因为找不出更科学更有力的证据，让我们记住一千八百万年前的"森林古猿"。

一百五十多年前，达尔文划时代的巨著《物种起源》问世后，在世界上引起激烈的争论，很多人根本不相信人是由猿进化而来的。今天，假如某个受过教育的人，不知道人是由猿进化而来的这个理论，一定惹人发笑。

人类从出现到现在，走过十分漫长的道路，经历过十分残酷的搏杀，至今依然十分艰难地生活。不论"攀树的猿群"，还是直立行走的人，这种动物一直是群居。只要是群居动物，谁都要遵守这个群体的生活规则，否则，你就没有办法生存。

当年不论是生活在森林中的猿人，还是后来生活在草原上的类猿人，生活的条件和环境太险恶了，独立的某一位根本无法生存下去。无数的个体用生命做了教材，才使同类明白了一个道理，这种动物必须团结起来，互相保护，依靠集体的智慧和力量，才能生存下去。在这个族群中，幼小的老弱的是被保护的对象，健壮的你要承担起保护大家的责任。现在已经说不清，人类经历过多少代和多少位祖先，才延续到今天；说不清多少位直系祖先，多少次得到同类的保护和同伴的关照，才化险为夷；说不清多少次同来犯者战斗。说不清这些经历，在各位祖先的身上产生了多少影响和变化。经过一代又一代的传承和进化，才使这个族群成了地球上的霸主。今天，每一位正常活着的人，虽然说不清自己的多少位祖先曾经的壮烈故事，但是，能说清的是：每个人身上的基因和人性，都是那些多少代的远祖累积起来传给你的，所以说全人类心心相印，一点也不过分。基因中的爱恨情仇等等内容太多了！所以说人性没有高低尊鄙之分。

丛林中生活的古猿就要遵守丛林法则，弱肉强食，无数血淋淋的事实教育了各种动物，要么你吃掉对手，要么你被对手吃掉。

二十四、难寻根源

　　日本人侵略中国时，一位母亲抱着一个，拉着两个孩子回老家避难。山路崎岖，羊肠小道，实在走不动了，叫天不灵，叫地无声；也实在没有办法了，只能忍痛把抱着的孩子用小棉被包好，放在路边，可能的话再返回来领，不可能的话也就说不来了。天黑后，这里是狼出没的地方。当母亲的流着泪，拉着两个会走的继续赶路。

　　过了好久，山路上过来一对父女，十一岁的女儿发现了路旁的小棉被，里面的孩子还有呼吸，她觉得小棉被非常眼熟，好像在自己家里见过。凭着一种直觉，也凭着一种恻隐之心，便执意要把这个孩子抱回去。好不容易把孩子抱回家，家中回来不久的婶婶还在流泪，她看见这个小棉被和孩子后，才破涕为笑。

　　我讲的绝对不是天方夜谭，这个襁褓中的男孩儿，就是我的一位堂叔，他至今健在，曾经获得部级科技奖，享受国务院突出贡献者津贴，他的三个儿子先后获得硕士学位，一个比一个有出息。

　　没有当初，哪有今天？这是说得来的事情，说不来的有多少？过去曾经被狼吃掉了多少人？

侵略和反侵略，追杀和反追杀；多少次迁徙，数不清的艰难；死亡边缘的挣扎，挣扎中的无奈，无奈中那痛苦！血泪筑成长城长，长城脚下谁知道有多少血泪？

　　每个人的一生，都是一部十分精彩的电视连续剧；有些事你知道，有些事你连知道都不知道就完了。

　　商朝是一个奴隶制的王朝。以商王为首的大小奴隶主贵族是最高层，之下设有司徒、司马、司寇等众多官员，构成了商王朝的统治机构，并且有一支庞大的军队。奴隶主视奴隶为"畜民"，可以任意杀戮；奴隶主贵族死了，要杀奴隶殉葬；建筑宫殿、宗庙，要杀奴隶祭奠；祭祀祖先，要杀奴隶人祭。

　　人类社会的文明，就是在这洒满鲜血的土地上建立起来的。

　　画一张图表，看一看每一位独立的人是怎么回事，每个人有多少位祖先：

世系图表

（世系）		（人数）	（辈分）
（六）―――――――――――――――――――――――		32	曾高祖
（五）｜―｜ ｜―｜ ｜―｜ ｜―｜ ｜―｜ ｜―｜ ｜―｜ ｜―｜		16	高祖
（四）父｜―――｜母 父｜―――｜母 父｜―――｜母 父｜―――｜母		8	曾祖辈
（三）　　父｜―――――｜母　　　父｜―――――｜母		4	祖辈
（二）　　　　　父｜――――――――｜母		2	父母
（一）　　　　　　　　｜本人		1	本人

　　看了这张图表后有的人可能会说：太简单了，谁都知道人是父母生下的，父母是由父母的父母生下的。是的，我要说的是：从你这里上溯不要多，五代人——你上面的五辈人，再多也可以——你能全部说来吗？

　　我们生活的周围，四世同堂的人家不少，偶有五世的；除了自己，往上的五辈人共有62位，这62人都与你有直接的血缘关系；再往前增加一辈，将会增加64位，这126位与你也有直接的血缘关系。六辈人就这样，如果再增加六辈将会增加多少人？不困难，谁都可以算一算，结果呢？不可思议！

由这张图表可知：想过去，清清楚楚一丝不乱；看现在，模模糊糊一成不变；瞻未来，马马虎虎一筹莫展。

每个人都是这么来的，谁能说清楚谁对你的影响最大？人性就是这么来的，谁也左右不了！

这是一张非常简单的算术图表，每个小学生都会画，都能继续画，也都知道其中的道理。但是，这也是一张复杂无比的图表，续不了多少，你马上察觉，涉及生命、人性等问题，没有办法解答，也没有人能解答。我们都是这样来的，始祖从何而来？说不来，可能是从遥远的地方！我们将往何处去？不知道，可能是美丽的天堂。

人体内的基因就是这样叠加起来的，一代又一代传下来，说不清经历了多少代。从而形成这么个东西，人类称之为人性。

看着这张图表让我们想：不要说得太远，就说一万年前：今天多少个姓氏的远祖可能曾在一个岩洞中生活；他们可能是同一个父亲也可能是同一个母亲的后代；也可能甲吃了乙捕获的猎物才生存下来，才有了后代。猿人或类猿人是人类的远祖，祖祖辈辈就是这样群居，这样相依为命，这样携手走过来的。

所以说，那些小人做派，君子风范，眨个眼背后隐藏的东西，我们依稀见过，似曾相识，却怎么也想不起来，然而心里面却是清清楚楚。因为每个人体内的鲜血，是从极远的年代流下来的。人性就是这样诡秘，又这样一目了然，却这样不可思议！

有了君子和小人的概念才多少年？人类不会因为想当个君子，怕指责为小人，而改变自己的特性和生存方式，其实根本改变不了！他们依然如故地生活，依然我行我素，竞争、搏击、抗争，为了生存，为了提高生存质量，甚至不择手段。

谁也别说自己比他人有多么聪明，一晚上不睡觉，好多事情就想通了；没有想通的，想两个晚上试一试。

人类自以为当了地球上的霸主，其实不然，今天好多事情，人类还是逆来顺受，听天由命。

短时间内地球不会毁灭，那些这样和那样的关于地球毁灭和人类的末日之预测，都是无稽之谈。短时间内人类不会消亡，还会一代又一代传下去。人类的基因也会往下传，不会有大的改变。人性呢？只要是有人就会有人性。你能适应了生存的环境，你就多活几天，若适应不了，早早地化作一缕青烟，找孔子去求教。谁也不用操那个心。

人这一生，谁的精子和谁的卵子在什么时候相遇并结合？完全没有定数！即使精卵成功结合，没有谁能保证，一定会生产出一个正常的孩子。虽然有规律可循，但是结果完全不可预测！以此为据，说明一个问题：每个生命都是独一份。所以呢，性本善、性本恶之说，敢不敢、能不能推翻？人就是这么个自然产物，你说他个天花乱坠，他还是个那样！

从上面这张图表上看看人性和基因吧：累计、叠加、排列、组合，再累计、再叠加、再排列、再组合，无穷无尽！一样？又不一样！不一样？又一样！

每一条竖线代表一个生命，从这些数不完也数不清的生命中，让我们渐渐地，慢慢地明白：假如你上面的某一辈的某一位，在其生命还没有成人的某一天，发生意外而牺牲了，其后面的人将不会存在，那样还会有你或我吗？这就是自然界，你我都是自然界之一分子，你我就别幻想有什么超自然的能力，侈谈什么超级高手，吹嘘什么叱咤乾坤。

女子怀孕后，想得最多的究竟是怀了个男孩还是女孩；孩子的模样像父亲还是像母亲，大眼睛还是小嘴巴；最担心的是怀上个怪胎。然而一点办法也没有，这些都由不了谁，以前只有等孩子出生后才知道性别；她肯定不会想，自己的肚子里怀的是君子还是小人。

当我们还是母亲腹中胎儿的时候，假如遇上了海啸或地震，那样的灾害对母亲会产生什么影响？如果她走了，我们也只好跟着上路；如果她受到好心人的帮助，坚强地活了下来，那么遗传给我们的基因中，必然多一分坚强和感激；也可能这种感激的基因，就是我们今天乐于助人的原动力。

地球上自从有了人类后，地球上所有的灾难对人类都会有影响；祖先遗传给后代什么样的基因，谁也左右不了，每个人都是如此。

画出这张图表后让我感慨万千，好玄呀，真是玄之又玄！来到这个世界上的每一位都不容易！我的祖父或者曾祖父，可能参加过抗日战争，一颗流弹或者一颗炮弹差点儿让他驾鹤西游。我的祖母或者曾祖母，也可能被生活所迫，有毒的野菜险些让她香消玉殒。我的外祖父或者曾外祖父，可能在运货的山路上，与土匪短兵相接后侥幸地活了下来。我的外祖母或曾外祖母，可能在砍柴的山坳与饿狼相遇，而劫后余生。先辈和长辈们都经历过数不清的灾难，即使和平年代也遇过非典、禽流感、埃博拉和海啸等等这样那样的灾难。冥冥之中多亏老天爷的保佑，他们才从灾难中挺了过来，才结婚生育，才有了你我的今天！

先辈们曾经有过这样那样惊心动魄的故事，听了之后，侥幸之情油然而生。真侥幸呀真侥幸，感谢那位主宰人类命运，保佑我们平安的难睹其容的天神。

活着就是幸福和幸运！我们应该庆幸，每个活着的人，都应该庆幸自己能够呼吸到新鲜的空气，享受到太阳的温暖，感谢历代每位祖先的坚韧，感谢生生不息百折不挠的生命力。难道我们不惊叹大自然的奇伟？

画出这张图表后我派生出一种莫名其妙的惆怅！就差那么一点就不会有我，差在什么地方了？不知道！每个能看懂这张图表的人不知你有什么感想；再仔细一想，其实也没有什么，佛家的话总结得好，生我之前我是谁，生我之后谁是我？每一个活着的人都是如此，都是自然界进化过程中的一分子，这一分子是从母亲——也就是从前说的妇人或匹妇的腹中组合生长而来的，将来呜呼分解后再往何处去，不知道。

男人出淤泥而不染，女子就染了？没有这样的道理！

地球上太多的事情，人类不知道，搞不清罢了，但是，其确实存在。人类能说清楚自己是如何走过来的时间不过五千年，五千年前呢？不太清楚，只能是据说，猜测，也可能是瞎猜。一千年前秋天的好多细节都说不准了，《清明上河图》上面人的穿戴和器物就是个参照。

年轻的时候谁都想豪气冲天，也曾想乘风破浪；慢慢地慢慢地，岁月的霜雪把你美丽的脸庞磨砺出一道道沟壑，你知道了什么叫实事求是，什么叫脚踏实地。

成年人谁都听过或见过，太多的灾难夺取了身边的亲人或熟人的生命。解读这张图，其中所列的与你有直接血缘关系的人太多了，谁能说哪一位的影响重要，哪一位不重要？能说你继承了优秀和机智的传统，丢弃了愚拙和偏执的东西？

每个人流淌的血液中，充满了各种各样的因子：强悍或懦弱，粗犷或谨慎，刚烈或柔顺，敏锐或木讷。人性或基因中的内容太多了，谁都无法列清，但是，只要表现出来，大家都知道。

青霉素是英国人弗莱明于1928年发明的，这是一种疗效很好的抗生素，从问世以来挽救了无数人的生命，至今普遍使用。肺炎，这个婴幼儿很容易患上的常见病，在没有抗生药物之前，得了这病只能用草药治疗，治好治不好，那只能听天由命。那年月，因为肺炎而死亡的婴幼儿，比例是相当高的。孔夫子生活的年代没有青霉素，今天好多常见病，在那个年代属于绝症，面对疾病人们是束手无策。人类的平均寿命是相当低的。一个人从出生到成人，仅仅面对疾病就已经够艰难的了；再让他读书受教育，培养成君子式的人，那是难上加难。即使是医学科技如此发达的今天，培养一个君子式的人才和养育一个小孩子都不是一件简单的事情。我们想一想：如果把女人同德行差、或地位低、或年龄小的"小人"来相提并论，那是有悖常理的吧。

说来的有这么多，说不来的比这多得多！那些许多说不清的自然现象，人们只能用"胡说八道"去搪塞。有人会说扯得太远了，没用！我说：不这样扯就说不清人性，不从根源上理清楚头绪，就难说清楚女子是不是难养。

看看那些扣人心弦的重大体育比赛，不论你是彪悍强壮的男足运动员，还是亭亭玉立的女子健美选手，当他们历经艰辛夺冠时，好多人都泪流满面。

想一想，人类为什么会喜极而泣或者伤心流泪？这是人类放松身心，发泄感情的共同的方法。在这个时候，肤色、信仰、穷富、尊鄙、君子、小人，统统都失去了色彩。

体育比赛是看得见的，人生中那些看不到的比赛或博弈更精彩。每个人的血液，都是经过自然淘汰后选择出来的，我们有共同的心声。

告子说："食色，性也。"这是古人对人性最准确、最简练、最直白的描述；这是人类生存和繁衍的最基本需求；这是今天描述人的本性时的口语。告子总结得不好，就不会流传到今天。多少人为了得到这两样，不惜抛头颅洒热血；没有人能说清楚，女子小人和君子对这两样是如何解读的。

只要是一个正常的人，无数先辈遗传在你身上的因子太多了，为了生活下去，好多人不怕艰难险阻，为了生活得更好，好多人贪欲的念头会无限膨胀，为什么一个人身上会有这么多的变数？

通透，只有想通透，才能说通透，才能把人性表述清楚，才能把女子为什么不会像小人一样难养的道理说清楚。

二十五、感受热血

　　试想一下，多少万年前的某个猿人，其看着自己的某个兄弟姐妹被食肉动物掳去，其能无动于衷吗？其的心中会不会播下仇恨的种子？其也可能被某位健壮的同类保护，才免于一死，其心中一定会播下感激的因子。其也可能挺身而出保护过某个同类免遭伤害，其心中一定会有成就感，而产生自豪的因子。其帮助过别人，也曾被别人帮助。

　　一万年前，张三的某位远祖可能曾经被人陷害，险些丢命；也可能张三的某位远祖险些被疾病夺去性命，而侥幸存活下来；也可能张三某位远祖的兄弟帮助了他，而自己丢掉了生命；正是某位远祖挺了过来，度过那些绝大多数张三不知道的惊心动魄的劫难，才有了张三和他的兄弟及他的孩子之今天。

　　人性中为什么有这么多相同的东西？这些留在心中的种子会不会对遗传基因产生影响呢？

　　现在是和平年代，人类的文明程度比孔子那个年代高许多，砍头杀人，血流成河的场面几乎看不到了。但是，从上面的文字中能得到这样的信息：今天活着的人的某位远祖，他的某个兄弟可能在那个年代被奴隶主作为祭品牺牲了；也可能某位远祖看着自己的兄弟被侵略者杀害。经历过那样的场面他会做何感想，他的内心将会怎样的震颤，他体内的一系列变化会不会影响新陈代谢，从而影响到遗传因子？他的仇恨、他的愤怒会不会传给下一代？他的内心会不会埋下复仇的种子？那个人被作为牺牲品的原因，可能是他身体健壮，也可能是长相漂亮。这样的事情究竟对人性的形成有没有影响？

　　杀人祭祀的场面现代人看不到了。我从记事开始到成年，见过屠宰鸡羊猪驴，当需要我亲手杀鸡的时候，还真有点犯愁。当年我是知青食堂管理员，来农村接受再教育，这也是再教育的一课，何况兄弟姐妹们还等着打牙祭呢，心一横也就操刀了。当一只鲜活的鸡被你擒在手里，看着它绝望地哀叫，拼命地挣扎，你不会无动于衷，我的手在颤抖，心也同时颤抖，杀还是不杀？就在一念之间。看着我犹豫的样子，旁边的知青激将了："看你那点儿出息！连只鸡都不敢杀，你还能干了什么？"我被激起来了，挥下了屠刀。

　　我的手上沾上了热腾腾的鸡血，从来没有过那种感觉；只觉得一阵痉挛，作恶的感觉冲上了脑门；只好自己安慰自己，心里默默地念叨：残忍呀残忍，杀生呀杀生，老天爷你原谅我吧，鸡羊都是人的食物，不是我的过错。

　　我知道老天爷不理我，但我确实希望老天爷原谅我。心里求老天爷原谅，起码也能起到一点精神安慰的作用。

　　我杀的鸡我一口也没吃，心里犯疑。那一天夜里，我久久不能入睡。万事开头难！回到家里，我把杀鸡的经历讲了以后，弟弟不以为然地说：那有什么。我弟弟小我两岁多，十八岁的小伙子血气方刚，那有什么？你试一试就知道了。十八岁的小伙子杀鸡的场面历历在目。

　　过年时我特意从乡下买回一只活鸡；我把刀磨得飞快，把弟弟叫来后，手把手地教他如何擒鸡，如何下刀。只见他把刀刃在鸡的脖子上来回锯，一下两下三下，就像拉胡琴似的，几下过来也没见血。

　　弟弟下不了手，也真不忍心下手。我把这只活鸡从弟弟手里夺了过来；左手的中指无名指并拢后，紧紧地扣着背回来的两只翅膀根部；右手的拇指和并拢的食指中指像钳子一般，把鸡的脑袋向后拧回来，左手的拇指食指再扣紧鸡头；腾出来的右手，把已经弯回来的鸡脖子上的毛撕掉一片；右手操刀，刀刃贴紧鸡脖，顺势往回猛地用力一蹭，鸡的食管、气管、血管都被割断了，热血汩汩而出，紧跟着把刀丢下，右手紧抓鸡的双腿向上，流血的地方朝下，它浑身痉挛、双爪圪蹬，也就是十来秒，就不动了。就这样，一个生灵的小命被我结果了。

我和弟弟面面相觑，弟弟的脸煞白，估计我挺红的。

听，是一种感觉；看，又是一种感觉；亲手做，才能明白什么是杀生。手上沾过热血，才能明白生死是怎么一回事。

经历过磨难，逐渐地懂得了什么叫道理。人生的这些经历，对你认识人性，有极大的帮助。

历代祖先曾经经过的一切一切，都给他们留下烙印；可能影响到他们的遗传基因，留给后人。这期间形成的人性分为男人人性和女人人性？君子人性和小人人性？不会的！

今天，每一位世人的身上流淌着的，都是祖先遗传下来的鲜血；虽然每个人说不清，讲不全自己身上的基因和人性是怎么回事；但是，只要遇上稍微大一点的一件特殊事情，任何一个人，都会在其脸上表现出来，或者做出一个下意识的动作，看到的人都清楚其内心在想什么。

人心和人性都是相通的。人为什么说是亚当和夏娃的后代？绝不是空穴来风。

孔子说："五十而知天命。"同龄人才有共同的感受，那些只要活到五十岁的人，谁的身上没有伤痕，谁的心中没有烙印。我们曾经被人帮助，也曾经帮助过别人。每次非常的经历，都会对身心产生重大的影响。今天，科技水平如此发达，和平时间这么长，这样环境成长起来的人，都会有这样那样的磨砺；想一想当年吧，四千多年前人类才学会了冶炼金属的技术，使用石器的人类更艰难，更悲怆！

每一位活着的人如同海洋，海水是什么滋味？即使是尝过海水的人也说不准，千条江万条河汇集而来，祖先身上的基因传给了你，接纳不接纳由不得你。

人这种动物，是经历了说不清多少万年的进化，才形成的高等动物。人性也是在进化的过程中，自然形成的，是自然属性。其不会人为地说善就是善的，说恶就是恶的。在人的身上，善恶之性并存，关键是用什么办法，激发出人身上那些善良的本性，为社会服务；抑制人的劣性，不要危害社会。

我的一位同学原本性格开朗，说笑逗闹相当外向。后来他的姐姐因为一次意外的车祸去世，对他的打击很大，从那以后，他如同变了一个人似的，沉默寡言，脸上极难见到笑容，三十年后依然如此。他的体内什么东西发生了变化，才会这样，这些东西的变化会不会影响到他的基因？他结婚了，遗传给后代的是开朗的还是内向的基因？那个捉不住、摸不到的，然而能感觉到的东西究竟是什么？

老张家的老大生性内向，不爱说话，父母不大喜欢他；老三生性温和，常常看着父母的脸色说话，自然也受父母喜欢；老二呢？急脾冒火，说话又直又硬，父母谁也不喜欢他。孩子们多的家庭，类似的情况太多了。而且，谁家的兄弟姐妹的面孔也不一样，即使双胞胎也有差别，为什么会有这些差异？

每个人都是独立的个体，真说不清其身上的种种现象，自然界真是太神奇了。

让我们重温一下那些已经有了文字和影像资料的说法：在1800万年前，热带雨林中生长着一种灵长类动物——森林古猿，它们是人类的祖先。1994年在埃塞俄比亚境内的大裂谷底部发现了一具完整的古猿人遗骸化石，用科学的方法检测，其具有440万年历史。非洲的刚果河两次穿过赤道，在刚果河流域，至今生活着大量的黑猩猩。黑猩猩和我们有超过99%的基因是一样的，它是群居动物，每群都有它们相对固定的领地和头领。最新的科学研究显示：四百多万年前非洲发生了剧烈的地壳板块断裂，形成了几千公里长的非洲大峡谷。由于环境变化，热带雨林大量减少，破坏了许多动物的栖居地，迫使这种灵长类动物——一种既可以在树上生存，又能到地上寻找食物，黑猩猩的近亲，人类之始祖——离开雨林，到更远的地方寻找食物。为了生存，他（它）们不得不更多地用后肢直立行走，而且生活越来越好，这是古猿类进化成人类的一个最重要的环节，慢慢地出现了早期人类。最早直立行走的族群可能只有一个，这个族群越来越大，新的栖息地的资源已经满足不了生存的需要，只好分家迁徙，再分家再迁徙。当年这个族群的后代越迁越远，随着环境的变化，他（它）们基本不再攀树生活了。在以后好多万年的进化岁月中，出现了人——这个新的物种。

　　大约在七万年前，地球上的气候发生变化，海平面下降，在这个时候，有二百多人渡海离开非洲，他们就是被称为早期"智人"的人们。科学研究认为：非洲以外的人类，都是这群人的后代。

　　关于人类的起源一直存在多种说法，一种说法认为：离开非洲的早期"智人"，与当地的土著人通婚，程度不同地改变了人类的基因，提高了人类的免疫力，人类才能进化存活下来。其实，自从地球上有了生物以来，我们能够看到的火山爆发喷出的岩浆，和看不见的大大小小的地壳运动从来没有停止过，之前是，以后还是。每次大的地质灾难以后，都会出现人类的大迁徙，同时伴随着远亲婚姻的出现，这样，优化和优选了人类的生命力，人类在自然选择中顽强地存活下来。

　　大自然的法则就是适者生存，这是永恒的主题。在巨大的无法抗拒的自然灾害面前，每种动物都要被迫做出选择。世界上那些已经消失的和现存的动物，都是自然进化的产物与缘故。

二十六、不远不近

　　不管你是白种人还是黑种人，不管你信仰佛教还是基督教，也不管你生活在海岛还是草原，只要走到一块儿，不会陌生。虽然语言不同，没有翻译，凭借动作表情和眼神，彼此照样沟通！这是为什么？也可能在五万年前或十万年前，这两位的远祖是同一个岩洞中生活的近亲，也可能十五万年前他们的远祖是同一个人。

　　地球上的人从何而来？中国的传说是女娲造下的人，外国有一种说法：人都是亚当和夏娃的后代。今天，凡是生活在地球上的人，不论你的父系还是你的母系，多的不用说，两万年前我们的远祖都是高手；不但是搏击的高手，而且是善于生活的高手。今天活着的人，都是经历过残酷的生存竞争，并且取胜后，生存下来的赢家的后代。我们的血液中，都流淌着历代祖先经历过血与火的洗礼后，遗传下来的基因。因此，全人类心心相通。

　　在以往这条长长的，说不清到底有多少个环联结而成的生物链条中，每个人的任何一位先辈都犹如一个环；假如某个环失去作用，这条生物链也就断了，也就没有你和我的今天。有序吗？说不清到底有多少个环！无序吗？每个环的上面都是父母亲这两个环延续下来，这条链再往下传多远？不知道，每条链随时都会断！

　　人性就是在这样一代又一代的自然进化中逐渐形成的；每个人都继承了先辈的衣钵，再把这种顽强的基因及人性传给下一代，生生不息！人和人相同的地方：五万年前或十万年前远祖的远祖都是优胜者，都是天使孕育而成。

　　把人类的文明史同野蛮史比较一下，谁都知道，野蛮史的时间太长了。那么，人身上的野蛮基因多还是文明基因多？比较的结果谁都清楚。

　　曾经发生在列位远祖身上那些很多惨烈悲怆的故事，可叹我们不知道罢了！谁的一生都是十分艰难的。

　　别说什么性本善，也别说什么性本恶；果真是只善不恶，只恶不善？这两种说法经得起我们身边发生的事实检验吗？极端，说得太极端了！这两种说法是孔子之后的孟子和荀子提出来的；这两位对人性的总结，果真比孔子总结得好吗？非也！还是孔子总结得好：性相近，习相远。总结人性还有比这六个字总结得更精辟、更好的吗？

　　所以说：人性不因性别而有区分，都是由远古到自己的父母，一代又一代传下来的。

　　美丑、真假、善恶，人性是由说不清的、究竟有多少对这样的内容而组成的。但是，人人都知道这些内容是怎么回事。

　　人性都一样，如同人的面部都有两只眼睛。人性又不完全一样，世界上没有两张完全相同的面孔。

　　性别影响人性吗？人性中表现出的真假、美丑、善恶与性别有什么必然联系吗？毫无联系，不会因为你是男性你就刚强，不会因为你是女性你就不会说假话。

　　人类的远祖是从森林里走出来的动物，人们常常形容那些极端野蛮残忍的人的性情和行为为兽性。

　　人类的远祖当年为了生存，被迫走出森林。人类一直群居，因为只有群居，才能安全地生存。人类逐渐摒弃了野蛮的生活习性，因为野蛮行为影响人类高质量的生存。人类慢慢地学会了制定规则，并且逐渐完善，因为规则能保护人类和谐地生存。

人类彼此照应，相互依存；人类学会了制造工具，建造了舒适的生存环境；人类社会不允许那些为所欲为的、不受约束的行为自由发展。人类之所以是高等动物，是因为人类知道什么是羞耻。

人类至今不知道自己的始祖究竟从何而来！也不知道自己百年以后将往何处去！人类只能把已知的东西作根据，来指导我们更加和谐地生存。人类文明，是因为人类在实践中逐渐知道，大家在一块儿群居生活，用文明的方法才能很好地生存，所以总结出来方法，代代相传。人类探索未知的好奇心永远不会停止。

往上溯，每个人的每一位祖先对后代的影响都非常大，大得无法捋清楚！是人类现在的能力不够大，搞不清这个影响。

往后看，每个活着的人的生活经历，都会对你的性情产生影响，从而影响到你的后代；这个影响究竟有多么大？不知道！搞不清！人类的能力有限。

孔夫子虽然不可能知道人是由猿进化而来的，但是，他肯定知道，人是由一代又一代说不清经历了多少代繁衍而来的。

从孔夫子到现在过去2500多年，好多方面都发生了巨大的变化；但是，人性会不会有太大的变化呢？人性是相同的，人性短时间内不会有什么质的飞跃；将近2500年与百万年比，算不了什么。普通人都知道的，德行、人性与性别之间没有必然的内在联系，这个简单的道理，达到圣人水平的孔夫子应该知道；不能把"只有女人和小人是最难相处的"——那种有悖常理的解释，强加到孔夫子头上。

读《论语》我们知道，孔夫子是一个人格上很伟大的人，他耻与那些无道的人为伍。《论语》中我们看到，他多次把小人和君子并列起来对学生讲，其目的是提醒我们：人性中应该张扬什么，摈弃什么。告诫我们：人性中什么是高尚的，什么是低俗的。引导我们：人性中什么是善良的，什么是丑恶的。他确实是在谆谆教育学生往正道上走，做一个光明磊落的人。

小人的特点是人性中最原始最本真的一面，自私自利眼光短浅。人性有无对错？丛林法则是弱肉强食，这条生命链上的某位老祖宗，当年如果被他物吃掉，早就不存在你我的今天。社会法则和人生的法则是什么？优胜劣汰。人性，不用学，不用教，学不会，教不来，人人都一样。

人类由丛林走向平原；由刀耕火种走到探索宇宙；社会制度由低级走向高级。这是人类团结起来，发扬了人性中光辉的一面，文明才向前发展，人类的平均寿命才得以明显地提高，人类整体的生存质量才越来越高。

毛泽东曾经说过：中国应当对人类有较大的贡献。孔夫子的思想确实是对人类做出了较大的贡献。这就是孔子的伟大之处！人类历史上曾经出现了多少位伟大的思想家，为什么孔子的思想不仅能在中国广泛传播，而且逐渐向全世界传播，这是全人类经过长时间比较选择的结果。

世界上的动物都是由两性组成的。阴阳互补，相辅相成，是组成世间万物的一条基本常识。孔夫子果真说女人与小人一样难养，岂不是违背了天地间的常理，孔夫子不会犯那样低级的错误！被尊为圣人的人是品格高尚、完美无缺的人，是作为一个楷模让人效仿的人，他不应该也不可能出现那样的思想问题吧！

德行与性别之间应该没有必然的联系，孔夫子如果连这个道理也不懂，也就枉称圣人。

今天你若公开地把女性和被人瞧不起的小人画等号，肯定所有的女性不答应，当年也应该一样。

《论语》中称某人时，用"子"的时候太多了，曾子、有子、季文子、宁武子等等；"子"字在这里没有实际意义，表示对某人的尊敬。"子见南子"，称呼女性也用"子"，可见"子"的频繁使用。这是当年鲁国书面用语的习惯方法，就像我们今天老张、老李、王先生、刘先生一般，对后来的影响很大。这个特色影响了很多人，沿袭使用了很长时间。

《论语》中第一人称用到的字有：吾、予、我，第二人称把子、尔、女都用上了，有一个就够用了，为什么会出现那么多呢？是不是有点乱？和我们今天的使用方法不一样。今天若把"女"字当"你"来用，肯定行不通。假如

"唯女人与小人为难养也，近之不逊，远之则怨。"这句话里的"女"字当"你"用，后面再加上"子"就是尊称了，这里的"女子"是不是如同今天的"您"？

马上会有人这样说：我们对尊敬和喜爱的人才会用尊称，"您"和"小人"牵扯到一块儿，这样的解释有悖常理！牵强？有点吧！

那么，这句话里的小人是不是就是指德行不怎么样的人呢？

《论语·宪问》：子贡方人，子曰："赐也贤乎哉？夫我则不暇。"这里的大意是：子贡对别人评头论足，孔子听到后说：你就够得上贤良吗？我没有这闲工夫。从这里我们可以清清楚楚地看出，孔夫子十分厌恶议论别人，他讨厌的事情，自己会办吗？

一个人死了两千多年，他的姓名仍然被人传诵，他的思想学说仍然被后人继承学习；孔夫子曾经有过三千弟子，这样一个人肯定不是智障者。看看今天，想想当年，我们不知道他说这句话时的具体年龄，但是，开馆授徒应当是一个成熟的人了，应该有相当的阅历；衡量一个人的品行操守德行，与其性别应该没有关系。虽然我们和孔子生活的时代不同，这个道理应该相同的。

《论语》告诉我们的，好多都是学习方法和行为规则；教给你不论在什么场合，要有最适合你身份的举止；在社会活动中你照这样做了，才能得到大众的认可和尊重。

孔子拜见南子后，子路给了眉眼；孔子指天誓日地说："假如我的做法违礼，让老天惩罚我吧！"字里行间我们如同看到孔夫子那着急的样子，好像也有点失态。《论语》中这样的记录没有几笔。细想一下，这也不足为奇，却又让人深思的是为什么记录下来？诸侯的夫人会见外宾，不可能只有孔子一位，怎么单单孔子让人注目？南子是一位曾经有过绯闻的知名女人，绯在何处用不着别人操心，属于个人隐私，这件事为什么渲染得如此厉害？"子见南子"，《论语》中就此四字，四个字就这么麻烦。从古至今，人性中的好奇心谁也不能说错；男女人在一块总会让人想得很多。这件事连相当了解孔子的子路都不高兴，只有他敢表现出来，被别人记录下来，其他人可想而知。有些写孔子的影视剧，都少不了这一幕，原因就在孔子是圣人，圣人是正人君子的代表。子路担心的是圣人和有绯闻的女人在一块，会影响圣人的形象；或者说老师的举动他不能理解接受。这也从另一个侧面说明，圣人的言行关注的人太多了，监督的人太多了。

某人指责某位女性不足为奇，但是，果真把天下所有的女性都指斥为小人，不可能没有人出来说话。孔子的弟子那么多，谁不是他妈生的，难道他妈被指斥为小人，当儿子的能无动于衷？一个人可能不敢说，那么多人不可能不说话，天下人不可能不说话，为什么《论语》中看不到一点抗议的记录？由此可知孔子这里所说的女子不是指女人。

也不知道什么人在什么时候，把中国古代的优秀战例和可圈可点的事件敛起来，凑成三十六"天罡"之数的计谋，供人学习。中国人把那些卑劣的招数总结成计策，上升成文化，演义成经典。我们不能不赞叹这三十六招数的神奇效果，我们不能不感叹这三十六招数的奸诈毒辣！真是：奇谋与卑劣齐舞，洒脱共下拙一色！

世界上有没有从来没有说过谎话的成年人？说不清楚，也许没有。但是，我知道说过谎话的人太多了，因为说谎话是在当下保护自己的最好手段。也可能有人会说，连谎话都说不了的人，这人肯定不正常。

只有丑陋的思想，没有丑陋的人性。

真善美和假恶丑同时存在于人性之中；真善美假恶丑与性别之间有什么因果关系吗？

人性中最不宜张扬，用之又立竿见影的"术"，就是小人惯用的手段。

人的本性是与生俱来的，人性中有：见义勇为、大公无私、助人为乐等等，同时还有自私狭隘、贪得无厌、欲壑难填等等。正道和邪门歪道同时存在，若不约束不怎么样的一面，肯定危害社会和同类。所以，人性不能任其泛滥，必须弃恶扬善。

中华民族发展成世界上人口最多的民族，确实了不起，也确实不可思议。没有孔夫子这样先进的正确的文化做指导，没有百家的文化作基础，发展成这样是很难想象的。中华民族是世界上最优秀的民族之一，我们值得自豪！

二十七、慢慢看细细想

世界上有好多混血儿，某个混血儿会说，他的身上有四分之一或八分之一等等的白人或黑人血统；从他们的相貌上，谁都能看出这些血统多多少少的影响。为什么"血统"如此远的两个人，结合后依然会生出后代？为什么混血儿的后代依然能生儿育女呢？全人类究竟有没有共同的祖先？这个祖先最早生活在什么地方呢？

从考古发掘出来的已经直立行走的人算起，至今已经经历了170万年以上，当年人类的生活"十分艰苦"。今天每个活着的人，谁都可以把前面那张图往前推，寻根寻源。遗憾的是，人的力量太有限了，找不到源，寻不到根，只能做一些猜测。孔夫子到今天不过2500多年，人类在这2500多年的进化岁月中不可能有质的飞跃和变化，任何人突不破这个物种的本能和本性，孔夫子不可能不知道这个道理而说出那样的话。

中国有五千年的文明史，今天的人都是由一代又一代的人繁衍而来的。每个人的身上有你父母的基因，父母的身上又有其父母的基因……由此上溯五千年，这条血脉的线路，经历了多少人流淌到现在才有了你我和他的今天。五千年的文明史尚且说不清，那么再加入五千年前的人类史呢？所以说人的血液都高贵，人性都一样，都是与生俱来，人力不可左右。

匹夫当初是这样产生的，匹妇也是如此形成的，从"根"和"本"的角度说，没有什么差异，也就是说：生男生女的"方法"人类至今没有掌握，小人君子和女子都是自然界之自然一分子。

从生理学的角度说，在精卵结合的瞬间，你这个人就造就了，是匹夫还是匹妇的染色体？不知道！小人还是君子的胚胎，说不来！多少万年以来人都是这样出生的，谁想变也变不了。

前面那张非常简单的生命图表，画不了多久你就画不下去了，你马上就会发现：其后隐藏着深邃的无人能回答的问题，经历了多少代人的接力传承才有了你我和她？男女老少君子小人都是这么来的。这时你会惊叹，天外来客也会这么说：你们人类连自己的祖先是什么时候，究竟怎么来的都搞不清，也就别谈什么霸主不霸主了。

列位看客，淑女君子，我们每个人的生命就是这么来的；过去的那些事是确确实实发生过的，和你我的今天一样，也是一天一天地过来又过去的，只是我们不知道罢了！男女人的作用同样重要；每个人的身体如同海洋一般，汇集的内容太多了。

人性就是这样一代又一代传下来的，无所谓什么对错好坏，没有尊卑高低可分。人性不会因为你给戴顶高帽就伟大了，也不会因为你忌讳、不承认就不存在了。

大自然就是这么神奇，自然之一分子你不会有什么超自然的能力。崇尚君子，蔑视小人没有错。如果以性别为根据，再划分出好养难养，那就大错特错了，不免荒唐可笑！

男女人的思维方法，兴趣爱好可能存在着差异，但是人性不会有什么差异。

必须从"根"和"源"上说清楚人是怎么来的，才有可能说清楚人性；才有可能把女人不会像小人一样难养的道理说通，让世人接受。

中国文化或者世界文化中那些传世的箴言俗语，一个要符合人性，另一个要符合自然规律，否则不会流传。

莫说更远的年代，5000年前人类还是族群或者部落的生活方式。世界上各个民族，各个国家的人互相通婚，照样能生儿育女。这铁的事实说明一个问题：人这个物种，具有相同的基因。

列出与你有直接血缘关系的上十世，都让你云山雾罩了，二十世呢？二十世也就是经历了600年左右，这600年间可是有清楚的文字历史的。你这个人不但是一个全新的面孔，而且体内还有一套独立的运作系统。谁都可以算一下，由你上溯二十世，你有多少位直系亲属。超过百万了，世系若上溯到孔夫子时代，准让你目瞪口呆，真是无穷大，而且每个人都一样。这就从根本上定了型，从生理上找到依据：男女人都是这样产生的，你就是这种动物，二足无毛，谁也特殊不到什么地方。

生生不息，代代相传。在这条长长的生物链中，哪一环重要？哪一环不重要？这中间缺一环，缺一位都不行！千秋万代都无法形容这条生物链。

简单？确实很简单，学龄前的"小人"都知道的道理。复杂？实在太复杂，世界上至今无人能理清这个头绪。

流着眼泪让你放开嗓子唱一段：

娘生下一个宝贝疙瘩，就像天神降人寰，从何处来往何处去？其实只是一位过客暂住人间。云雾中飘来一位赤脚大仙，把玉皇大帝的旨意往下传：往前看，看不了多远就看不见；往后看，随时断；不知道究竟传多远；说起来感叹，想起来没完；人生原来是这般：云雨无常，争夺不断；爹娘呀，几人能活过百年，君子小人都是一样的眉眼。

人间本是乐园，自从产生了欲望，跟着出现了贪婪，乐园变成了屠场；为了利益，天天都有人害人的悲剧发生。

我们看一看：天地间除了人以外的其他动物，有多少不是自己天天亲自去寻找食物？那些离开学校，即将走向社会的青年，及早多想一想人性，会少走弯路。

二十八、礼的影响

古书上说：国之大事，在祀与戎。祀就是祭祀，戎就是打仗。

《论语·八佾》子贡欲去告朔之饩羊。子曰："赐呀！尔爱其羊，我爱其礼。"

"饩羊之礼"，今天在民间我能见到，但是，以国家和政府的名义设置的"饩羊礼"是看不到了。果真宰只羊献给神仙，就能给人间带来好运？其实不然，充其量不过是心里安慰罢了。你当年不这样做，那可是天怒人怨，今天再这样做，让人发笑。要知道这就是历史，老祖宗就是这样走过来的。

西周初年实行礼乐制度后，社会的生产力得到了提高和发展，广大人民在和平的环境中安居乐业的时间较长，所以得到了大众的认同。孔夫子提出的"克己复礼"不是无缘无故的，是有事实根据的。

克己有什么不对？克制自己的情绪，不要做越轨的事，这是从皇帝到平民都希望的，只有这样，社会才能有序运作。复礼，以前解释是恢复奴隶制的周礼，周礼好不好，现在看来不能简单地用"好不好"给周礼下结论，社会发展的每个阶段，有每个阶段的文化文明标准，周礼至今影响着中国人的生活。文明和文化都是从初级阶段向高级阶段发展的。

今天的生活中仍然见到各种各样的礼，诸如婚礼、葬礼、开工典礼等等，这些礼应该或者可能是从当年延续下来的，诸般礼好不好？有没有必要？婚礼是两个人和两个家族的结合，是宣布，是通知，也是让大家见证，世界上各个民族几乎都有热闹的婚礼。葬礼是为了表达对逝者的怀念和尊敬；各种典礼是表示对此事的重视。好的、需要的、有意义的礼自然会延续下来，没有必要的、敷衍的、没有实际意义的虚设的礼自然会淘汰。这就是人性的需要。

礼是什么？慎终是礼，追远是礼，尊老爱幼，待客庄重，穿戴有样，酒不过量，入席端正，孝顺父母等等，这些都是《论语》中记载的礼；这就是说：人和人之间相处应该具备的、符合公众社会需要的举止和做派就是礼。

两千多年来，《论语》如同教科书，其中的礼，指导了几十代人。今天，这些礼的许多内容都不过时，对我们仍然具有指导意义。《论语·乡党》："见齐衰者，虽狎，必变。"其意是：孔子看见身穿丧服的熟人，虽然平时相处很随便，这个时候一定要注意举止，表示哀戚慰问之情。

相识的人家有丧事，自己小心谨慎，表达了对他人的尊敬关心和对逝者的哀痛之心情。说明孔子对人性的洞察，我们今天虽然听不到他讲人性，但是，他用实际行动已经对人性进行了解读。

这是受过教育的人，在不同的场合应有的举止。这是别人记录的孔子的行为，我们常说行动胜过语言，孔子用行动给我们做出了榜样。

生老病死，在生活中是每个人经常遇到的事情，也是每个人躲不过的坎儿，怎么对待？

人家有丧事，你在人家大呼小叫；光着膀子喝得东倒西歪；在丧房内讲笑话……这说明了什么？不懂事，不懂礼，不懂做人的起码举止！

南非前总统曼德拉，领导南非人民废除种族隔离制度，和平塑造了新南非，赢得全世界人民的尊重，被公认为伟大的政治家。他去世后，举世悼念。时任美国总统奥巴马前去参加曼德拉的追悼会。在那样庄重的场合，奥巴马却与邻座的女贵宾说笑，玩自拍。大国领导人的举止不得体，遭到了媒体猛烈的抨击。这些行为实在不应该，不但降低个人威信，而且有损国家形象。

20世纪70年代，非洲赞比亚总统卡翁达携带妻女访华，受到毛主席接见，他的几个女儿向毛主席行屈膝礼。行礼的方式是含笑向对方弯曲一下膝盖，同时低头，这是传统的规格很高的问候礼，表示尊敬和礼貌。而年迈的毛主席微笑着也以同样的礼数给年轻的公主还礼。这段视频非常感人，在非洲播出后，引起强烈的反响。毛主席赢得了非洲人民的尊重。

1979年春节，邓小平访问美国，美方给予高规格的接待，美国总统在白宫举行隆重的欢迎仪式，晚上还举行了盛大的文艺晚会。其中有一个节目是美国小朋友用汉语合唱《我爱北京天安门》，表达了美国人民对邓主席的热烈欢迎。演出结束后，邓小平和卡特走上舞台，表示感谢。邓小平走到参加演出的少年儿童面前，深情地一个个亲吻她（他）们的前额。邓小平的亲和力超出了美国人的想象，随后全场爆发了雷鸣般的掌声。邓小平的举动，赢得了美国人民的衷心爱戴。

2015年5月9日，习近平主席抵达莫斯科，出席俄罗斯纪念卫国战争胜利七十周年庆典。期间会见了曾在中国东北抗日战场上和卫国战争中浴血奋战的18名俄罗斯老战士代表，并向他们颁发纪念奖章。现场庄严神圣，习主席站立在中国国旗前，两名中国礼兵站立在国旗两旁，乐队演奏了俄中国歌。这些代表中有参加过解放牡丹江的老战士，有参加过解放沈阳的老战士等，他们中年龄最大的已93岁，很多人依然健康矍铄，神采奕奕。习主席同老战士代表一一握手，向他们问候并颁奖。当年迈的加维尔托夫斯基接受奖章时，习主席见他行动困难，便快步走到他面前，为其颁奖，并双手握着这位老战士的手，同他交谈。习主席的行动感动了大家，大厅内爆发了经久不息的掌声。习主席的个人魅力，不但赢得了所有俄罗斯老兵的掌声，同时赢得了他们投来的赞叹和敬佩的目光。其场面让每个人为之动容，镜头记下了这个让人难忘的时刻。

这些个细节往往是即时的，短暂的，却透露出个人的人品和修养。这些影响却是深远的长久的，留在人们的记忆中是永恒的。人对人的尊敬和敬佩是发自内心的。

这些个看似简单的举动，为何会有这么大的影响？这就是礼节的魅力，全人类的心是相通的。人性是相通的。

国家有礼宾司，民间照样有礼宾小姐。礼宾小姐都是经过选择，长得端正的女子。典礼，葬礼，婚礼，从国家到民间，各种"礼"不绝，外国人也有诸般礼。礼是仪式，也是举止，也是过程，也是表达一种心情。礼的内容太多了，范围太广了。克制自己的情绪，把诸般礼都做好。不能说错吧，大家都需要这样的礼。从这个角度上讲，礼有什么不对？

民间有俗语："进门不带礼，狗都不待理。"这句俗语就是对人性最深刻的表述。你空着手去人家做客，尤其是在吃饭的时候，你既耽误人家的时间陪伴你，又消费人家的财物，最起码要做一顿比平时丰盛的饭菜来招待你。你空着两手进门，你看有几人喜欢？

你可能招待过不期而至的客人，你看你是什么情绪。心里面十分不高兴，还得装出笑容，招待客人。

人同此心，心同此理，这就是人性。

《史记》中有这样的记载："定公十四年，孔子年五十六，由大司寇行摄相事……诛鲁大夫乱政者少正卯。与闻国政三个月，粥羔豚者弗饰贾；男女行者别于涂；涂不拾遗，四方之客至乎邑者不求有司，皆予之以归。"

这段话对当时社会状况的描述是十分清楚的。从这些句子中我们可以读出这样的信息：在这之前，大夫乱政，商贩哄抬物价，大街上的男女可能有"非礼"而行的。

孔子生活的时代，农耕文明已经形成，各行各业已成规模，老百姓耕种做工之余的生活丰富多彩。那个年代的普通男女百姓有上街行走的自由，在街上，男女之间有保持很近距离的自由，似乎比较浪漫，但不符合礼制。在当时的社会就有随便哄抬物价的商人，由于孔子参与治理国家的事情，有伤风化、违法乱纪的事情得到遏制，鲁国人民礼仪法制的概念明显地提高，社会风气有了好转，体现出了法律的震慑力。由此可见，抵制人性的贪婪，规范世人的行为，靠的是法律的威慑和执法者的认真。

这是一段极其珍贵的文字，让我们看到了当时社会的生活画面，知道两千多年前老百姓的具体生活状况，极其难得。

这是一段耐人寻味的文字，这里给我们透露出这样的信息：那个年代，国家的政策和生活环境是比较开放的；老百姓的生活和行动及买卖的自由度，是相当可观的。这就是文字的魅力。

社会再往前发展，人类的文明程度肯定更高，人性会不会随着文明程度的提高而出现变化？这个可能性不大。

周礼流传下来多少？说不清！随着时间的推移，那些不切实际，有形无为的礼仪也会废止。那个年代，父母故去，按周礼，儿子要在墓地结庐，守孝三年，以示尊敬怀念；今天的丧事早已不会了。自然界就是生生死死，一代接一代，怀念先人的最好方式就是把工作学习搞好，把生活质量提得更高，把明天建设得更美好。今天，必要的祭奠仪式依旧举行，没有实际意义的摆设早已废弃。

二十九、伟大的孔子

从孔夫子开始,孔家有了家谱,而且一直在续,这是世界上唯一的延续时间最长的一部家谱,更是一部难得的文物。

2500多年了,世界上能看清楚的有据可查的线脉只有这一条,人性和基因就是那样流传下来的。

从孔子开始到今天,已经传了七十多世,现在的七十六世共有多少位,孔家人知道。沿着这一脉络,溯流而上。今天,每一位孔子的后人到孔子,在家谱上都能划出一条连线。若把最近完成的这一部家谱,绘成一张肉眼能看清楚的表,这张表该有多么大,想象中的这张表能帮你解读人性。

我在铁路上曾经做过行车工作。这天在外勤行车室待命,一趟货车因故在我们站停车了,司机来到外勤行车室。外勤值班员孔师傅和司机聊开了,不一会儿,俩人就开始调侃了,没逗几句,司机看到行车日志后突然严肃起来,我们纳闷,孔师傅可能意识到什么,问了一句:"师傅贵姓?""孔**。"话没落地,孔师傅赶紧迎上去握着司机的手说:"孔**,你好,长辈你好!"两位会心地笑了。我很快明白了,两位都是孔子的后人。同姓人都爱说五百年前是一家,看着他们的亲热劲,真让你感慨!孔夫子具有如此巨大的魅力。血缘的亲和力，马上把两位陌生人紧紧地联系在一起。是呀，不论身在何处的孔子后人，凭着孔夫子的渊源，马上就能把他们凝聚在一起。

今天，孔子后代任何一个人身上，依然有孔子遗传给你的基因，依然流淌着孔夫子传下来的鲜血，依然是传递孔夫子思想的使者。

任何影响孔夫子光辉形象的行为和语言，都令许多人不快。

孔子担任了鲁国的大司寇后，把自己的治国理论运用到实践中，短短时间把国家治理得有模有样。

鲁国的形势一派大好，相邻的齐国人坐不住了，《孔子世家》中是这样写的：齐人闻而惧，曰：孔子为政必霸，霸则吾地近焉，我之先为并矣……于是选齐国中女子好者八十人……遗鲁君。

《论语》中是这样记录这件事情的："齐人归女乐，季桓子受之，三日不朝，孔子行。"

这里写得清清楚楚！《史记》和《论语》的不同之处是："季桓子受之"，还是"遗鲁君"。美女究竟是鲁君还是季桓子收下了，后人也管不了。《论语》这种写法可能是给鲁君留点面子，因为影响鲁君形象的文章，肯定出版不了，也就不会流传后世了。

我们讨论一下，女子是什么人？"女子好者"又是什么人？这里已经给了明确的定义：女子不是流着鼻涕的少年儿童；女子不是七老八十的老太婆；女子不是拉扯孩子的母亲。女子只能是未婚的青春女性，"女子好者"里面不会有歪瓜裂枣。

从古至今都有用美女乱政的招数，而且屡试不爽。这可能就是个别人把女人与小人相提并论的原因之一。孔子生活的年代也是这样，国或家遇到难题，总有人爱请美女出面。

青春女子的美丽本身无错，只是因为某些男人在某些时候的无能，所以常常拿她们来顶杠，还给她们泼脏水，还要把责任推到她们身上。这样做真不是君子行为。

清朝康、雍、乾这一百多年的盛世，这三位风流倜傥的皇帝执政的时候,怎么就没有留下难养的"女子"让人乐道的"闲话"。难道这一百多年间中国大地上,就没有出现过"女子好者"以色乱国的"丑闻"?不是!不是没有出现过难事,是因为好多好多的难事男人们扛起来了,而且扛得不错。

青春女子本是天使,因为人间有了贪婪,所以某些掌权的弄夫,常常把美女攥于掌中,供他们玩乐。还有人让美女扮演成魔鬼似的角色,为他们谋取利益。齐国人还把美女当作礼品送人,再让她们承担由之引来的骂名,公平吗?

天下哪位美女心甘情愿地离开父母,到异国他乡充当"商品",被人玩弄?哪位美女甘愿做吃人肉的"白骨精"?当然了,我们为那些贪图利益,被人玩弄的美女惋惜,为那些过早地凋谢的白玉兰摇头。

君侯和"宰相"接受了"外国"送来的美女,疏远了孔子。在这种情况下夫子走了,他怀着一腔悲愤,失望难过地离开了自己的国家。道不同不相为谋,耻与这样的人同朝为官,耻于辅佐这样的国君。

师己为孔子送行时说:这不是先生的错。原文如此:而师己送,曰:"夫子则非罪。"孔子曰:"吾歌可夫?"歌曰:"彼妇之口,可以出走;彼妇之谒,可以失败;盖优哉游哉,维以卒岁!"

孔子在这里忧伤地唱道:"这些女人张张嘴,可以赶走亲信和大臣;亲近那些妖冶的美人,可以让你人死国败;忧虑忧伤啊,游走他乡,就这样度过余生吧!"孔夫子痛苦的心情跃然纸上。

季桓子知道情况后喟然叹曰:"夫子罪我以群婢故也夫!"

季桓子前面不顾国格和尊严,"微服往观再三"。到这个时候可能是良心受到谴责,发出感叹!叹自己太不体面了!叹自己太不像个领导了!还叹什么,自己知道。

从这里可以看到孔子的形象:刚毅的个性,了不起的人格。高尚的品德。伟大的孔子!

分析一下这里的用词:女子好者,彼妇,群婢。

齐国人挑选出来送给他国用以乱政的美女——女子好者,当然是青春美女。

孔子和师已分手时说的彼妇，就是这些女人。

季桓子不愿承认好色，狡辩时说的话：一群婢女。

不讨论这些美女的人品怎样，这八十个女子就出现这样三种称谓。各有各的角度，各有各的道理，究竟用哪一个即能概括身份又能说明问题呢？

在《孔子世家》一文中还有这样的句子："其男子有死之志，妇人有保西河之志。"这是孔子到达卫国后，与卫灵公对话的那一段，其的意思是：那里的男人有誓死报国的决心，女人有保卫国家的志气。

《论语·宪问》："岂若匹夫匹妇之为谅也。"把这句话同上面的句子做一下比较，不难发现：从孔子到司马迁，经历过秦始皇的统一，社会经历四百多年的发展。到了汉朝的时候，语言文字的使用方法，同先秦比较，发生了变化。由"匹夫"到"男子"就是一个明显的标志。"匹夫"一词今天已经基本不使用了，"男子"一词沿用到今天。

现代汉语是由古汉语发展演变而来的，1919年前后才开始使用白话文，也就是现代汉语。随着时间的推移，古汉语中的许多词，逐渐淘汰不用了。伴随着新生事物的出现，又会产生许多词。孔子生活的时代肯定不知道电脑为何物。90后的青年你问他什么是"裹脚布"，好多人会摇头。词，会推陈出新，但是，寓于句子中的"理"，万变不离其宗，事异而理同。

那个年代及孔子世家这篇文章中，还没有使用"女人""女性""女同志"这样的词，使用的是"妇人""匹妇"。

一个国家想安定和谐，而周边的国家战火纷飞，大批的难民涌了进来，你的国家能安定和谐吗？那是不可能的事情！今天，为什么全世界接受了孔子的学说，因为实现和谐社会是全世界人民的共同愿望。孔子的学说是实现和谐社会最好的教科书，理论上具有普遍的指导意义，在生活中具有实用价值。

《论语·述而》：记载一件这样的事情，孔子病重，子路请求为他祈祷。孔子说："有这样做的吗？"子路回答说："有，《诔》文上说：为你向天神和地神祈祷。"孔子说："丘之祷久已。"孔子讲这句话的弦外之音非常清楚：我已经祈祷很久了。随后的话就不便说了，也不能说了，是不是有这样的意思呢？祈祷没有用，免了吧！从此可以看出孔子的境界和认识水平是相当高的。在那个年代，这是很了不起的认识和见解。

在占卜、祭祀盛行或者说占据主导地位的年代，你一旦做出违背时代认识水平的事情，那么，你可能得到布路诺遭火刑那样的结果，所以，孔子告诫弟子："务民之义，敬鬼神而远之，可谓知（智）矣。"

任何人读一遍《论语》，都能感觉到孔子的思想境界，他的修养、举止、做派、言论，都达到了常人难以企及的高度，甚至能给人以美的享受！

今天的孔子已经不单单是曲阜的孔子，也不是中国的孔子，更不是孔家的孔子，孔子已经是全世界的孔子。究竟是什么样的力量在各种信仰的国家，让各种肤色的人都接受了孔子，值得我们深思。

圣人也是自然人，也有喜怒哀乐的时候。《论语·先进》记载：孔子周游列国时，被囚禁在匡地，颜渊后来才来到。孔子说："吾以女为死矣。"颜渊答："您还活着，我怎么敢死呢。"这句话就是最好的证据，老头子在垂头丧气的时候，也和常人一样，说出一些过头的话来。今天我们也常常见到：父母亲在生气着急，管教子女的时候，不免动粗，说一些诅咒之类的话。"唯女子与小人为难养也"那句话，也有可能是孔子在类似于上面的情况下说的。某个（些）学生惹他不高兴，一时激动说出来的，是一句口重的话，让他的某个弟子记录下来。

当教师的在情绪激动的时候，难免说一句口重的话；父母亲对孩子也难免。

《史记》中记载着这样一件事：孔子到了郑国后，一次和学生走散了，他一个人站在外城东门口等着。郑国的某人看见后就对孔子的学生子贡说："东门那里有个人，他的额头像唐尧，脖子像皋陶，肩膀和子产一样，而腰腿比禹短了三寸，样子如同丧家狗一般。"子贡见到孔子后如实相告。孔子听后却笑着道："他说我的形状，不是那么回事，而说我丧家狗，是那样的！是那样的！"

一笑置之，这就是圣人的做派。民间有句谚语："听蝲蝲蛄叫还不种庄稼了"什么是圣人？这里让我们看到孔子面对微词的态度。

有些想攻击孔子的人，借此大放厥词：丧家狗长，丧家狗短。略微想一想，着实可悲，你踮起脚、伸起手，连老人家的肩膀都够不着。那些人有什么资格攻击孔子，你是恬不知耻地亵渎圣人。

谁也不会一帆风顺，想想毛主席，他的一生遇到多少艰难困苦，当年多少人说他是土匪。他不但受到敌人围剿，还受到自己人的攻击！能在乎吗？

从古至今那些伟大的人物，都是那样的执着，认定的路坚决走到底！

孔夫子的学说经过两千多年时间的检验，仍不过时，仍然具有指导作用，被我们奉为经典，正在逐渐向全世界传播。有理由相信，孔子不会说那些不着调的话。

孔子教大家怎么做人："敏于事而慎于言。""修己以敬，修己安人，修己以安百姓。""小不忍则乱大谋。"等等。

孔子教大家怎么做学问："学而不思则罔，思而不学则殆。""敏而好学，不耻下问。""三人行必有我师也。"

孔子教世人怎么说话做事："工欲善其事，必先利其器。""过犹不及""恶勇而无礼者，恶果敢而窒者。"。

这些两千多年前的语言和思想，经历过多少人的实践检验，至今闪烁着智慧的光芒，一直启发着我们，指导着我们。这些丰厚的文化遗产曾经让多少人受益，未来还会让更多的人受益。这些闪光的文字足以让我们自豪，孔子教得多么具体，《论语》不但是中国文化的宝贵遗产，也是世界文化的宝贵遗产；不但是对中国的贡献，也是对世界的贡献。

"未能事人，焉能事鬼。"这里明确地告诉了他的学生，也包括我们这些后来人：了解死亡和鬼神没有用，也不顶用，趁早不用费那功夫。从这里可以看出，孔夫子对待生命、死亡、鬼神，这三样最最让人困惑的事情，其了解是何等的通透；心态是何等的安详；态度是何等的超脱；方法是何等的得当。我们普通人想到死亡谁不难过，谁不恐怖，谁不无奈，任凭你什么高手都躲不过去，怎么办呢？2500多年以前的孔子已经给了你答案。

孔夫子是一个持续影响中国2000多年的人，至今不衰，而且正在逐渐影响全世界，孔夫子的为政之道、治学方法、执着的精神，莫说中国，全人类的文化史上有几个人可以比肩。

每个人的灵魂深处都是心存敬畏的，这个敬畏就是对人的约束力。人如果没有约束，将会危害社会。什么样的约束力最大呢？自然之力，人类面对数不清的自然之力带来的破坏，人类无奈。自然之力对人类具有绝对的威慑，其余的诸如神灵之力、道德之力、法律之力。

孔子使用的却是文明之力、礼乐之力、仁爱之力，如同春雨细无声，滋润着我们的心田，这种无形的文明之力，让你的心灵得到陶冶和约束。

孔夫子为什么不改初衷，50多岁了流浪了14年呢？他是在实践他的理论和主张。他认识到人类要过上安定和平的幸福生活，就要有一套相应的方法，这个方法就是教育和制度。人类只有用教育和制度，才能摒弃抑制那些留存在人体内的野性；才能获得文明社会需要的生活方式；才能抑制人性中的贪欲。

有人说孔子的学说迂腐虚伪。我们想想：人进化成今天这样，或者说五千年来就是这样的物种，是和其他动物有区别的，最大的区别就是，人要讲文明，人知道什么是羞耻。我们不能因为现实生活的残酷就丧失了对文明的追求，事实上也没有多少人去那样做。现代社会，敌对国的外交人员谈判时还要握手；你能说现代人这种最常见最基本的礼节是迂腐虚伪？孔夫子是人类文明的一位祖师爷，我们不应该也不能把文明说成虚伪。

孔子幼年丧父，多鄙事，19岁娶妻，20岁生子。看一看今天19岁的人，好多是大一大二的学生，想一想普通人家，你若是没了父亲，恐怕大多数还得走绿色通道贷款上学。从此可知，孔子具有超常的学习毅力和超人的观察能力与智慧，他才能够走上鲁国大夫的"工作岗位"。

一个人只要做出对社会对人民有益的事情就应该肯定。在人类文明的进程中，为我们指出正确方向，提出有价值的主张，引领我们走向光明的人，更是值得我们敬仰。某些人站在巨人的肩膀，反而说巨人的坏话，确实不怎么样，着实可笑。

一个人在世的时候，得到大家尊敬；他的学说得到大家的认可；死后让大家怀念；学说思想被众人传播。两千多年了，改朝换代多少次，孔夫子一直被历朝历代的统治者尊崇。他的"仁""礼"学说被奉为圭臬，是有原因的，中国有史以来再没有第二个这样的人。人类历史上有几个人能和孔子相比？可以这样说，孔夫子"仁""礼"的思想已经深入到中国人的血液中了，而且正在向全世界传播。

《论语·为政》：子曰："道之以政，齐之以刑，民免而无耻；道之以德，齐之以礼，有耻且格。"

一个"知耻且格"，把教育的目的说到位了。孔夫子的愿望是：通过教育的方法，在法律的威慑下，让人把作恶的念头遏止，把从善的愿望光大。

一个知耻的人，往往要考虑自己的行动后果，不干那些出格的事；而一个无耻之徒，其什么事情都能干出来。我们看一下身边的人和事：受教育程度越高，犯罪率相对较低。

没有春风化雨，万物不会生长；没有严寒冰霜的肃杀，万物将无规律可序。孔夫子认识到了万物轮回的规律，认识到了让社会和谐运作的方法。他就是一位历经沧桑深通世故的和善老人。我们这些有点人生经历的人，包括那些未来人，何尝不希望有一位这样的老师指导我们，在和谐社会中生活。

过来人都知道，我们都感激当年那些善待我们这些调皮捣蛋的顽童的老师和长者，感谢那些帮助我们把人生的路走好的人。

孔夫子是用和风细雨的方法来引导大众；用教化的方法来教化大众；使大众明白什么是对错，成为一个既知耻又自觉遵守法令的"公民"。

读过《论语》的人不难做出这样的结论：孔子是一个谦虚随和、宽厚慈祥、温文尔雅的人。孔子也是一天天长大，又一天天变老的。当年他和当时的许多"有志青年"一样，也是发愤图强报效国家。他30岁出头时游说齐国，就是例证。孔子担任大夫之前，鲁国的大司寇是谁？说不来，孔子辞职离开鲁国之后的大司寇又是谁？有什么辉煌业绩？这些我们都不知道。但是，我们知道，孔子把自己的治国理念和理论，贯穿到实践中去了。在他担任中都宰时，只有一年的时间，工作成绩就相当出色。司马迁在《史记》中这样写的："四方皆则之。"就是说：四方的官吏都效法孔子的治理方法。正因为工作出色才升为鲁国的司空，随后又升为大司寇，在他身居大司寇，摄行相事的实践中是相当有效果的。这才招来齐国的不满，才送来"女乐"，迷惑国君和宰相，孔子才怒而辞职出走。可以说孔子的治国理论和实践是相当可观的。后来周游列国十四年，期间被人围困，也穷困潦倒，即使在那样的困境中，他依然不改初衷。他是真正的为了社会，为了大众，为了理想而奋斗一生的人，他的道德文章受到古往今来许多人由衷的钦佩。

《论语·子罕》："大哉孔子！"这是孔子在世时，世人的评价。孔子的学生这样评价孔子：颜渊喟然叹曰："仰之弥高，钻之弥坚，夫子循循然善诱人，博我以文，约我以礼，欲罢不能。"子贡这样评价他的老师："仲尼不可毁也，他人之贤者，丘陵也，犹可逾也；仲尼日月也，无德而逾焉。"

历史上有几人让人这样称赞？而且是由衷地称赞！

这是孔子在世或去世后不久，世人对他的评价，可见孔子的伟大。

"自生民以来，未有盛于孔子也。"（孟子·公孙丑章句·上）今译："自从有了人类以来，没有比孔子更杰出的思想家。"这是孔子去世一百多年后，孟子对孔夫子的评价。在孟子生活的年代，孔子的学说并没有确立为国学，没有确立为读书人的必修课。孔子只不过是作为一个学者，提出了一种学说思想。孟子这句话不是心血来潮说一说就是了，这样的结论要有事实为依据。孟子是对他之前所有影响最大的思想家做了全面的比较之后，才说出那样的话，才敢得出那样的结论，孟子是从心里佩服孔子。从孔子到孟子，经过一百多年时间的验证，说明孔子的伟大。

到今天，普利策奖和自由勋章获得者，美国作家杜兰特在其所著的《历史上最伟大的思想》一书时，把孔子评为人类思想第一人。这难道是巧合？美国人没有"吹捧"孔子的必要，没有与孟子遥相呼应的义务，第一的头衔岂可轻易授予外人。他是把人类有史以来，所有影响最大的思想家的学说，全部做了比较以后，才能、才敢得出那样的结论。由此可见孔子的思想学说之深远，影响之广泛。到今天可以这样说：孔夫子的思想真正达到"平天下"的效果了。

《论语》的根本，就是用伦理道德，对民众进行教化，让社会有序地运作，《论语》就是教化民众的语录。经过两千多年时间的洗礼，在事实上证明孔子确实伟大！

子贡和颜渊的评价是当时的，孟子的评价是后来，美国人的评价是今天。

美国人的评价证实了当年子贡的话：《论语.子张》"夫子不可及也，犹天之不可阶而升也；夫子之得邦家者，所谓立之斯立，道（导）之斯行，绥之斯来，动之斯和。其生也荣，其死也哀，如之何可及也？"这段话的语意：他老人家是没有办法比的，好比青天是不可以登阶梯而达到的。他老人家如果得到邦国或大夫的家来治理，那么就会像人们所说的那样：他教育百姓，百姓就能立足社会；他引导百姓，百姓就会行动起来；他安抚百姓，百姓就会从远方来投靠；他动员百姓，大家就会同心协力。他老人家活着让人尊敬，死了让人哀痛，我等怎么能比得上呢？

一个人去世两千多年后，他的思想能够在全世界传播，可见孔子确实伟大。这确实令我们中国人骄傲，确实令我们今天的中国人好好地去学习，去实践孔子的思想。

孟子生活在战国时期，在那"炮火连天"的岁月，他依然想用一种思想一种方法，企望天下人都在"和谐社会"中生活。

美国今天是不是和谐社会，在下不敢妄下断语。美国是持续很多年的头号强国，也是不争的事实。生在太平盛世的美国人，何以对孔夫子也如此感兴趣呢？这就不能不让我们仔细地冷静地思考。

这就是文化的力量和文化的作用。

孔夫子的学说就是"教""导"大家远离野蛮，让社会成为文明社会，人人都在平和的环境中生活。

鲁哀公问，齐景公问政，卫灵公问。《论语》中记录得清清楚楚，四位国君曾向孔子请教治国孝道的方法。以此为据，完全可以说明，孔子在世时的学识是相当了不起的，影响是巨大的。

孔子的学说是经过百家争鸣，百家的比较以后确立的，经过一代又一代人的实践和检验后，尊为经典的。

《论语》是汇集了许多人的心血而成的作品，是公认度极高的著作。其中不会有"不着调"的语言。好多话是孔子说的，文章可不是孔子写的，把话变成文字出的错误，不应该让孔子承担责任。

一种思想，一种学说，一种治理天下的主张，能够延续将近两千五百年，这本身就是一个奇迹，世界上哪几种学说有如此强大的生命力？！

孔子的学说为实现文明社会提出了具体方法。孔子本人就是一位战士，一位多才多艺的战士。他的一生，尤其是辞去大司寇的职务以后，一直为理想而奋斗，为信仰而奋斗，为国家和人民走上一条康庄大道而奋斗，百折不挠，义无反顾，勇往直前。仅此就令我们肃然起敬，也理应受到敬仰。

有人觉得中庸有点拖人的后腿，限制阻碍了我们向前发展的积极性，当个平庸者不怎么样，应该力争上游。有人总结中庸是中华文化的精髓。其实，中庸不单是让你处在大众之中，得到大家的保护；不是让你当一个平庸无为之人。中庸一词激励落后者往前赶，提醒走在前列的人小心谨慎，有一个清醒的头脑。

中庸是儒家思想的结晶。正是孔夫子的思想理论——当然还有其他理论——指导我们：不走极端，勇往直前；从一个个艰难困苦中走出，使中华民族自强于世界民族之林；使中华民族发展成世界上人口最多的民族。

《庄子·天下》有言：古之所谓道术者，果恶乎在？曰：无乎不在。某篇今译：古人讲道术，就是求真理，真理在何处？答：无处不在。

看一看古代留传下来的术语：道术、巫术、医术、法术、算术、武术、儒术、技术等等，当年大家都是术，无所谓谁高谁低，都是探索真理，并且留下好多探索的痕迹。在这一个个"术"中，经过选择对比，经过长时间的沉淀，"儒术"从百家争鸣中脱颖而出，两千多年一直处在主导经典地位。某些人孔老二长孔老二短的，可以呀，老二的不行，你来个好的，取代老二，当老大。但是，面对事实，只能十分遗憾地说：办不到。

孔夫子不是死后才被封为圣人的。《孔子世家》中有这样的记载："善哉圣人！"这是孔子50岁前后，做中都宰之前，吴国使臣向孔子请教问题后说的话。

现在，世界上许多国家和地区建立了孔子学院和孔子课堂。而且许多院校得到国会和政府的支持。随着时间的推移，这个数字极有可能不断增加。以个人的姓名命名的教学场所，是不是无出其右，由此可见中国的影响之大和孔子的魅力。

三十、难养的"女子"指谁

古人云:"观于海者难为水,观于圣人之门者难为言。"

我上初中的时候,两个同学由于闹矛盾,结果在教室里打了起来,女老师赶快过去劝阻。那两个浑小子较上劲了,其中一个搬起凳子狠狠地向对方砸去。年轻的女老师奋不顾身地去阻拦,结果凳子把女老师的头碰破了,血流如注。这件事惊动了学校领导,打架的人受到通报批评。回想起那个女子斗小人(顽童)的场面,女老师真是把生死置之度外了,至今让你感叹!

当学生的日子,让我们终生难忘。哪个当学生的没有受过老师的批评,哪个当老师的没有批评过学生?就是在这批评中,我们明辨了是非,提高了认识。孔子说那句话,似乎是在批评一些不懂事的学生。青年教师的感受是很深的,如果你和学生接触的较近,没有了所谓的"师道尊严"。这时,某些学生和你说话时没有深浅。有过这种经历的教师,的确知道什么叫"近之不逊"。同样,一个教师在教学中严格要求,学生会对你产生对立情绪,影响教学效果。只要是当过两年教师的人,都会对"远之则怨"有切身体会。也就是说,教师和学生之间相处的这个"度",很难把握,没有相当的经验拿不准。

小学一二年级的学生,在老师面前个个都是君子,老师的话如圣旨,不折不扣地执行。小学五六年级的学生,有多少个不按时完成作业?有多少个开始和老师顶嘴？初中的学生你再看一看：某些个淘气捣蛋，抽烟犯浑，背地里直呼老师的姓名，是高手的象征。混、昏、荤就是某些个人的特点。哄，不见效。家长头疼，老师无奈，社会也没办法。真是尔岂奈我何！让小学五六年级和初中的老师总结一下，近之则不逊，远之则怨，你看是指什么人？还有比这几个字总结得好吗？

当年孔夫子说自己十有五而立志学习，很可能他14岁的时候，还是懵懵懂懂的，不知道学习。看看今天这个年龄的人，不难想象当年。人在学校，心在江湖的大有人在。这个年龄的学生，有接近"大人"的体格，却有"小人"那样的心态；他们自以为长大了，迫切希望摆脱家长（大人）的管束；他们做事常常不计后果，一旦偏离正道，后果是痛心的。

和这些接触得近了不行、远了也不行的是些什么"人物"？为什么让人如此头疼？试想：当你知道某人是唯利是图的"小人"，你完全可以和他一刀两断。当你对某个"女子"反感时，你完全可以下定决心和她断绝往来，不必再受那"近之不逊，远之则怨"的折磨。而当老师的做不到，因为那些人是老师的学生。"他们"就像"小孩子"那样不懂事，和他们相处，就像带小孩子那样难。既然开馆授徒，选择了教师的职业，你的任务就是把这些昏头昏脑，也可能是天真无邪，也可能是懵懵懂懂，也可能是璞玉浑金的"东西"，培养雕琢成有用的精美的器皿。不经历一番磨砺，怎么可能呢？所以说，明知难，也要迎难而上，他才说出那样感慨的话。

"唯女子与小人为难养也，近之则不逊，远之则怨。"这句话不是圣人说错了，是某些人理解错了。由于春秋时期，汉语字不同文的历史原因；由于秦始皇统一文字的强硬手段；加之字词语句的演变和不断完善；为了推行男尊女卑的主张，再找出相应的理论依据，并强加到有影响的人的头上。一点一滴的演变，一点一滴地潜移默化，经过两千多年漫长岁月的积累，终于形成了今天这样铺天盖地的可叹局面。

孔夫子生活的年代没有"男尊女卑"这一说。那种解释让孔夫子背了多少年黑锅，挨了多少年骂。

若说真正难养的是两种人：一、小孩子，二、青春期前后的群体。一个人从出生到成人，哪一个不是经历了千辛万苦、千难万险！在那医学欠发达的年代，婴幼儿的死亡率是相当高的。远去的已经模糊，清朝年间那些尊贵的龙子龙孙、公主格格们，有多少位没有长成人就拜拜了！？他们的医药设备，生存条件是当时最好的，依然没有幸免，何况那些穷人家的孩子，现在老一点的人都知道。

小学一二年级的学生，谁敢乱说乱动；三四年级的孩子开始乱打乱闹，顶嘴骂人；五六年级的孩子似懂非懂，学着拉帮结派。个别者戴上个墨镜，半公开地叼上根香烟，就能冒充一会儿江湖老大。初一的孩子由小学的老大进入中学的老么，需要一个适应期，不收敛也得收敛，因为此地没有你的市场。初二开始，大部分孩子进入青春期，有些男孩子的胡子毛长起来了，说话也粗声粗气；女孩子一个赛一个的亮丽，真正意义上的成人日子将要开始。孔夫子十五岁开始立志学习，今天十五岁没有立志学习的大有人在。立志不学习的人，谁也不能强迫他。背地里给老师起绰号，甚至点名道姓骂老师，这是有两手的具体表现。抽烟是小意思，旷课喝酒也不足为奇。家长及老师和言相劝，他说你不厉害；批评几句若口重，其又给你来新花样。大人眼里他们还是孩子，他们却自以为长大了。身和心的烦躁，感情与理智的困惑，人间事似清楚非清楚，有时候真是说不清道不明。青春与迷茫搅和，倩亮同混账一色。第二次断乳期，蝴蝶起飞前的扑腾！难！难！家长和孩子难！老师和学生难！一般苦，两样难！有人说初二是个分水岭，对你一生的走向影响很大。家长们似乎有了思想准备，真正进入角色，着实让你头疼。青春期的孩子，是一个不折不扣的近之不逊，远之则怨的群体。（这样说可能有点口重）孔夫子深有感触地长叹一声，却被那些留心的弟子记录下来。孔夫子说：五十知天命。是呀！活到五十岁的人，谁都经历了千难万险，逐渐明白了自然界的规律。孩子长大了，你也生出白发了。

青春期的孩子都这样，男孩子就有为数不少者调皮捣乱，女孩子有几个不春心萌动。好奇迷惘，大人们哪一个不是从那个年龄走过来的。经历过的人都明白！

　　青春期的孩子在生理上和心理上是一个反常期，很多苦闷无法倾诉，在烦躁的生理和脆弱的心理之双重压力下，常常让他们无所适从，因此往往办出许多有违常理的事情。

　　鲁菜是由其特殊的地理环境和人文传统决定的。我们在品尝一道道丰盛的鲁菜的时候，突然间来了一道又麻又辣的川菜，没有尝一口就让你摇头。试想一下，一个济南生济南长，在济南某个大学任教的老师，在课堂上突然说出一句峨眉山婆娘骂街时的土话，就如孔子说出那种解释的那句话，可能吗？协调吗？这不可能、不协调的背后肯定有原因！这个原因是文化的断裂：春秋时期许多诸侯国之间，各具特色的文化断开了；秦始皇统一文字之前各国的文字，和之后的文字好多都断开了！唐宋朝的时候，学习《论语》是不是也像今天一样加一段译文？

　　今天的人不知道孔子是在什么情况下，针对什么人，为什么说那句话的，已经没有办法考证了。但是，可以知道的一条是：《论语》中大部分都是孔子的言论，他说这句话时，极有可能是口语，把口语变成书面语的文言文，这之间是有一定区别的，距离是较大的。不像今天的白话文，口语变成文字其间的距离不太大，当年就要看书写者使用文字的水平了。可以肯定地说：孔夫子说这句话的时候有他的学生在场，或者是对他的学生说的。那个年代识字写文章的人是极少数，那些不识字不会写文章的人，肯定会说话。把当年口语和文言文同时列出来，对比一下，区别何在？困难的是我们不知道鲁国当年的口语，所以没有办法比对。那句话那样的解释应该不是孔夫子的本意。

　　我把对小人的种种解释罗列一下，再逐一对比：

　　小孩子，有男有女，眉眼有丑有俊。

　　德行差的人，有男有女，个子有高有低。

　　地位低下的人，男女都有，身材有胖有瘦。

　　不知廉耻的人，男女人都有，岁数有大有小。

　　……

罗列得再多，"小人"里面也是有男有女；罗列得再细，"小人"里面也不会只有男人没有女人；罗列得再怎么样，"小人"也不会与性别有任何直接的关系。

把古往今来的女子和小人所指的人列一下，再逐一比对：

女子所指的人：　　　　小人所指的人：

1.小女孩　　　　　　1.小孩子

2.青春未婚女性　　　　2.德行不怎么样者

3.女性胎儿　　　　　　3.出身低微的人

4.少妇　　　　　　　　4.小宗之人

5.女人　　　　　　　　5.不知廉耻的人

6.……　　　　　　　　6.……

再把左右两者逐一挂钩，看看是否合拍。再把左右两者任意强行地暂时捆绑在一块儿，看看两者之间是否有能够相提并论的地方，是不是有自然而然相瓜葛的内容。

一头鹿和一只兔看谁吃草多。成立，都是食草动物。

大理岩比花岗岩硬度低。成立，都是石头。

拖拉机比牛能喝柴油。不成立，牛不是喝柴油的动物。

蛤蟆的声音比钢笔大。不成立，钢笔不能发声。

再怎么扯，女子和小人两者之间没有可以合拍的关系。再怎么拉，女子和小人相提并论的原因看不清。女子所指范围离不开女性性别，小人没有这一说。

这就是说，这里的"女子"和"小人"所指的人，哪两者之间都没有相提并论必需的基本内容。都搭不上边，与性别不相干。要让这句话里的"难养"成立，应该不提性别。

所以说，"唯女子与小人为难养也，近之不逊，远之则怨。"这句话中的"女子"不是指女人，更不是指青春女性，那种解读不符合逻辑。

儒家学说的核心是"仁"，孔夫子解读"仁"就是"爱人"。假如一句话出口，招来众人的讨伐，你还谈什么"仁"，还说什么"爱人"，根本不是那么回事。应该还孔子一个公道，还女性一个公道。

《论语·宪问》："子路问君子。子曰：'修己以敬。'曰：'如斯而已乎？'曰：'修己以安人。'曰：'如斯而已乎？'曰：'修己以安百姓。'"这一段我们明显地看出，孔子解释的君子行为是：修养自己尊重别人，使百姓安乐。那么，你一句话把人类的一半同小人划归到一块儿了，这一半的人能舒心？还是对这一半人的尊重？所以说那种解释是不符合君子的言行的，也不符合孔子的教育理念，所以说那种解释不是孔子的本意。

《论语·卫灵公》："子曰：'志士仁人，无求生以害仁，有杀身以成仁。'"孔子在这里讲得更明白：不能为求生而害人，做人要杀身成仁。我们都知道《论语》的核心之一是"仁"，"仁"就是爱人。你把人类一半的女人都说成像小人一样难养，这能说是"仁"？是"爱人"？所以说，那种解释和孔子的"仁爱"学说是相对立的，是明显的不仁的行为！

《论语》中凡是提到女人的地方，孔子是相当小心谨慎的。他把"女"字当"你"用时，是当作口语一般的。谨言慎行之人，一张口就把天下一半人得罪了，还把他妈和他姊妹捎带上了，再蠢的人也知道这个简单道理吧！孔夫子的智商不至于低到这种程度吧？

孔夫子办学育人，教人行善，他鄙视的是缺德无能、见利忘义之小人，而不是女人。

孔子教育人的时候，循循善诱，不疾不厉。那样的解释和孔子的弟子们记叙的完全不相符，和圣人的形象不合拍。把那种解释强加到孔子头上，无疑是以小人之见度君子之腹。

有人曾经做过统计，"文化"一词在各种字典中能查到上百条解释，哪一条对？哪一条错？其实诸多解释无所谓对错，每条解释有每条的根据道理。但是，文字中昭示的"事理""物理""文理"不能错，不会模糊。文化一词可以有上百条解释，"女子"一词呢？

语言可以模糊，一词可以多种解释，但句子中暗喻的因果关系来不得半点马虎。否则的话，根本没人接受。人不吃东西会饿死，狼不喝水会渴死，千秋万代一样。

天底下即使没有受过任何教育的任何一位普通人，他也不会公开说出有损自己母亲，而且违背常理的话，何况孔子！

母亲给了你生命，你从小吮吸着母亲的乳汁，在母亲的怀抱中得到她精心呵护，你才能长大成了人。某个人不尊重别人是可能的事，不可能不尊重自己的母亲吧？你尊重你妈，我尊重我妈，他尊重他妈，妈是妇人，因而大家都尊重妇人。从古到今，母以子贵，生不下孩子的女人，也要领一个来当母亲，才能进入母亲的行列。你如果不尊重人家的母亲，她孩子肯定不干。也正是由于女性的生产，人类才能得以繁衍，这是受尊重的绝对理由。而每个女子都是未来的母亲，这是最简单最基本的道理。所以说人类由于尊重母亲，从而尊重妇女，这是从血缘上给你限定了的，天经地义的，应该是人之本性！这就从"根"和"源"上注定了人小时候离不开母亲和母亲理应受到尊重。这是谁都清楚的一个简单道理，也是铁一般的事实。谁的母亲也是从"女子"阶段过来的，也是女人中的一员。难养要有难养的原因才能成立，你说某个女人像小人一样难养，那不足为奇。谁难道会把自己的母亲推入难养的行列？

为了提高出生率，有的朝代曾经做出规定：十六岁的女子没有出嫁，要交双倍的赋税。所以谁也不找那麻烦，那可是十六虚岁。按今天的法律规定，也能够说明问题：十六周岁才到了领取身份证的年龄，之前还属于未成年人，十四周岁以前的女孩属于幼女。也就是说：十六岁之前的未婚女子，全是未成年行列中的人。这些女孩子是正儿八经的小女孩，这些父母掌上的明珠，与德行不怎么样的小人之间有多么大的相干？！抓上未成年的女孩子去顶杠，不对吧？！

通读一篇论语，谁都能发现，"子"字出现的时候很多，"子"是古汉语中对男人的尊称或者美称，也是第二人称代词。"女"是古汉语第二人称代词，这在孔夫子生活前后的传世文献中是清清楚楚的。若把当时这样含义的两个字合起来用，是不是专指未婚女青年或者女性呢？女子一词是不是只有这样一种解释呢？

《论语》中"二三子"一词，现在有的《论语》版本在二三之间加个顿号断开，有的未加，其意是你们。我们能不能在女子之间加一个顿号，如果行的话，女子一词的含义就发生了根本性的变化，完全与性别无关。

"九嶷山上白云飞，帝子乘风下翠微，斑竹一枝千滴泪，红霞万朵百重衣。"这是毛主席1961年《七律·答友人》中的诗词，这优美的句子让多少人折服。其中说的是：舜帝南巡，死于九嶷山。尧帝之女娥皇、女英是舜帝二妃，寻夫至此，思念舜帝不已，泪下沾竹，竹尽斑点。后来寻夫不见，自堕江水，殉情自尽。神话也罢，传说也罢，这是一个凄美哀怜的爱情故事。能流传到今天，可见女性的执着，曾经感动倾倒了一代又一代人，才有人口口相传。某本《毛主席诗词鉴赏》中的注释是这样的：帝子指娥皇与女英，传说中是尧的女儿，舜的妻子。既然帝子就是尧的女儿，那么，那句话中的"女子"是不是可以解释为"你的儿子"，谁的儿子？与孔夫子对话者的儿子。果真能行，这句话的问题都解决了。这句诗的解释给了我很大的启发。

"却看妻子愁何在，漫卷诗书喜欲狂。"这是杜甫的诗，这里的妻子指老婆和孩子。既然妻子可以指老婆和孩子，那么，女子一词也可以从中间断开，指两类人。

那么"唯女子与小人为难养也，近之不逊，远之则怨。"这句话里的"女子"究竟是指什么人呢？

这里的女与子应该是指"汝子""你们"，或者"你小子"。

结论："唯女子与小人为难养也，近之不逊，远之则怨。"这句话里的"女"和"子"，是指某些貌似长大了，但是没有脱离了娃娃稚气的，半大不小的，处在青春期前后的人，他们即像小孩子那样不懂事，又像横七竖八的愣头青那样难相处，难教养，是一些调皮捣蛋的男孩子。

只有那些半大不小的、处在青春期阶段的小青年，才是最难调教相处的人，才是那句话里所指的"小人"。

女，子，就是古汉语中的你和您，两个字连起来还可以当女孩子讲，这是巧合，不是必然！多少人把这种巧合当成了必然，害得孔夫子背黑锅，女孩子受歧视，实际上不是那么回事。究竟是谁这样记录的，我们已经没有办法考证了。

肯定会有人会说，《论语》上明明写着女子，你怎么连女子二字也不明白？

我们再看一下现代汉语词典中女子一词的解释。女子：女性的人。那么，九十岁的老太太称女子合适不？

不妨再看一遍《论语》，其中"女"字出现的时候有多少，多少次是指女性，多少次是当"你"字使用。

同一个字和词，在古汉语和现代汉语中的含义不一样。我们不能把这个字和词现在的用法，强加给古人。《论语》中出现过"你"字吗？现在港台的文学作品称呼女性时，把"你"写作"女尔"合起来一个字，谁能说看不懂其的含义？汉语也在不断地完善，不断改进，这是汉语的进步，这个进程是一点一滴相当缓慢的，永远没有停止的时候。一个人几十年的生命中，你看不到文字有多么大的改进。但是，你若把孔夫子当年的书籍和唐朝的书籍，同今天的书籍做一个比较，这个变化是巨大的！

提到女子，今天的人第一印象是性别。说小人，今天的人首先想到的是人品。孔子当年是不是这样？不知道！那句话把这两个不同内容的东西连在一块，"女子"和"小人"这两个词之间，必须找出能够相提并论的内容，这句话的"文理"才能通，那样的解释才能通。

一个人一生讲过多少话，谁也说不清。假如老夫子情绪低落时，说了一句抱怨学生的话，被记录下来，那该如何？我们可以想象一下，人在正式场合和非正式场合是如何说话的，不过老夫子这句话的真实程度是比较高的。假如老夫子知道别人记录了他不经意间说了的话，而且是少油没盐的淡话，你说他有何感想？

我们今天仍然有书面用语和口语之分，孔夫子生活的年代应该也有。因为不论什么时候文盲也会说话。我们试想一下：假如孔子在非正式场合，对着几位学生用调侃的口气说道："只有你们同小孩子一样难养活，（老师和大家的）距离近了，（某些人的）不文明行为就来了，距离远了，（有些人）就抱怨。"这样的话用当时的文言文怎么记录？让一位在初中任教十年以上的教师总结一下，"近之不逊，远之则怨"，指初中某些调皮捣蛋的学生合适不？尤其是初二某些个糊涂虫。

三十一、学而优则仕吗

我国从夏朝开始有学校，夏朝到东周初一直是官府办的官学。官学的目的，主要是为了培养接班人，是贵族后代享有的特权。只有贵族子弟才能进入各级学校学习，接受教育，学到知识和祭祀的相关礼仪，然后才有可能从政，才有可能去当官去接班。并不是什么样的人都可以入学受教育。当时的教育制度是：有教有类。

孔子生活的年代，贵族子弟的教育分两个阶段：八岁左右入小学，那时候没有中学，到十五岁左右，某些有条件资格的人再上大学，研习修齐治平。

我升小学三年级的时候，开始"文化大革命"，"破四旧"首当其冲。那个时候，几乎旧的东西，都遭到数不清遍数的批判。四书五经在书店是根本见不到的，批判的时候往往是摘出其中的只言片语。

我上高中的时候，全国开展了"批林批孔"。身为学生，主要批判"学而优则仕"，这是"读书做官论"的源头。学习好了就可以做官，乍一看这句话也确实就是这个意思，打那时候起，这句话深深地印在脑海中。

那个年代，《论语》是禁书，你根本看不到《论语》全本。供批判用的资料上，你见到的，也是选出来的只言片语。今天有了，十五六岁的青年人，不见得都通读了一遍。

改革开放以后,四书五经才解禁,并且作为一个优秀的传统文化,让国人学习和继承。当我第一次通读《论语》时,上面清清楚楚地写着:子夏曰:"仕而优则学,学而优则仕。"《论语·子张》当年批了半天"孔老二",这句话原来不是"孔老二"说的。当年批判的是学习好了就可以当官,现在看到书上却写着,当官好了就去学习。好生让你别扭,好生让你纳闷,总觉得不对劲!但是,不知道什么地方有问题。

最初的印象已经给你定型了,再把脑海中定型的模式去推翻,而且是自己去推翻自己,这个难度太大了。这句话看得遍数多了以后,免不了多琢磨:难道当官就是学生读书的目标?那么,这个目标已经实现了,怎么又去读书?读书是因,当官是果,这是当年的烙印,这个因果关系能够成立。然而,《论语》上清楚地写着"仕而优则学"这句话在前,这不是和当初的印象反了。这里就是说,当官好了就去学习,当官是因,读书是果,这里的意思和前面的完全反了。而且两句话是互为因果关系。多少年了,我怎么也理不顺这个互为因果的关系的句子!

心中翻腾的时间长了,不免产生一些火花。

这种解释难道是子夏的本意?既然"学而优则仕"是大家读书的目的,读书是为了当官,既然已经当官了,还费那个劲干什么。达到目的后,应该寻找更高、更宏伟的目标,应该是"仕而优则升",只能是官越做越大,怎么又去学习了?这样的解释显然矛盾,如同驴拉磨,转了一圈又回到原点,是个怪圈。

学习优秀者则当官,单句独立,完全可以。《论语》中的原文,两句话,明明白白地并列在一起,拆开就会曲解其意。单独拿出一句,是文字工作者最忌讳的"断章取义"。

学习历史我们知道,孔夫子的教学内容是:礼、乐、射、御、书、数,这些都是走向社会的必需技能。三千弟子学习的目的就是做官,那么,官府学校里面的学生干什么去呀?孔夫子或任何个人办的一所民办学校,根本不可能取代鲁国的"国子监"。你民办学校不可能提出"国子监"的办学目的。

在我们的习惯中，已经只说一句，不说两句，为什么呢？因为两句同时说出，破绽很明显，单说一句，能成立。

《论语·子路》："子夏为莒父宰，问政。子曰：'无欲速，无见小利。欲速，则不达；见小利，则大事不成'。"子夏是孔子的学生，他应该知道孔子是如何教学的，他当了"官"以后，还向孔子请教。

这句话是子夏说的。这句话由此走向彼，再由彼走向此应该成立。

朱熹是宋朝人，他的《四书集注》是较权威的，流传时间较长。朱熹在这里的注解是这样的：优，有余力也。仕与学，理同而事异。

按朱熹朱夫子的解释：当官有了余力就去学习，这个能成立。学习有了余力就可以做官，这样解释也能成立？你学习有了余力，学习优秀了，不见得就能当官吧？当官优秀以后学习，和学习优秀以后当官，之间并没有什么必然的因果关系。那么，这种解释就不符合这句话的本意和初衷。

朱子的解释是他的心得，他与孔子相隔1500年左右，我们与孔子相隔大约2500年，三者不是同一个时代的人。所以说，朱熹的解释不能说成是铁板一块。

孔子生活的年代，学习好的人之出路，是诸侯或者大夫的家臣，或者邑宰，能做到大夫者极少。

20世纪50年代，小李参加工作，当了木工。师傅背着别人，向他单独传授技艺，绝招之一是：方五斜七略余；即：边长是五的正方形，对角线的长度是七略多一点。这在今天看来相当简单了，勾股定理，初中的数学内容。今天的常识，在当年就是绝招。

现在大中小学的教学内容，哪一条不是前人总结出来的，哪一条不是经过无数次的实践，被公认的真理。农耕文化是当年人类文明进程的一个标志，有了这个进步，人类不用担心冰天雪地时再饥寒交迫，不用担心狩猎时野兽对人类造成的伤害。所以我们至今还在传说着神农氏。金属的冶炼成功，蒸汽机的发明等等，每一项带有标志性的发明创造，都提高了人类的生产力，从而提高了人类的生存质量。每一项文明成果都迅速得到推广，为更广大的人群服务，古今中外一样。

当官有余力后，我可以去打麻将，也可以去下象棋，也可以去做生意，不见得必须去学习。再说，当学生的还能有余力？假如学习有余力，我可以踢足球，也可以去旅游，还可以去打工，不见得必须去当官。两者之间的转换，应该没有定数。

《论语·卫灵公》："子曰：有教无类。"

孔夫子生活的时代是奴隶制或半农奴制的社会，普通人都是奴隶或农奴的身份，人是按照出身着类型的。从这句话我们可以知道，那个年代并不像现在这样，每个人都能够进入学校接受教育，所以也就不存在普通人学习好了，就可以当官的事情。

那个年代老百姓家的孩子，天生就是干活当农奴的命。"有教无类"讲得很清楚，在那样的制度下，你连受教育的机会和权利都没有，你还谈什么读书做官。那纯粹是妄想，可能吗？学校这个平台就不让你进入，你还谈什么只有进入这个平台之后，才能获取的东西。也就是说，那年月普通人连参加演出的资格，进剧场的机会都没有，你还枉谈什么成为明星。正因为接受教育是贵族子弟享有的特权，也因为接受教育可以提高人的文明程度，孔夫子才提出"有教无类"的口号。

看一看孔夫子生活的年代，究竟是一个什么样的体制：西周初年，周天子封国土、建诸侯所及的势力范围，大体上就是华夏民族的区域。周天子有自己的地盘和城邑，他的地盘周围有许多诸侯国。他所在的处理天下大事的这座城，外部人称其为中国。诸侯们在自己的封土上建起了城邑，诸侯居住的城邑叫国。当时的中原大地上有几十个——也可能更多——大大小小的诸侯国。诸侯们再二次处置分到的土地，把封土再一块一块地划拨给大夫。大夫等人在自己的地盘上建起了城邑，大夫居住的处理自己地盘上事务的这个城邑叫家。这些大大小小的国和家，与这座城是密不可分的，基本上都是各自为政。《说文解字》上这样记载：田畴异亩，车途异轨，律令异法，衣冠异制，言语异声，文字异形。这就是周天子的天下，就是有这么多个不同。

当时"天下"的具体情况是这样的：周天子制定礼乐，并且分封号令诸侯，实际上周天子不管也管不了诸侯国内的具体事。诸侯领导大夫，然而诸侯管不了大夫的"家"事，也就是管不了大夫的地盘里的事。"季氏八佾舞于庭"，"季氏旅于泰山"，就是最明显的例子。季氏要过一过周天子八佾的瘾，他的行为是明显的犯上作乱，然而谁也管不了。孔子也只能感叹一番，而无可奈何。因为大夫"家"的势力壮大后，就会威胁或者干掉国君，这在那个年代是屡见不鲜的。事实上，大夫的家，就是一个相对的小的独立王国。孔夫子生活的时代，辅政的大都是世族和公族子弟与极少数管仲那样的士，父传子是铁定的社会制度。国是某某人的国，家是某某人的家，岂容你平民染指。"礼不下庶人，有教有类"，这是当时的社会制度，学校是学习礼仪的场所，庶人连参与的资格都没有，你还谈得上什么学习好了就可以当官！

周朝的法律规定，十五到六十岁的人是丁男丁女。到了十五岁的男女，你就有了向诸侯王国交税的硬性任务，完不成不行。十三到十五岁是半丁，半丁的赋税减半。普通劳动者，你想通过读书学习谋求做官，谁来替你种地交税，一般家庭是根本供养不起一个读书人的。

孔夫子的年代，人是生产劳动的主力军。

再看一看鲁国国内的情况：鲁国国君鲁定公为了扼制大夫"家"的势力，下令拆除大夫封邑的城墙。大夫不但不执行，反而起兵进攻鲁国国君的城邑，险些要了鲁定公的命。这个时候天下大乱，国不成国，家不成家，"陪臣执国政"；确实是"礼崩乐坏"，乱哄哄的一锅粥。这个时候，子夏说了"仕而优则学，学而优则仕"，被收录到《论语》中。在这样的大气候下，还谈什么学习好了就可以做官，不是那么回事。

隋朝虽然是一个仅存38年的短命王朝，但是，隋朝开始推行了选拔人才的科举制度。这是中国社会制度向前迈进的又一个标志。有了这样的"国策"，普通百姓才有了改变命运，进入上层的机会，才有了相对公平的竞争制度。这是中国封建社会能够存在那么长时间的原因之一。

隋朝开皇七年（587年），隋文帝下令：废除按门第高低选用官员的旧制,才开始设科取士。距孔夫子的时代过去一千多年。后来不断完善的三级学校的办学方法,也就是县学、府学、国学延续了多少年。就是说"学习好了才有机会当官",这样的事情,在我们国家是从隋朝才开始有的。

用隋朝以后才有的事实,解释隋朝以前的文字,如同是板凳的榫与椅子的卯对接,那是衔接不起来的。

今天的小孩子到了六岁就要上学,接受义务教育。而那个年代没有义务教育这一说。"吾十有五而志于学",孔夫子讲得清清楚楚,他十五岁才立志学习。十五岁没有立志学习该怎么办?今天十五岁的孩子已经在初二、初三学习,准备"中考"了。六七十年前能够"高小"毕业,再后来能够"初中"毕业,那是有文化,相当了不起的人。那年月考不上初中,或者无钱继续升学的十五岁左右的人,你的出路只有两条:种地和做工。十五岁再立志学习?迟了!今天没有哪所学校再招收十五岁的小学生。

这就是说,今天有的事情,那个年代没有。

《论语》中的语句是十分精炼的,是经过认真修改后形成的。作为一个孔夫子同一个时代的人,子夏应该很清楚当时的体制:奴隶农奴制,世袭制,有教有类。如果按那种解释,子夏的言论或者观点,是和当时的社会制度相对立的,是反政权的,这是明显的犯上作乱,触犯了国家任用官员的制度和体制。在那父传子的时代,你这是公开向当局和体制挑战,和庞大的国家机器叫板!你这种产生官员的方法,会动摇奴隶主贵族做官的既得利益,当政者岂能容得下你这"异端邪说"?很显然,在那种体制下,根本没有的事情。

子夏是在什么情况下对什么人说的,不知道!假如他是在王子贵人的"学校"里说的,那么他是在教育他的学生"念书和做事的关系"。子夏的话被人记录下来,流传后世。试想:为了富国强兵,你提建议可以。但是,不论出身,不分贵贱,不分类别,只要学习好就能当官,那我贵族不是靠边站了?

在那个年代,对普通人来说,不是说你想通过读书的渠道,想当官就能当官了。那个年月,根本没有学习好了就能当官的土壤。

我们今天设置了无数个学校,办学的目的,是让一个人在短期内,系统地学到全面的、必需的基本知识和技能，在将来的生活中应用。学习是为了应用，办学是为了培养各行各业的人才，难道说就是去当官？

今天，我国的大学招生还是自愿选择专业，每个人都希望从事自己喜欢的工作，并且在这个领域内发挥自己的才能，实现自己的人生价值。

听听这个故事：中华人民共和国成立前，刘老师的大哥考上"高小"后，他父亲为了鼓励儿子学习，给儿子买了一本字帖。两年后，刘老师也考上"高小"，却没有享受这一本字帖的待遇。因为这本字帖，刘老师没有少看哥哥的白眼。也是因为这本字帖，刘老师铆着劲儿苦练，终于练就了一手让人羡慕的书法，多次参展获奖。刘老师今年八十多岁了，没有少唠叨这件事情。

一本字帖，今天普通人家的孩子，只要你喜欢练字，莫说一本，十本八本由你挑选。再穷的人家，也不会买不起一本字帖。七十年前那样，当时就是那样的社会，2500年前呢？

我们老家这个县城，自古以来学习文化的风气很浓厚。城外早年间的一所书院，至今保存完好。即使这样的县城，中华人民共和国成立之前，初中每年只招收两个班的学生，初中毕业后想要继续升学，只有到省城。初中的好学生就能上高中？读书好的人就可以做官？没有的事。这不是种玉米，把种子下到地里，浇水施肥锄草后只要没有天灾，到秋天一定会收获玉米。学习好了就能做官？这是一种理想和想象的解释。种瓜得瓜，种豆得豆，种上黄豆不会长出芋头，这是必然的，唯一的。事物发展的必然性和唯一性就是因果关系。读书好了就做官，没有这种必然性和唯一性。这种解释显然存在语病。

孔子生活的时代提倡修齐治平。修身是个人的事，齐家是大夫地盘里面的事，治国是在诸侯国的封地内施展才能，平天下的范围就大了，不单单是周王的势力范围，应该包括周围的蛮夷戎狄。

学习历史我们知道，美国第十六任总统林肯，在任上颁发了《解放黑奴宣言》。也就是说：美国在1861年，才终止了奴隶制。从那时开始，奴隶们的子女，才有了上学的机会，距今不到200年。

每个人都有追求，吃饱穿暖以后，他应该有一个更高的追求；人的终极追求或者最高追求,应该是精神和文化层面的。这就是:风调雨顺、太平盛世、万民同欢、共享和谐。

"学而优则仕"这句话的出现,应该是鲁定公时代前后。科举制度的开始,是隋炀帝年代,期间经过了1000年左右的时间。再到朱熹解释的"有余力"又经过了500年,他的解释和那种体制挨得上吗?是不是经得起时间和实践的检验?他的那种解释误导了多少人,至今还在误导年青的一代。

三十二、士与仕

"士",究竟指的是什么人?搞清楚"士",就不难说清"仕"了。

前文说过,文字始创于母系社会。六千年前的母系社会晚期,实际上只是一个个村落部落的社会,充其量部分地区发展到部落联盟。这个社会没有剥削,也不分出身份出三六九等,大家共同劳动,共享劳动果实。始创于母系社会的"士"和"女"字,其本意就是指男女。

到了商朝,社会向前发展了,国家出现了,人剥削人的事出现了。商王有了军队,有了武士,不断吞并四周的小国。因为那个年代武士基本上由男人组成,所以"士"的含意发生了变化,不但指男人,也指武士。

我们看一看周朝那些最初的"士"是怎么形成的,他们又是些什么人。周朝的制度是世袭的,也就是"周王"的子孙世世代代做官,执掌国政。比如:当初"某位周王"的长子,原则上将来继续当王,周王只有一位。"周王"的其他儿子只能封诸侯。这些诸侯的长子——"周王"的孙子原则上继承父位,继续当诸侯。诸侯的其他儿子——当然也是"周王"的孙子只能当卿大夫。这些卿大夫的长子——"周王"的曾孙将来接班,继续当卿大夫。卿大夫的其他儿子——当然也是"周王"其他曾孙只能降为"士"。世袭罔替的世子只有一位，其余的只好降格。诸侯和卿大夫都有封地和封邑，"士"呢？只有"食田"，无封邑，或者靠俸禄维持生活，是最低一级的贵族。这些"士"都受过"六艺"教育，能文能武。《左传隐公五年》讲得很清楚："天子用八，诸侯用六，大夫四，士二。"世系越久，"士"的阶层越来越庞大，不走运的"士"便降为"庶人"了。孟子说："君子之泽，五世而斩。"在这种制度下，上到"周王"下到"士"，周朝的天下几乎合成了一个大家族。那些少数的异性诸侯，也是周王分封的，各个诸侯之间不断联姻，原本不亲的，也成亲戚了。封建制度由家族系统演变成政治系统，这个大家族中的各个成员——主要是那些大小官员，与周王的血统远近，决定了你的地位高低、官职大小和收入多少。

周朝的制度就是这样设计的，大体上也是这样运作的，根深蒂固。在这种体制下，周天子、诸侯、卿大夫和士——这些大大小小的"官"，他们拥有巨大的权势，世世代代把持国政，他们上"借"天意，下愚庶民。

这个时候的"士"，由狭义的"士"变为广义的"士"，指男人的成分似乎降低了，士不单指武士，而且指贵族的最低阶层。

士农工商，到了孔夫子生活的年代，社会已经有了这样的阶层了。种地的是农民，冶炼青铜、制造车辆兵器鞍辔、盖房子的等等是工匠，做买卖的是商人。士呢？我们看一看至今仍在使用的词语，可窥一斑：士兵、谋士、勇士、医士、护士、战士、斗士、壮士、术士，等等。

前面说过，甲骨文的士字这样写：⊥，像禾苗从田地中生长。《说文解字》中说："士，事也。"做什么事呢？"仕：学也，从人从士。"仕：人学习做事。"仕"字由人和士而来，是个会意字。

"士"的解读，众说纷纭。孔子生活的年代，"士"是不是可以这样大体定位：有文化有一定的技能，为国和家办事的知识分子和公务人员。他们没有显赫的官位，有一定的社会地位，有相对固定的收入，靠"术"维持生计的阶层。

《说文解字》对"仕"的解读较好，"学习做事"，不一定就是做官。

《孟子·万章下》中有这样的句子："下士与庶民在官者同禄，禄足以代其耕也。"这就是说：士与在官衙中当差的庶人的薪俸一样，所得的收入足以抵上他耕种的收入。这里说的是下士，还有中士、上士，中士、上士的收入更高。

到孔子生活的年代，这种机制的运作已经数百年了，各诸侯国的情况大体也是这样，是相对固定的。不会因为一个"士"一级人物——子夏的一句话，而改变体制，从而出现"学习好了就可以当官"的事情。

在这样的大气候下，没有你庶民百姓的事。到孔子子夏生活的时候，周王朝的王位已经传了二十多世，直到周王朝的结束，也没有那样的事。那些从"士"的群体中涌现出来的，类似管仲那样的优秀人物，也是极少数的。

为了利益，诸侯国之间进行了数不清的战争，这些战争好多都是在"周文王"的后人之间进行。文王许许多多的后代降格到"士"一级，他们或当家臣，或到官府当差。周朝自家人都无地可封，无官可做，所以，也就没有那"学习好了就可以当官"的好事，落到你庶民百姓的头上。

当学生是人生的一个阶段，参加工作走向社会又是一个阶段。学生阶段以学习文化知识为主，工作阶段则是以做事、干活为主。这是今人走的路，当年只有那些贵族子弟才能享受读书。

我们常常见到古代流传下来的仕女图。这里的仕女指的是宫女或者贵族，也可能是有钱人家的女子，其实就是盛装美女。这里若是把"仕女"解释为当官的女人，那就闹演义了。但凡正常的人谁也不会那样想。这就是说"仕"字不是一种解释。"士"是事也，"仕"就是人学习做事。那么"仕而优则学"里的"仕"，究竟做何种解释呢？

今天的中国，六十岁以下的成年人当中，几乎没有文盲了。每个人当学生时，学习的文化知识产生于何处？可以这样说：文化知识是人民大众在长期的生活实践中，积累总结出来的东西。今天的儿童基本上都能上学了，当年只有那些贵族子弟，才有上学的资格和机会。孔子兴办私学，提出"有教无类"的口号后，极少数普通人家的孩子，才进了私学学习。具体的准确的情况已很难说清楚了。

上学学习的是已有之基本定型的知识，谁也不会一辈子当学生。过了这个阶段，你总要做"事"吧。士：事也。可见"士"通"事"。在"参加工作"以后，再发现摸索，总结未知的东西。

看一下孔夫子的生活轨迹和走过的路。根据《史记·孔子世家》的记载：孔子二十岁前后，曾在季氏门下做过仓库管理员。他是大夫"家"的工作人员。三十五岁孔子来到齐国，做了高昭子的家臣。五十岁时还没有走上仕途，险些投奔"叛军"。由于他立志学习，精通礼乐有了相当的声望，五十一岁时做了中都的地方长官。在任上治理有方，一年后提拔为鲁国的司空。后来又升为大司寇，参与治理鲁国大事。这就是说，孔子的最高职务是二等诸侯国的大夫。这也是有点级别的"官"了。

孔夫子是圣人，立志学习后走过的路线是：学生——家臣——邑宰——大夫——流浪者。司马迁对孔子的定位是：布衣。古代称平民是布衣。当过大夫级别之官的人，还是布衣，这就耐人寻味了！仔细研读后你就会发现：孔夫子的"官"不是承袭他父亲的，孔夫子的"官"也没有传给他儿子，孔子一直没有自己的地盘——封邑。那是个"陪臣执国政"的年代，也就是卿大夫或者他的家臣，就能操纵国政的乱世。

根据《论语》和相关资料的记载，孔子的弟子冉有担任季孙氏的家臣，子路、冉求也曾经担任季孙氏的家臣，子游为武城宰。

"仕而优则学，学而优则仕。"这句话出自子夏之口，子夏是孔子的弟子，其担任过鲁国的莒父宰，曾经担任过魏文侯的老师。有关资料显示：子夏熟悉文献与训诂，《诗经》《春秋》等经典的传世都与他有关。一位学习这样优秀的人，都没有担任过大夫一级的官员，何况孔夫子担任了大夫，也属"布衣"行列之人。

"做官有了余力就可以学习了，学习有了余力就可以做官了。"这是现在某本《论语》给这句话的今译。很明显，这基本是朱熹解释的盗版。

做官有了余力，不学习行不行？做官有余力就去学习不是定数！学习有了余力，不做官行不行？有余力就去做官也不是必然！官与学，学与官之间没有无法改变的因果关系。

所以说那样的解释，很明显不能成立，不通情理！只要是不通情理的句子和事情，其背后一定有不正常的原因，这个原因在什么地方呢？

晋国的首任国君是周武王的儿子。到了后来，晋国的权柄落到韩、赵、魏三个执政大夫的手中。韩、赵、魏三家最后瓜分了晋国，而出现了新的三个诸侯国。韩、赵、魏三家当初的爵位，也是世代相袭。

《史记·孔子世家》有这样的记载：季桓子临终前对他儿子说："我即死，若必相鲁；相鲁，必召仲尼。"用今天的话说："我死后你就会接掌鲁国的政权，你掌权后一定请孔子回来。"从这里我们可以知道：鲁国"相鲁"的权力也是世袭的，季氏父子一直执掌着鲁国的大权。这个时候的这个"官"，不是学习好的人就可以得到。当时的社会就是这样的体制：政治上的等级制度是森严的，权力的过度也是铁定的。你学习好的人当"官"了，我们这些世袭的贵族干什么去？

鲁国的季桓子掌握着鲁国的国柄，而季武子的"官"和"执国政"的权力，是承袭了他父亲的。这个"官"是随着这个"国"和"家"并存的，或者说这个"官"没有被其他势力挤掉，就能一直存在。

季氏这个有封土的执政大夫，他的"家"，实际上就是一个小独立王国，只要没有被战争推翻，这个小王国世世代代都是他们季氏家的，这个家的一切事情都由他做主，连"十室之邑"的"邑宰"都是他季氏任免，不容别人染指。从上面季氏父子的对话我们知道，季氏这个"家主，"不但有权处理"家事"，而且全权处理鲁国的国事，孔夫子这么影响大的人的去留，不需要"请示国王"，就可以决定，鲁国的国君成了摆设。这个年代就是这样的"世族"制度，没有那学习好了就可以当官的事。

从此可以看出：只有那些掌握了世袭的领地和世袭的权力之人，才算"官"。那些"士"，就是一些武士或者工作人员，算不上什么"官"。

《礼记·学记》是这样讲的："古之教者，家有塾，党有庠，术有序，国有学……凡学，官先事，士先志。其此之谓乎。"

一位较有名的学者对此的解释是：古时教学的处所，二十五户人家的一村里有一个塾，有五百户人家的一个镇有一个庠，二千五百户人家的郡有序，国的首都有学……古书上说：凡学习做官，先学管事，要做学者，先立定志向。正是此意。

家有塾：二十五户人家的一个村？还是大夫的领地那个"家"？不由得让你想到，哪种解释符合当时的实际情况？

《孟子·万章下》有这样的句子："孟献子，百乘之家也。"大夫封邑叫家。这个句子的大概意思是：孟献子的封邑，拥有百辆兵车。

这段文字可以做根据，那个年代，诸侯国里大夫的封邑，百乘之家就是对家的最好解释。那么，"家有塾"能不能解释为：当年大夫的封邑里的教学场所叫塾。

今天村、乡、县、市，遍布的教学场所都叫学校，当年不是。今天只要是在学校里学习的人都叫学生，当年的塾、庠、序里面学习的人能不能称其为学生？在那等级森严的年代，塾、庠、序就是当时各级学校的名称。清朝年间还有"庠生""贡生"，那是有一定资格的人之"称谓"，这个称谓不是随便叫的。

这里清楚地说明问题了："国有学"，只有诸侯国或"中国"的国内才有学！什么人才有资格和条件入学？答案是明白的：只有国内诸侯贵族的子弟，没有你平头百姓的事。

看一下汉武帝年代的这句话：废除百家，独尊儒术。这里的"术"，说明了一个问题，儒家经营的内容，在汉朝之前不叫儒学，也不是儒教，也不是国学，更不是经典。和其他百家一样，也是一种"术"。那么，以儒术为业之人，就可以称为"术士"。很显然，孔夫子的身份就是"士"，不应该是布衣。

林语堂先生所著的《孔子的智慧》一书，里面是这样说的：《大学》一书似乎是专为教育王子贵人而作，所以书名称为《大学》，而大学即王子贵人受教育之所。"君子"一词在大学中当然甚为通用,照字面看,"君子"者,"君王之子"也,亦即"王子",后来渐渐为"士绅"之称。

那么,这里的"学",是不是和"学而优则仕"里的"学"指的是一回事呢?如果是,理解这句话就有了根据了。

《礼记·学记》里这样说的:"《记曰》:凡学,官先事,士先志,其此之谓乎。"林语堂先生对这句话的今译是,古书上说:凡学习做官,先学管事,要做学者,先立定志向。正是此意。

林语堂先生是大师巨匠级人物,学贯中西,令人敬仰。林语堂先生的分析和解释,更接近或者符合当年的本来面目。这就为我们增加了一个有力的证据,从而得出结论:"学"是为王子贵人而设,体制是世袭的体制。平头百姓学习好了,就去做官,从孔子往后的二百年的社会进程看,没有这样的事情。那些辅佐称王称霸的人,最低一级的也是"士"。没有哪一位,是从学习优秀的人物中,或从学习"有余力"的人中,做了官员,走上"摄行相事"的舞台。

"凡学,官先事",就是"凡学习做官,先学管事"。先学管事,是不是做具体的事?这里在学校"官先事",是不是和我们今天教学中的"实践"一词的含意相同呢?如果一样,那么,"仕而优则学,学而优则仕"的"学"的含意就更加明确了:学习做官就要先实践,学与仕是学习和实践的关系。

《孟子·万章章句下》有这样的记述:北宫锜问曰:"周室班爵禄也,如之何?"孟子曰:"其详不可得闻也,诸侯恶其害已也,而皆去其籍。"

大意是,北宫锜问道:"周朝制定的官爵和俸禄的等级,是怎么回事呢?"孟子回答:"详细情况已经不能知道了,诸侯害怕这些制度对自己不利,就把这些文件毁掉了。"

孟子:公元前372—公元前289年,西周:约公元前11世纪—公元前771年,东周:公元前770—公元前256年。

孟子是周朝人,或者说生活在东周的战国时期,各类文献记录得清清楚楚。看了孟子和北宫锜的对话，说明这样一个事实：周朝人对周朝官员的薪俸分配制度——这是最敏感的事情——的详细情况都弄不清了。我们今天的人，能用什么办法，弄清周朝的教师说过的那些话？孟夫子对他几百年前最敏感的问题都弄不清了，今天的人怎么能弄清几千年前那些布衣说过的话？怎么弄请孔子生活时代的许多细节？

我们今天只能以一些少得可怜的资料为参照，以"文理""事理"和"逻辑"为根据，做一些探讨猜测罢了！

哀也没用，叹也不顶事，历史就是这么走过来的！

周朝的统治者把掌握文化知识作为一个他们的权力或者专利。孔子之前有影响的文化人及作品，流传下来的太少了！孔子去世后的二百多年，文化教育以及各种学说得到突飞猛进的发展，呈现出百花齐放的局面，如荀子、墨子、韩非子等等，他们的学说一直影响到今天。

天下事没有一成不变的，汉语也是如此，各个年代都有自己的特色。汉语一直发展，不断充实完善，早已不是汉族人的语言了，因为其有着不可取代的优势。汉语言发展到今天，能说再没有发展的空间和余量了吗？谁也不会那样说，语言可以向更方便简捷的方向发展。但是"文理"不能发展，也无法发展。自然规律是一成不变的，规律不能发展。鸡蛋得到适当的温度变为鸡仔，这是唯一的结果。学习好了，可以当家臣、工匠、商人，并不是只有这唯一的"官"路。石子再给什么温度也变不成鸡仔。这就是自然界的理。

清朝结束才一百多年，夏朝到清朝一直是父传子家天下，这种传承是名正言顺天经地义的，社会发展到那个阶段，国家的权力就是那么交接的。

社会向前发展，一定会出现新的问题，国家也会制定相应的政策。而孔夫子生活的年代，不但财产继承，而且官爵封邑等等，一系列财物以外的名号和权力都要继承。当年就是那样的制度，社会就是发展在那个阶段。不是你经过努力学习，有个好成绩就能得到官位。孔夫子的生活年代，没有那个庶民百姓通过学习优秀的道路，跃升为卿大夫的，没有那样的事情。

三十三、圣贤慎言

鸡生蛋，蛋生鸡，究竟是先有蛋还是先有鸡？这个话题争论了多少年，也没有个结果。但是，鸡生蛋，蛋生鸡这种关系是个铁律，是谁也改变不了的事实。鸽子蛋孵化后孵出鸽子，鸡蛋和鸽子蛋再怎么孵，也孵不出喜鹊和八哥。温度不够、时间不到，孵不出来。你若把任何鸟蛋放到开水里半分钟，拿出来以后再怎么孵，也不可能再孵出鸟来。这是因为这种蛋里面，已经储存着孵成这种动物的必需条件，这种条件是这种动物的父母遗传下来的，是数不清多少代周而复始遗传的结果。假如你改变了这个"成因和条件"，破坏了这个必须的内在东西，就不会有那个结果。

世上万物的生成，必定有生成这种物质的必需条件，一切条件具备了，结果是必然的。天下万事万物皆有因果。某些事物的成因，只不过是人类不知道或没有搞清楚罢了。澳大利亚的鸡蛋，拿到加拿大孵化后，孵出来的还是鸡，不会是鹦鹉。

这种必然的因果关系及过程就是规律，规律就是理。世间万物皆有理，句子也有理。

我模仿子夏的话，造一个这样的句子：鸡而生（优）则蛋，蛋而生

（优）则鸡。这也是一个互为因果关系的句子，也就是说，上句的果是下句的因，而下句的果是上句的因。鸡生蛋，蛋生鸡，是必然的，不会出现第二个结果。那么，仕而优则学，学而优则仕的那种解读，是不是唯一的结果呢？不是！当官有了余力可以去钓鱼，也可以做别的；学习有了余力可以去炒股，也可以去踢足球。

子夏当年是不是模仿鸡和蛋的格式说出这句话，我们不知道。但是，他说那样的话，肯定有依据。句理符合事理才能成立，否则，再怎么说也是瞎说。

子夏的话，因果关系能互换，我们的解读，即能互换因果，又符合事理才行。

当年的贵族子弟，小时候都要到学校学习，学习的目的是掌握知识技能，将来参与齐家、治国、平天下。今天普通老百姓的子弟，都能到学校学习，学习的目的是什么？是为将来的生活准备必需的知识和技能，并不是仅仅为了做官。没有知识你不但做不了官，而且好多事情也不可能做好。当年就有了士、农、工、商的分工，哪一行离开知识你能干好？当年和今天一样，不论什么人，只有读了书，具备了充足的知识，才能入行，才能在不同的行业里，有了安身立业的基础。

知识是立身的资本，不会和做官做了捆绑。"做官"并不是学而优的必然结果，"学习"并不是做官有了余力的唯一出路！

学习的目的是什么？为了应用，学以致用。把"仕而优则学，学而优则仕"用今天的话说出来，应该是：实践经验丰富后，应该总结成理论（学问）；学习知识（理论）到了一定的程度要去实践。

子夏的话是治学和生活的经验总结，是最原始最淳朴的实践和理论的论述，是一种教学方法。与当不当官、有没有余力应该没有关系。

人类在生活生产中总结出许多原理、定理、推理，再由这些定理和原理指导我们的实践。随着新事物的出现，实践和理论是个反复循环的过程。今天我们讲的学以致用，古人何尝不是？学和用是两码事。

书本知识太多了，一个人终其一生，是学不完那些现有的知识的。你只有把学问和实践很好地结合起来，把学到的知识应用到实践中去，知识才能派上用场。同时在实践中，发现新问题，要善于总结出来。今天我们仍然在总结经验，总结经验就是一个由实践到理论的过程。

子夏老先生讲的这句话，可能是他观察到的事实，是他发现和认识到理论和实践、学习与应用之间的规律后，总结出来的。这句话很有今天校训的味道，是在告诫提醒学生。

这是最早最朴素的理论和实践之间的关系论述，两句话，从中断开，单说一句，似乎有理，但是，那样做就歪曲了先哲的本意。

读书做官的根源就在这里，那种解释误导了多少人。由于这是《论语》里面的话，《论语》又是多少个朝代的经典，所以有些人一准照搬，照搬来照搬去就走样了。其实，那种解释是不切实际的理论，不切实际的理论不应该在社会上继续广泛传播。

《论语·述而》："子曰：'自行束脩以上，吾未尝无诲焉。'"好多今译的大意是这样的，孔子说："自己带一束干肉来见我，我没有不教他的。"这样解释给你的印象是：这一束干肉可以冲抵学费，似乎孔夫子特别爱吃肉。汉语词典上面这样解释：古时称干肉为脩，束脩就是一束干肉，这也没错呀。字典上说，这是古时候送给老师的报酬。既然是报酬，送给医生行不行？为什么非给老师呢？这种解释让我好生纳闷，困扰了我好长时间，书上明明白白就是这样今译的，而且不止一个版本。

如果一个学生交孔子一束肉干，那么多的学生该有多少干肉？那么多的干肉往哪里放，多长时间才能吃完？再说学费，今天是钱，那个年代也可以收钱。一匹布或一袋粮食，也可以代替学费呀，为什么非要肉干？难道孔夫子的学生不送肉干，他就不教学生？难道孔夫子就值那么一束肉干？这似乎太贱了吧？圣人就是这样的形象？用今天的话说：这老头就是一个"饭桶"！"肉桶"！

我最早知道这句话是在当年"批林批孔"的时候。记得在一幅漫画中，某人带着一束肉干拜见孔子，样子很滑稽。这个印象太深了，一直挥之不去。那是个孔老二长孔老二短的年代，我曾想过，这么贪吃的人也配当圣人？多少年的思索后，这个问题想通了：历史的原因，准确真实地反映那个年代的资料，流传下来的太少了。是我们孤陋寡闻，不知道历史，不理解孔子！

这种解释让你别扭，明显的不符合常理！但是没有办法，书上就是那么说的，难道孔夫子说错了？我觉得圣人贤人不会说那些不着调的话。

子曰："学而不思则罔。"我是怎么思考也不对劲，虽然疑惑纳闷，但是没有办法，多少年不敢怀疑。

有时自己也问自己，钻这牛角尖干什么。有时自己也笑自己，干吗这么咬文嚼字，在这死胡同里折腾什么。然而多少年就是想不通，书上为什么那样说？

读《论语》我们知道，孔夫子"学而不厌，诲人不倦"，"割不正不食，肉虽多，不便胜食气，沽酒市脯不食"。也就是说，孔子食用的肉，没有按一定的形状去切，不食！肉虽多，但不吃过量，买来的酒和肉干不吃。从这里我们知道，孔子是一个吃肉很讲究，很懂得养生，是一个品位很高的老人。然而他怎么那样喜欢人家的肉干呢？这里讲得很清楚，买来的肉干不吃，学生们送来的肉干也可能是买下的，吃不吃？

自己二十来岁接受再教育的时候，练习书法，好长时间也不见长进，干着急没办法。有位好心人告诉我，邻村有一位老先生的书法很好，建议我找他求教，他还告诉我具体地址。记得那时快过年了，已经开始写春联，我把自认为写得比较好的几副带上。那位先生五十多岁，知道我的来意，看了我写的字以后，他提笔在我写的字的旁边，顺手也写了那几个字。一比较就看出高低，人家写的那个工整舒服，一出手就感觉到功力不浅。他把他练习书法的心得和经验方法都给我讲了，我觉得获益匪浅。这件事过去三十多年了，那位先生的音容笑貌至今留在我的脑海中。

自己当时年轻，不懂世事。向先生求教时是空着两手去的，而且是素昧平生。先生一点也没有嗔怪，反而给我倒上茶水，热情招待。孔子怎么非要人家的肉干才教人呢？越想越不对劲，但是没有办法。

后来读《晋书·列女传》，上面有这样的句子："柳束脩整带，造于别榻。"下面对束脩的注释为：仪容整肃。看了这一段后，我觉得茅塞顿开，神清气爽，心里面的疙瘩解开了。

"且吾自束脩以来，为人臣不陷于不忠，为人子不陷于不孝。"节选自《后汉书·延笃传》。束脩就是束带修饰。从束脩一词在《论语》这个句子中前后的关系和意义来看，完全与肉干没有任何关系。

这样一来"自行束脩以上"就有了另外一种解释了："穿戴整齐好学上进的（有志青年）自动找上门来。"这样解释那句话，要比一束干肉的文理要通，这样解读，圣人的形象有了，前后句也能衔接上。当然，破衣邋遢、不修边幅、不讲卫生的人，不但圣人反感，大家都反感。

困惑我好长时间的是：现在出版了很多版本的《论语》及注释，许多版本注释这句话时，往往是一束肉干。这种既影响孔子形象，又不通情理的注释为什么一直通行，这样的解读和今译会误导多少人，流传到国外，不但影响孔子的形象，而且影响整个中国的形象。

《论语·泰伯》："子曰：民可使由之，不可使知之。"今译：孔子说："老百姓可以差使他，不能让他们知道这是为什么。"许多版本的《论语》今译，差不多就是这个意思。

当年批林批孔的时候，这是"孔老二"的一条罪状：愚民。白纸黑字，给孔子戴上那样的"帽子"，也真是无奈。

这种解释果真是孔子的本意吗？多少年来这种解释一直困扰着我。

老话说：以小人之见，度君子之腹。谁都知道孔夫子崇尚君子，鄙视小人。难道孔子用这样愚弄老百姓的小人做派教化大众吗？饮食男女，古来如此。看一看我们今天的生活，想一想当年的情景。孔夫子教育民众懂礼守法，尊老仁爱等等，哪一条不是至理名言，流传了两千多年。直到现在，我们依然沿袭着这种淳朴的古风。小孩子从上幼儿园开始，再上小学中学，到大学毕业，那一级不是让他学知识，懂道理，在他成年走向社会后，从事自己喜欢的职业，做一个对国家对社会有用的人。孔子当年何尝不是这样教育学生。难道他就是教育学生，黑茫茫地把老百姓如同牲口一般使唤，还不能知道这是为什么？

从奴隶社会到封建社会，老百姓被差使，这是没有办法的事情，原因是由当时的社会制度决定的。但是，这不是你不想让他知道这是什么道理，他就不会知道这是什么道理的事情，完全不是这么回事。在从前的那种制度下，老百姓被差使，从事着最苦最累的营生，他们要向地主交租，向诸侯纳税，他们的劳动成果被人剥削，那些贵族的富裕生活，就是穷苦人的血泪换来的。汗水掉在地上摔成八瓣儿，每天累死累活连肚子都填不饱，难道他们连这个道理都想不通？辛辛苦苦干一年，临过年才买下二斤白面，还得"揣在怀里四五天"。那样不公平的社会制度，他们难道甘心？即使这样穷困，他们也要追求美，即使这样无奈，过年的时候，他们也要为自己那青春女儿买二尺红头绳，带来欢乐。

"北风吹"已经唱了六十多年，过年时才能得到的二斤白面和二尺红头绳的故事，在今天看来似乎是天方夜谭，请今天的小青年相信，那是确确实实发生在当年穷苦农民身上的事情。不是他们无能，是当时的社会制度的原因，生产力的水平就是那样。

"北风吹"的歌曲我很小就会唱，开始是唱着好玩，咀嚼的时间长了，就会有一些切肤刻骨的认识。

《易经》产生于西周初期，其中常常是一两个字成为一句。孔子读过《易经》，《易经》的文风应该对孔子有影响。春秋战国时期还没有纸张，传世的文字大部分写在竹简木牍上，再用绳索串成一卷一卷的书，那是相当费时费工的，普通人无力承受。受书写材料的制约，所以形成了古汉语简而精的文风。

《易经》中的句子很多简短，甚至一两个字就是一句。这样的文风，很可能会影响到孔子和他身边的人。所以，《论语》中那些简短的句子，也就是情理中的事情了。

作为一个被人尊为圣人的人，他若捉弄人，说明他的德行不怎么样，属于"小人"行为。作为教育家，你教人愚弄人？显然是有违做人的"基本德行"。况且教人愚弄人，你留下的是万世的骂名，怎么会让人尊敬？再说你愚弄人，一时可能得逞，但是不会永远通行。更不能把愚弄人的做法，作为经验推广，还有人记录下来流传后世。被愚弄者可能一时没有理解，但是不会永远不理解。谁若把愚弄百姓的方法作为经验推广，那是极其愚蠢的行为。

所以说："民可使由之，不可使知之"的那种解读，与《论语》中记录的孔子之整体风貌是相悖的。

愚民的结果是什么？平心而论，如果你被他人愚弄过，你会甘心吗？肯定不会，怎么办？想办法报复，只有报复才能解除心头之恨。人性是不是这样呢？那么，报复会用平和的手段吗？不可能，少不了暴力。这样一来，天下还能太平吗？这样的结果符合孔子提倡的"仁"和"礼"吗？明显的不符。读过《论语》，谁都知道他老人家心平气静、和言善语、循循善诱地教导人，往文明路上走，怎么会愚弄人呢？所以说，这种解读明显地与孔子的德行和教义不符！

这句话这样断句及解读，是明显地愚弄老百姓，而且是明显地鼓励、推广、支持某些人愚弄人。孔夫子是教育工作者，他在世时的口碑极好，他不会那样对待老百姓。

这句话究竟怎样解读，才是孔子的本来意思呢？

毛主席说过：做一个高尚的人，一个纯粹的人，一个脱离了低级趣味的人，一个有道德的人，一个有益于人民的人。孔夫子应该是这样的人吧！那么，只可差使他，而不让他知道这是什么道理，显然不会有益于人民，显然不是教化民众仁爱忠孝的人说出来的话吧！这种解释与《论语》的整体精神，是显然地不相称。一个极有品位和修养的人，说出这样愚弄人的话，是那样的不合节拍。这样的解释显然不是言者的本意。

《论语》读得遍数多了，某天突然对这句话有了新的认识。大家知道，古书没有标点符号，这句话可不可以这样断句：民可，使由之；不可，使知之。试今译：老百姓可以了（经过教育学习，达到一定的认识水平，知道遵纪守法了），便让他们自由发展（从事自己喜欢的职业）；不可以（的时候），要让他们知道（学习）这些东西（法律知识）。

这样断句解释，不能说强求吧？我知道这样断句不会犯法，也不会犯罪，才敢这样胆大妄为，还请老夫子担待些。

春秋时期，虽然以农耕为主，但是，那个时候青铜的冶炼技术已经成熟，所以采矿冶炼需要专门的人才。而且，打仗要有士兵，占卜需要巫师，盖房子需要工匠，牛羊有人贩卖，社会上有了各种各样的职业，这些事情都要有专人去做。面对诸多职业，老百姓有了选择的机会。

今天的社会也是这样运作的：小孩子（小人）不懂事的时候，通过教育的方法，让他们知道好坏对错，"使知之"。到他（她）们有了一定的知识，成年后走向社会，按照自己的喜好去自由发展，"使由之"。现在社会就是沿着一条这样的线路行进的。当年何尝不是？

是孔夫子说错了，还是某些人理解错了？孔夫子这里讲得清清楚楚，只是某些人没有理解到位，再以讹传讹，导致孔夫子遭受这不白之冤，甚至狗血喷头，致使认识孔子的时候，增添了不必要的困惑和麻烦。

把那样的句子和解释传到国外，愚民，明显的愚民，老外能不笑话孔夫子吗？能不笑话咱中国的文化吗？

我也见过这句话这样的断法：民可使，由之；不可使，知之。这样的断法就是又一种解释了。

读《论语》有时候让你笑出声来，老夫子不高兴的时候照样有口重的话，甚至咒人。《论语·先进》："子畏于匡，颜渊后。子曰：'吾以女死矣。'曰：'子在，回何敢死？'"

这是一篇相当精彩、相当简练、相当有趣儿的记叙文，详细记录了孔夫子周游列国时某个时刻的窘况。读这一段我们知道，孔子在匡地被人围困了，颜渊来得迟了，老夫子埋怨他："我以为你死了。"这句话和我们今天的口语是何等的相近，只有那些最熟悉最亲近的人之间，才能说出这样的话来。"先生在，我怎么敢死呢？"一怨一答，真有人情味儿。老头子心烦的时候，冲学生发火说气话。学生反而与老师调侃，回答得相当机智，相当幽默，非大智慧没有此举。孔夫子的学生都这般幽默，孔夫子的幽默可想而知。

这里把时间、地点、人物、事件等要素交代得非常清楚，灰头土脸、喜怒哀乐的窘困神态如在面前。乍一看让你疑惑，老夫子像个村夫一样，出言不逊。这么粗鲁狠毒的话，不像圣人口中说出来的。再多看几遍，让你品出味儿来了，直到笑出声来：老夫子不是不食人间烟火的神仙，这里不会让你困惑，反而透出一种亲近。这会儿的孔子不但像个村夫，而且连村夫的自由也没有。如同我们最亲近的长辈，在他不高兴的时候，冲我们脱口而出的话。他也和普通人一样，具有七情六欲，他不高兴的时候也需要发泄。

这么随和自然的对话，喜怒哀乐的神态，好像发生在你的眼前。这么精彩的场面，在《论语》中是少见的。

这就是古汉语的文字特色，也是那个年代的文字特色：简练、精辟、生动、传神。我们不能不佩服孔子学生的文字功夫，要知道，每个字都是写在竹简木牍上的，再用牛皮绳子穿起来成卷，成本昂贵，传给后世相当困难，故而惜字如金，句句都是精华。

读《论语》让你知道：一个自然的人，一个机智的人，一个高尚的人如在你的眼前。读《论语》我们不知道孔子说的好多话，是在什么场合下说的，这对理解《论语》有一定影响。

现在各种各样版本的《论语》太多了，其中断句不一样，意思也就不一样了。我的另一个困惑：《论语》是经典著作，传统文化不应该亵渎，我们应该确立一种权威的解读。

三十四、更上一层楼

孔夫子活了七十三岁,他真正有作为一个有影响的日子,也就是最后的二十多年。他弟子记录的那些言行,绝大部分可能在这段时间发生。我们知道,现代汉语是在古汉语基础上发展而来的,文字的发展和进程是缓慢的或者说某个阶段是相对固定的,就像现在,第一人称代词固定使用的就是"我","余""吾""予"已经不用。不是不用,如果再使用,明显地不符合当前社会的习惯模式和氛围。那么,孔子生活的那段时间,鲁国的语言文字使用上有什么习惯?可叹的是,能够做旁证的文献极少。但是,"吾""我""予"第一人称代词,就是这样同时出现,明摆着非常混乱。在用字上,"共"通"拱","说"通"悦","弟"通"悌","错"通"措",等等。孔子生活的年代,鲁国的文化氛围是相当不错的,《论语》何至于此呢?

当然了,这不是孔子的错,也不应该说记录者的错,《论语》是大家伙的结晶,所以,在语言上也就有了大家的特色,这也是那个时代的特色。

我们确实感到生活习惯统一的艰难!确实感到秦始皇统一中国的伟大,确实期盼全世界统一的那一天!

读《论语》不能着急,应该慢慢品,每个年龄段的感受不同,就我个人而言：上学时的课文中偶尔有《论语》的句子，老师让我们批判地接受，到底是该批判，还是该接受，我们也说不来，当时就是那样的年代。改革开放后，《四书五经》光明正大地出版，二十多岁时，第一次通读《论语》，为的是学习祖国的传统文化，感受不小。这之前听过的好多耳熟能详的句子，原来出自《论语》。三十岁以后再读《论语》，是想从中寻找到什么，有些句子反而觉得似懂非懂。四十岁以后再读《论语》，是想从中得到精神上的支持，这时反而觉得自己丹田的气不够足，只是每当听到有人叫孔老二时，就要和其讲一句，不应该。五十岁以后，经历的磕碰多了，再读《论语》时，觉得孔夫子讲得真好，好多事情看得真透，以前觉得今译不对劲的地方不敢说，这会儿觉得应该提出来。再往后有什么感受就说不清了。但是，每读一遍，都会觉得增加了对人生世事的认识，都会觉得经典的底蕴是那么厚重，都会觉得孔夫子对人性的解读是那么透彻。两千多年前孔夫子的思想光辉，在今天依然有重大的指导意义！程子总结得好：读之愈久，但觉意味深长。

20世纪初，有些人提出"打倒孔家店"的口号。20世纪70年代又开展了"批林批孔"运动，打倒"孔老二"的口号喊了一阵。打倒归打倒，批判归批判，也可以踏上千万只脚，叫他永不翻身。但是，换一个皇帝费事，换一个文化部部长不费事，打倒之后，总应该有一种新的、代表主流价值的文化取而代之。五四运动后，白话文取代了文言文，妇女不裹脚了，这是文化进步、妇女解放的标志。但是，几番折腾以后，没有一种新的更高尚的文化得以确立，并且取代了"儒学"。改革开放后，普通老百姓才有机会走出国门，领略多元文化的色彩。今天，多位诺贝尔奖金获得者联名发表宣言，号召人类去吸取孔子的智慧，这不值得我们反思吗？

历史上的好多起义军为了发泄仇恨，没有少烧房子，当然了，旧的不去，新的不来。一把火烧一座房子不费事，但是，再新建一座，而且在功能和造型上胜过前人，那可不是一件容易的事。

在我没有通读《论语》之前，我就听过"学而不厌，诲人不倦""己所不欲，勿施于人"这些句子。第一次通读《论语》，知道这些话是出自孔子之口时，让我觉得孔子是多么伟大，让你从心里产生对孔子的佩服和敬仰。"唯女子与小人为难养也，近之不逊，远之则怨。"当这些句子出现在你眼前，又让你觉得很不对劲，还伴着那样的今译。我的心中出现了困惑，那样的解读和《论语》的整体风貌极不相称，还显得自相矛盾，美丑的反差太大了，或者有一种离谱走调的感觉，明显地觉得不和谐。但是，白纸黑字在那里放着，虽然你心里有诸般的想法，当年你根本不敢怀疑那种解读，根本不敢怀疑书。

孔子的弟子记述的是："子不语怪、力、乱、神。"我们想一想，但凡一个成熟的人，都不会说自相矛盾的话。孔夫子贵为圣人，不是浪得虚名。他不会也不应该说那样的蠢话！那样的解读，与孔子和那些贤人的形象是格格不入。那种有辱圣贤形象的解读，困惑了我很长时间。

随着年龄的增长，阅历的增加，一遍又一遍的通读《论语》后，里面的许多句子，慢慢地咀嚼出另一番滋味，有些话在自己的脑海中出现了不同的解读。

我曾经把几个不同版本的《论语》分别作了比对，发现里面好多句子断得不一样，还有多处字也不一样。我不能说此对彼错，只能说各有各的道理。今天都如此，谁能说清楚过去那两千多年中的情况呢？哪一个版本算权威？为什么这么混乱？平心而论，为了学习传统文化，普通老百姓购买一本《论语》，通读数遍也就不错了，几个人有兴趣拿上几本比对，再发现其中的不同之处。你手上这一本《论语》的某一篇，由于断句和用字的不同，给你灌输的意思也是不同的，由此引起的误会也是不必要的。

孔夫子被尊为圣人，现在全世界建立了这么多的孔子学院，孔子已经不单单是中国人的孔子，《论语》中某些不通情理的断句和解读一直困扰着我，我们应该把正确的观念，符合人性的道理推向全世界。

当年"批林批孔"的时候，好多批判的内容，已经给一个十五六岁的少年打上无法抹去的印痕，某些话的某些解读确实印在脑子里。但是，那个时候我没有通读过《论语》，老师教的或报纸上的《论语》句子就是我们批判的东西，糊里糊涂地就要敢写批判孔子的文章，想起来真是可笑！随着年龄的增长，随着读《论语》遍数的增加，现在越能感受到那几句话的那种解读与《论语》的整体精神风貌极不相符，如同吃大米时嚼出了石粒，不能不吐。

看一下那些传世的作品，我国到了宋朝的时候，文字水平已经发展到相当高的程度。但是，有"他"字，没有"她"字，何况更早的年代。今天我国第二人称使用"你"，而港台地区指女性时，已经使用"女尔"（二合一）字了，这样的使用方法，谁都能看出文明程度更高一些，有理由相信，汉语的前途非常乐观。古今中外的文明都是由初级到高级发展而来的。今天的现代汉语，也会向更高级的方向发展，这个进程是缓慢的。但是，那个年代的文章已经定型了，没法改了。假如把"女尔"（二合一）字替换到古汉语中，反倒显得不伦不类。

今天仍然有书面用语和口头用语之说，白话文就是把口语书面化了。今天的书面用语和口语的区别是非常小的。孔夫子生活的年代口语和书面用语有很大的区别，根据是什么呢？1.先有语言后有文字是不争的事实。文盲不识字，他肯定会说话。2.文字书写在竹简上，只有少用字才能少用简，所以古汉语简练。3.之乎者也充满其中，好多是起到标点符号或者语气作用。

把口语变成文字，再把其简练，不是简单的事。今天，即使一个中学毕业生，让他写一篇白话文不会困难。然而，把白话文精练成一篇文言文，再写出文采，恐怕不是一件容易的事。

吹牛皮时忘记了头上还有天，两顿吃不上饭，知道了什么叫头昏眼花，才知道凡事应该实事求是。

圣人和贤人之所以青史留名，尤其是那些传名千年以上的圣贤，他们有着超越常人的智慧，圣人和贤人不会说那些不着调的话。记录那些语言的人，也不会把那些既经不起推敲又没有什么实际意义的话记录下来。

三十五、"中文"漫笔

词曰：摆摊之巫，冒充神仙等信徒；路边铺红布，签筒推背图，出钱才张嘴，听者频点头。总有说道，瞎男摸女手。因此上把先进文化一笔勾。

有一次，我路过我们这座城市一处"神仙"经常聚会的地方，有感而写出。

记得我上小学二年级的时候，一个同学的爷爷去世了，他父亲是个村干部，他家四代同堂，在村里也是个大户人家，好多人都关注着他家将要举行的葬礼。出殡那天，北风吼叫，大雪飘舞。回家后我就问姥姥："这该怎么办呀？"

姥姥回答："没有办法，亲戚朋友都通知了。"

我又问："能不能往后推一推？"

姥姥道："不能，这是看下的日子！"

在农村，婚丧嫁娶都要看日子，图个吉利。这一天，这家人踏着泥泞的山路为逝者送殡，真是苦不堪言。

从那时起，我觉得：好日子不应该有风雪雨雾。

小时候看三国演义，借东风那一段印象很深：诸葛亮登上七星坛做法事，手执宝剑，口中念念有词。不久东风刮起，长江南岸周瑜的部队在小船上装上干柴，浇上火油，借着风势，直扑北岸。在距曹军不远的地方，点燃了小船上的柴火，直把北岸曹军的战船人马烧成一片火海，死伤无数，诸葛亮和周瑜他们取得大胜。

我在惊叹诸葛亮那超人的本事的同时，也难免疑问和幻想：世间真有那呼风唤雨的神仙？我们这里遇上干旱，请一位做做法事，那该多好呀。

小说家写东西，常常是让大家看过热闹后想世事。可是小孩子往往当真，说欺骗吧，有点冤枉人，不是欺骗吧，也确实是欺骗。说罗贯中瞎编吧，还是编得有鼻子有眼，编下一部名著。你说人之初性本善的小孩子，知道什么叫文化？因此，每位家长看到小孩子读小说时，你无论如何告孩子一句：小说里面的很多内容是人编下的！

从古至今，人类对天和神是敬畏的，因为天和神常常给人类带来灭顶之灾。敬，是希望老人家不要发难了。道观里供奉着玉皇大帝、元始天尊、太上老君。佛家的庙里供奉着如来、弥勒及多少尊菩萨。好多天神怒目圆睁，普通人望而生畏。只有儒家的文庙里是一派祥和的气象，我们对孔夫子是敬且不畏。为什么呢，大家知道孔夫子也是他妈生的，不会兴风作浪，不会布云施雨，反而孔夫子的学说能为社会带来祥和瑞气，使大家能在和气的氛围中生活。

2500年前，社会整体的文明程度根本无法同今天相比，国家的好多大事离不开祭祀，鬼神的力量占据着主导位置。从《论语》中的记载，我们可以知道，孔子当时对待鬼神的态度是："敬鬼神而远之。"那个年代能有这样的认识确实是难能可贵。经过这两千五百年岁月的证实，孔子生活的年代，在庙堂和神龛中供奉的主宰万物的十方真宰神灵，有几位流传到今天？如果有的话，这位神仙叫什么名字呢？道场在什么地方？这究竟是为什么？

生在今天的许多人还要装腔作势，煞有介事地言神说鬼，岂不悲哉！

敬而远之，这就是孔夫子教给我们对待鬼神的态度。

自从地球上出现人类以后，大家都想幸福地生活。然而，数不清的自然灾害夺取了无数人的性命。面对天灾，人类是多么无助。多少人希望解开自然之谜，多少人希望知道明天或后天我们的周围将要发生什么，以便未雨绸缪。

人类认识自然是缓慢的，远古时候的先民，由于认识自然的局限，对很多自然现象，如雷电风雨的起因，多解释为天神的力量。什么雷公、电母、雨师、风婆婆，所以诸事求神。人们办一件略微大一点的事情，为了取个吉利，都要进行占卜。大到国家的军队出征，小到老百姓建房破土，可以说占卜盛行，因此形成了占卜文化，代代相传。

传说中的伏羲，是一位圣明的东方大帝，是一位了不起的中华文化始祖。他总结出了阴阳的组合，演化出世间的万事万物。他把自然界中最常见的八种事物：天、地、水、火、山、雷、风、泽用相应的符号固定下来，再加以排列组合，希望用此来解释自然现象，找出规律为人类服务。这是一种古老原始的科学。

远古先民也曾想用科学的方法解释自然现象，也曾做了种种的努力和探求。远古先民希望用金、木、水、火、土五种物质来解释世间万物的组成和起源，这是中华先民们对自然的探索，也是古老的原始的学说。其实这是有了青铜以后的说法，遗憾的是至今有人以此来混淆视听！

周文王是史书中记录的真人真事，他潜心读书，通晓天文地理。史书中说他性情温顺，待人诚恳，受人尊敬。在商纣王时，被封为西伯——可能就是西域的老大。他的封地在周，就是今天陕西的岐山一代。纣王是残暴的君主，由于西伯对纣王的暴政提出看法，所以被关进大牢。西伯被囚禁的时候，仍然苦苦思索，他认真研究了传说中伏羲传下来的八卦，并且有了重大发现。在八卦的基础上，演化出了六十四卦，并为之做了卦辞，《易经》就是这样形成的。《易经》对此后的中国文化产生了巨大的影响，用更加复杂的排列组合来解释自然现象，希望用此来指导人类的生活。

到了李耳也就是老子，传说他是周朝的档案管理员，他在前人的基础上，发现了自然界万事万物排列叠加后，再生成的万事万物，是想说都说不清的，他所著述的道德经总结得非常好：玄之又玄。

什么是玄呢？字典上解释：深奥。玄之又玄：形容非常深奥，难以理解。什么叫难以理解？还是没有说清！让人不好理解接受！用今天的数学语言来说，就好理解接受了：排列组合，无穷无尽。天底下最复杂的事物，用最简单的语言来叙述总结，以便让人理解和接受。

用最方便的办法，最省事的手段，解决生活和工作中最复杂的问题，是人类最为企盼的事情。

老子这简洁明快的结论，确实来之不易！

这些都是古代中华先民探索自然的记录，每个人都希望用一种我们可以掌握的方法，来解开困扰人类的种种自然谜团。用什么办法能预测未来，以便逢凶化吉，这是每个人最美好的愿望。一直有人探索，一直没有找到这种方法。

春秋末年，科学技术并不发达，祭祀卦卜盛行，就是在这样强大的神道文化占据主流统治地位的情况下，孔夫子说出那些振聋发聩的话，让人耳目为之一新。《论语·雍也》：樊迟问知（智），子曰："务民之义，敬鬼神而远之，可谓知矣。"：子不语怪力乱神。：季路问事鬼神。子曰："未能事人，焉能事鬼。"曰：敢问死。曰："未知生，焉知死。"

即使把这样的话放在今天，来指导现代人的生活，仍然不为过时！仍然具有实用价值。对这几个问题，有几个人比孔子有更好的回答？孔夫子真了不起，2500年前就有如此高的认识！这就是人格，这就是经典，这就是圣人！

用时间来检验他的价值，用百世来检验他的真伪，用事实来检验他的能量。

远古的先民，对很多的自然现象用因果关系解释不了，便把人力无法抗拒的自然灾害归结为神的力量和作用。在无奈中诸事求神，让精神上得到安慰。所以当年国家有巫师，民间有巫师，慢慢地形成了一种以卦卜为生的职业。卦卜迎合满足了人们盼望预知未来的愿望，所以一直大有人在。

不单是远古的人，就是今天的人也盼望能够预测到未来，求得未雨绸缪，逢凶化吉。这是每个人最美好的愿望，遗憾的是至今没有这种办法。今天，世界上好多民族或者说凡是有人类聚居的地方，依然有部分人敬神，作了有关法事后人们的精神就会得到安慰，求得思想解脱。

寺庙就是寄托精神安慰的场所。人类专门为神仙建造了最好的房子，房屋内又安排了最好的位置，再奉献上美好的食品，盼望神仙享用那些美食佳肴后，不要再对人间发难了。人类敬神的时间太长了，那些龙王庙、河神庙、五道庙、娘娘庙，真是有说不清的庙，在中国，几乎所有的村庄都有庙。

因为有人需要和喜好，所以就会有人从事并且鼓捣。有些人以《易经》为理论基础，用八卦为幌子，以替人消灾为诱饵，实质上达到骗人钱财的目的。

人虽然是地球上的霸主，但面对自然灾害，至今仍然无能为力。

卦卜文化其实是一种落后的已经过时的文化。

我朋友的父亲去世了，大家伙都去帮忙料理后事。在商量出殡的日子时，有人说：按常理，第二天通知一下亲戚朋友，第三天火化就是了。若是有远方的亲友赶来困难，就推迟一两天。其实这是再正常不过的事情了。朋友的弟弟却不行，非要找一位"神仙"给看一下日子，并且说："这个家过成什么样子了，肯定有什么不干净的东西在搅闹，请'老人家'给破解破解。"大家都说没什么意思，现在都什么年代了。可是人家非要坚持，众人谁说也不听，只好由他了。结果呢？给"神仙"买礼物和酬金花去五六百元。原来他弟弟和老婆闹意见，到这会儿还没有露面。知道情况后，大家赶快找人去沟通。因为大家知道，老爷子在世的时候，待小儿子不错，他弟媳不会在这个时候闹什么演义。结果，出殡的那天，下起了雨，天人同悲。办完事后，朋友的弟弟觉得顺利，他认为那是"神仙"的功劳，我们哥儿几个说那是钱烧得，没地方打发。

老百姓过日子，谁家没个磕碰，哪个人没有个头疼脑热。花钱选个吉利日子，其实是心里安慰，"神仙"果真有那个能耐？

我认识一个人，长我三岁，当年他连小学都没有毕业，按那会儿的政策，接班参加了工作。不知从什么时候和什么人学了几手，操起了巫业。这天，我碰上他向几个年轻人侃开了："我们村里某某某给人'看日子'是两百元，我的道行比他深，两百元外加两盒烟，少了不行。"我在一旁实在憋不住了："老天爷可是长着眼呢，有本事去挣外国人的钱，坑乡亲们干什么？""文化大革命"连续多年初中高中和大学不招生，我们这些同龄人都知道彼此的文化底子。这人有肝病，不按医嘱吃药，反而迷信鬼神，越发加重了病情，没过多久就去世了。

我真为这些装神弄鬼和自欺欺人的人感到悲哀！

我听朋友讲一段"神仙"的对话：这天下雨，他路过卦摊儿，只见两个冷得发抖夹着法器的小仙躲在屋檐下避雨。其中一个问道："今天那些笨蛋们到什么地方去了，怎么一个都不见？"另外一个哆嗦着说："避雨。"

神仙也有饥寒交迫的时候，按理，"得道成仙"后就应该不食人间烟火了，可是这些人在骗人钱财时唾液四溅。难道他能听听人家介绍介绍情况，再问问生辰年月就能预测到别人的未来？其有那么高的手段？怎么就预测不到自己的未来？

当年大兴安岭的火灾，烧了多少资源，多少解放军奋力扑救，中央领导心急如焚，全国人民寝食不安。当时周围好多人说，那些呼风唤雨的高手，这会儿该显一下手段了，这是为国解忧的时候。然而，最终也没有听说那位神仙"显灵"，其实那是神仙根本办不到的事情。

全世界有多少位气象工作者？投入了多少人力物力，天上有多少颗卫星，地面上有多少个观察点，这么大的投入，天气预报的准确率又有多高？看一看任何一次台风中心实际经过的线路，就知道天气预报的难度太大了。沿海的居民有体会，已经接到预报了，并且做好了抗击台风的准备，结果台风改道了。那些准备不充分的地方，却遭了难，老天爷真是"捉摸"不透.

这么多高素质的科技工作者参与，这么先进的科学设备投入，即便如此，人类依然测不出什么时候会地震，不知道海上的台风将在什么时候在什么地方准确登陆，制止不了旱涝灾害的发生！

地球存在多少年了？说不清，据说四十多亿年了。地球怎么形成的？很难说，据说是宇宙大爆炸后形成的。这个存在了多少亿年的地球，现在有几十亿人在上面生活的地球，上面有好多好多的事情和问题人类至今搞不清，我们只能感叹大自然的神奇和无限魅力。

　　孔夫子这么水平高的人，晚年读《易经》，把串联竹简的皮绳都磨断了三次，可谓用功之深。到头来感叹地说：假如我能再多活几年，那样的话，我对《易经》学的研究就可以达到文辞和内在的精髓兼备融汇了。（假我数年，若是，我于《易》则彬彬矣。）圣人都如此，普通人当需要多么长的时间。孔夫子之后有谁把《易经》弄通了？没有，谁都没有！谁能把排列组合无穷无尽的结果都预测到？不能！谁都不能！难道那些坐在路边的小仙，装模作样地看看你的手相，就能给你预测出人生？岂不可笑！每当我看到那些痴迷的年轻人在卦摊儿前耽误工夫，那些"神仙"给你说一道二时，确实感到丑陋愚昧和悲哀，可笑可气又无奈。

　　那些"神仙"果真有那样的道行，还用坐在路边，拎一瓶冷水，眼巴巴地盼一个人过来，他费那个劲干什么？还要人家的钱？有几个不收费的"神仙"？几乎没有！神仙应该不食人间烟火，要钱干什么？

　　再看看那些签筒，里面的签是有数的，自然界的万事万物及其变化是无数的，用有数的竹签，破解无数的事物和结果，肯定不行！

　　天阴了，同一个村庄东边有雨西边晴。天下很多事情，人们只能看到结果，不知道或者说观察不到事物发展的全部过程。人类真是无法知道天空中某块云彩中有多少雨，大气什么时候托不住沉重的乌云了才下雨。人类说不清楚的事情就会推给神，今天仍然使用这样的词：神秘、神奇等等，其实都是自然之力的作用和结果。

　　你把一杯水泼到地上，用不了多久，水就不见了，到哪里去了？按现在的理论解释是蒸发了，以气态的形式上升到空中了。谁给得这个上升力？不知道！这股水蒸气要飘到哪里去？不知道！天空中这些水的重量大得无法计算，空气居然能托得住！这些水蒸气要飘到哪里去？不知道！是遇上东南风还是西北风？不知道！遇上什么算什么。在神秘的力量的驱使下，吹到哪里算哪里，出国也不用办护照。遇到冷空气后气态变液态，大气托不住了，落了下来。落到高山还是湖泊，平原还是丘陵？不知道，落到哪里算哪里！水就是这样，周而复始地、无穷无尽地往复循环。有没有定数？有！上来下去、上天落地就是一个轮回。说有定数也没有，循环到哪里去？不知道！用物质不灭定律去解释：亿万年前地球形成的当年，上面有什么，今天依然有什么，流星飞来，略有增加，只不过物质存在的方式不同罢了。这就是大自然，你永远琢磨不透！你也无法琢磨透！人呢？人是什么？是不是天地中间的一分子？

一个人如同看得见的一片树叶，若干年以后就看不见了！人看不见了，看得见的只有那些圣贤的思想和精神及其作品。当我们的身心都静下来，同古今那些圣贤对话的时候，你才能体会到陶醉的快乐！

从古至今，一直有人想把无穷无尽的自然事物，给出一个对应的因果关系。人类虽然是地球上的霸主，其实他也是地球上的生物之一。有人想用一种简单的方法，解释清偌大的地球上的种种现象，其实那是办不到的。中华民族很久以前曾经是农耕民族，当农民的最大愿望就是风调雨顺，也就是要风有风，要雨有雨。愿望不错，但是，痴心妄想。没有办法的办法就是把希望寄托给龙王，托付给老天爷。所以说，每个人都是自然一分子，我们以一颗自然的心，平和的心对待自然界的万事万物就是了，再不要幻想虚无缥缈的神仙给你消灾避难，指点迷津。

中国的古人总结得好：曾经沧桑难为水，除却巫山不是云。

大家都记得北京奥运会，多少中国人心中默默企盼，举行开幕式的时候老天爷千万不要下雨，为了达到这一目的，动用了多少设备，设想了多少个预案，多少人严阵以待。

自然界是许许多多的变数叠加起来，可能一个更加难测的变数呈现在你面前，你想用一个定数来概括一个结果，天底下没有那样的好事！

科学发展到今天，世界上以前许多未解的自然之谜，人类解开了不少。但是，现在依然有许多未解之谜等待人类破解。我们应该相信，自然界的万事万物的出现，都有其因果关系，都是自然现象。由于人类认识自身，认识自然的能力太有限了，才有那么多未解之谜。应该相信，随着人类认识自然水平的提高，未解之谜会越来越少。

在卫星上天，原子弹爆炸，科学技术如此发达的今天，还有人迷信算卦抽签，想一想，确实不应该。

古人流传下来的都是经典，不符合事理的，大家不喜欢的，不认同的，早就淘汰了，能够传承上千年的都是极品。

2500年前的科学文化是个什么水平？可以说不能与今天同日而语。那个年月，孔子已经对鬼神生死的问题看得很清楚了，"敬鬼神而远之"。这句话讲得多好，拿到今天也不过时，我们确实应该好好学习优秀的传统文化和科学的先进文化，摈弃那些落后愚昧腐朽的东西。

后记：告慰先人

我姥爷生前多次讲过：妇女解放的根本，是妇女有了正式的工作和收入，不用手心朝上求男人了。

随着年龄和读书的增加，我慢慢琢磨通了，当年姥姥为什么不怀疑"女人抄手屈膝跪在那里准备伺候人"的说法。封建社会、专制社会、男权社会、这样强大的社会压力，加上"三从四德，男尊女卑"等的文化压力，经过几千年的运转，把人的思想和心理扭曲了，让你不相信也得相信，连怀疑都不敢怀疑。

中华人民共和国成立后，国家提出"男女平等"。我母亲是在共和国成立之初，国家招录的较早的工作人员。她有国家的政策和她劳动所得做后盾，她从来就不相信男尊女卑。她一直在抗争，争取真正意义上的平等。我母亲的形象和她的一生，就是为之奋斗的一生。

"三纲五常"和"男女平等"这不同年代的四个字，都是不同社会制度下国家的政策，国法是不可抗拒的。

我今天不能同先人对话了，我把读书之后心中所思写了出来，我写的字，天上的先人一定能看到。我相信所有看到的人，自有公正的评说。

人再有本事也不能欺师灭祖，也不敢！因为那是真正的大逆不道。但是，假如你躺在先人的怀抱里，吃祖宗的饭，说明你就那么点儿出息。结果是：坐吃山空。

一代人自有一代人的使命和辉煌。

感谢石凌虚老师与何赵云老师的帮助指点，拙作才修改成这样。

杜嵩茂